Rafael Cardoso

Sechzehn FRAUEN

Geschichten aus Rio

Aus dem brasilianischen Portugiesisch
von Peter Kultzen

S. FISCHER

Obra publicada com o apoio do Minestério
da Cultura do Brasil / Fundação Biblioteca Nacional

*Veröffentlicht mit Unterstützung des Kulturministeriums
von Brasilien / Fundação Biblioteca Nacional*

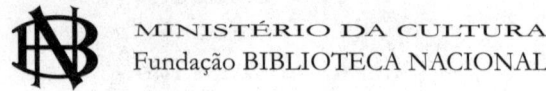

MINISTÉRIO DA CULTURA
Fundação BIBLIOTECA NACIONAL

MIX
Papier aus verantwor-
tungsvollen Quellen
FSC® C014496

Erschienen bei S. FISCHER

Die Originalausgabe erschien 2007 unter dem Titel
›Entre as mulheres‹ bei Editora Record, Rio de Janeiro
© Rafael Cardoso, 2007

Für die deutschsprachige Ausgabe:
© S. Fischer Verlag GmbH, Frankfurt am Main 2013
In Zusammenarbeit mit Michi Strausfeld, Berlin-Barcelona
Illustrationen © Necas

Satz: Druckerei C. H. Beck, Nördlingen
Druck und Bindung: GGP Media GmbH, Pößneck
Printed in Germany
ISBN 978-3-10-010850-0

»Nichts Menschliches ist uns gleichgültig –
Ihre Feuerwehr.«

Motto der 17. Städtischen Feuerwehrbrigade,
Copacabana, Rio de Janeiro

Inhalt

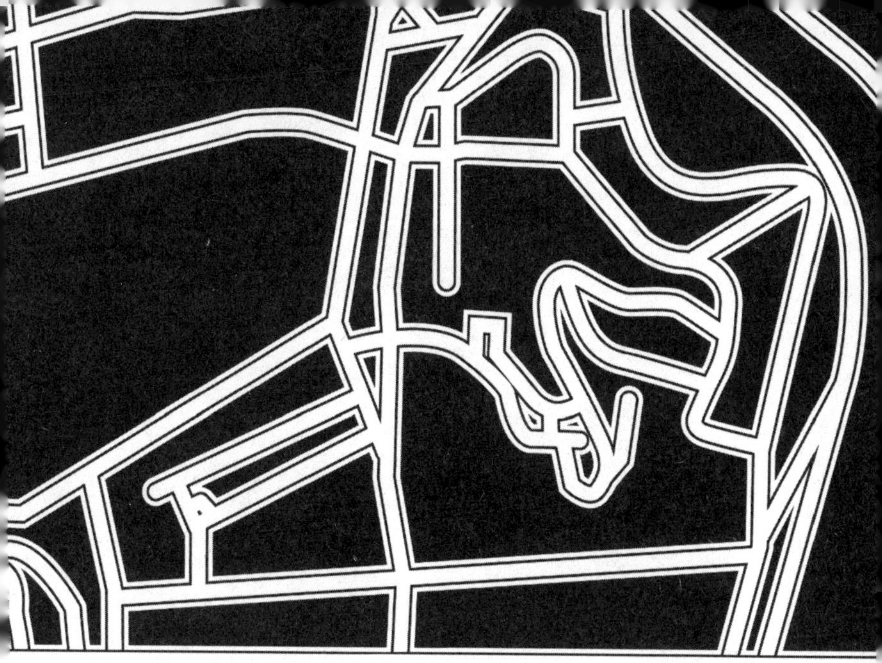

Renata, Catete, 34

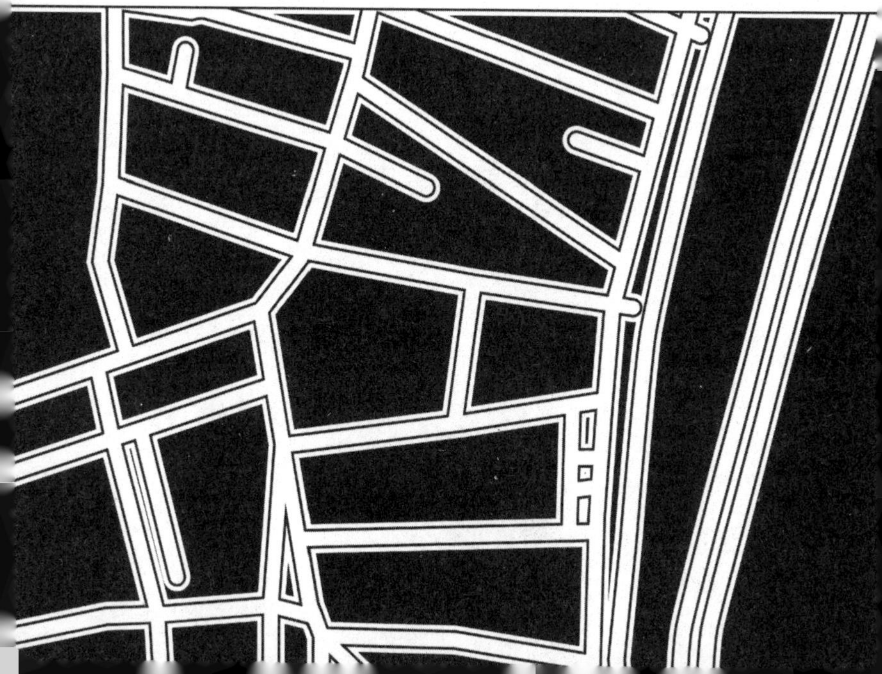

»*Und da war die alte Rua do Catete*, und alles war wie immer, eine Straße, auf der einem die ganze Welt zu begegnen schien und die es so trotzdem nur in Rio de Janeiro geben konnte. Heldenhaft verteidigte sie die letzten Stadthäuser aus längst vergangener Zeit gegen den rasenden Ansturm bauwütiger Spekulanten ...« Renata klappte das Buch zu und sah sich um. »Die letzten Stadthäuser aus längst vergangener Zeit« – ganz falsch war das nicht, aber komisch klang es trotzdem: »Aus längst vergangener Zeit.« Es war überhaupt eine komische Geschichte: Sie war in der Mittagspause die Rua do Catete entlangspaziert, und plötzlich war ihr am Stand eines Straßenhändlers dieses Buch aufgefallen. Auf dem Umschlag war eine Frau zu sehen, die dem Meer entstieg, ein schwarzer Umriss vor einem weißen Hintergrund, und dazu die roten Buchstaben des Titels: *As cariocas – Die Frauen von Rio*. Einfach, aber wirkungsvoll. Gutes Design, Renata mochte so was. Auch der Titel klang vielversprechend, schließlich war sie selbst eine waschechte Carioca, und ein Buch nur über die Frauen von Rio de Janeiro war ihr, soweit sie sich erinnern konnte, bislang nicht untergekommen. Den Namen des Autors kannte sie irgendwoher – Sérgio Porto. Hieß nach dem nicht das Kulturzentrum in Humaitá, wo sie einmal mit ihrer Kusine Juliana gewesen war? Sie hatten sich dort ein grässliches Stück von Gerald Thomas angesehen. Doch, doch, es war derselbe Name. War dieser Sérgio Porto denn Schriftsteller? Sie hatte das Buch in die Hand genommen und die Seite aufgeschlagen, die mit dem Satz anfing: »Und da war die alte Rua do Catete.« Und wo hatte sie sich in ebendiesem Augenblick befunden? In der Rua do Catete. Na so was. Ein leichter Schauder war ihr über den Rücken gelaufen. Und da redeten die Leute von Zufall.

Den Zufall gibt es nicht, da war sich Renata ganz sicher. Der Zettel, zum Beispiel, den sie in Mauricios Hosentasche gefunden hatte. Noch nie hatte sie bei seinen schmutzigen Kleidern die Taschen kontrolliert, sie gehörte nicht zu den eifersüchtigen Frauen, für die es nichts Schöneres gibt, als dem eigenen Mann hinterherzuschnüffeln. Deshalb war es auch mehrfach vorgekommen, dass sie Visitenkarten, Quittungen, ja sogar Geldscheine von ihm mitgewaschen hatte. Woraufhin er ihr, wenn er es mitbekam, jedes Mal eine Riesenszene machte. Die Geldscheine hatten den Aufenthalt in der Waschmaschine einigermaßen unbeschadet überstanden, alles Übrige jedoch hatte sich in weißliches Pappmaché verwandelt, das nach dem Trocknen in mühseliger Arbeit abgerieben und aus Falten und Säumen gepuhlt werden musste. Gestern hatte sie endlich einmal daran gedacht und im letzten Augenblick die Taschen der grauen Hose geprüft, die ihr Mann am Donnerstag abgelegt hatte, nachdem er später als sonst von der Arbeit zurückgekehrt war. Und dabei war sie auf einen zerknüllten Zettel gestoßen, auf dem, offensichtlich von Mauricio selbst geschrieben, stand: »Jamilly, 4107 4122«. Jamilly – wer war das denn? Und was hatte Jamillys Telefonnummer in Mauricios Hosentasche zu suchen? Sie wollte ihn schon darauf ansprechen und eine Erklärung einfordern, ließ es dann aber bleiben – sie hatte keine Lust, sich zum x-ten Mal für verrückt erklären zu lassen, Gelegenheiten zum Streit gab es auch so genug. Deshalb hatte sie den Zettel weggeworfen, sich die Telefonnummer allerdings gemerkt.

Und für Nummern hatte Renata ein hervorragendes Gedächtnis. Das war von klein auf so gewesen. Stets hatte sie sagen können, wie die Autokennzeichen oder Telefonnummern ihrer Freunde und Bekannten lauteten. Offensichtlich handelte es sich um eine angeborene Begabung, und kaum etwas war ihr im Berufsleben nützlicher gewesen: Während ihre Kollegen noch mühsam die Adressbücher oder die Telefonlisten ihrer Handys durchforsteten, hatte sie längst mit der gesuchten Zahlenkombination glänzen können. Wenigstens solange sie Kollegen gehabt hatte. Sie hatte neun Jahre lang als eine von vier einander abwechselnden Empfangsdamen bei einer großen Anwaltskanzlei gearbeitet. Inzwischen war sie jedoch bereits im fünften Jahr in der Zahnarztpraxis von Doktor Paulo Ivo Nascentes de Mendonça und dessen Gattin, Frau Doktor Francineide de Jesus Silva Mendonça, angestellt, wo sie ganz allein am Empfang saß. Das war ihr auch lieber so. Die Arbeitszeiten waren angenehmer, sie verdiente besser, vor allem aber war sie nicht mehr dem Neid und der Missgunst ihrer Kolleginnen ausgesetzt. Außerdem war Frau Doktor eine Seele von Mensch. Renata wurde von ihr behandelt, als gehörte sie zur Familie. Nie vergaß Frau Doktor Renatas Geburtstag, sogar ihren Hochzeitstag hatte sie im Kopf und ließ Renata jedes Mal Grüße an ihren Mann ausrichten, den sie gar nicht persönlich kannte. Doktor Paulo war zugegebenermaßen nicht ganz so ange-

13

nehm im Umgang, aber dass sich seine Art nicht aushalten ließ, hätte Renata keinesfalls behaupten können. Er war um einiges älter als Frau Doktor, die Renata einmal im Vertrauen gestand, dass ihr Mann während der Zeit, als er in Roraima als Zahnarzt des Luftwaffenstützpunkts arbeitete, offenbar ziemlich hatte leiden müssen. Zweiundzwanzig Jahre in Roraima … Nicht auszumalen!

Renata erinnerte sich noch genau, welchen Ärger es jedes Mal in der Kanzlei gegeben hatte, wenn sie bei der Mittagspause auch nur ein klein wenig überzog. Das war jetzt vollkommen anders, sie verschwand für eineinhalb Stunden, und bei ihrer Rückkehr gab es niemals auch nur den geringsten Vorwurf, und sei es in Form eines unzufriedenen Blicks. Wobei sie normalerweise gar nicht richtig zu Mittag aß. Sie begnügte sich mit einem mitgebrachten Sandwich oder, falls am Morgen die Zeit nicht gereicht hatte, mit einem kleinen Snack im Park des Museu da República oder, was billiger war, mit einer gefüllten Teigtasche vom Imbiss an der U-Bahnstation. Schließlich wollte sie abnehmen. Im Augenblick wog sie 58 Kilo, für ihren Geschmack drei Kilo zu viel. Die restliche Zeit nutzte sie für einen Schaufensterbummel bis zum Machado-Platz. Dabei kaufte sie sich manchmal irgendeine Kleinigkeit in der Galeria Condor oder bei Catete 228. In der Rua do Catete herrschte jederzeit geschäftiges Treiben, zu dem auch die vielen Straßenhändler beitrugen, die an ihren Ständen Kunsthandwerk, Stickereien oder T-Shirts anboten. Irgendetwas Originelles war immer darunter, und wer so viele Nichten und Neffen hatte wie sie, brauchte dauernd passende Geburtstagsgeschenke. Allein in diesem Monat hatte sie für Cláudio Henrique ein Real Madrid-Trikot erstanden, für Clarissa eine CD von den Red Hot Chili Peppers und ein mit Stickereien verziertes Kleidchen für Jade, die kleine Tochter von Danielly. Ihre Nichten und Neffen waren immer ganz begeistert von den Geschenken von Tante Renata. Von Tante Renata, die bis heute keine eigenen Kinder hatte. Das Schicksal schien es nicht anders zu wollen.

Heute jedoch war ein besonderer Tag, da war sich Renata zusehends sicher. Schließlich blieb sie, um nur ein Beispiel zu nennen, normalerweise nie vor Bücherständen stehen. Sie las nur wenig, und gebrauchte Bücher schon gar nicht. *Gebrauchte Bücher* – bei dem bloßen Gedanken glaubte sie etwas Fettig-Schmieriges an den Fingern zu spüren. Trotzdem hatte sie sich, warum auch immer, von dem an dem Stand ausliegenden Buch angezogen gefühlt. Als sie sich nach dem Preis erkundigt hatte, hatte es geheißen: Sechs Reais. Sechs Reais! »Das ist aber teuer, geht's nicht ein bisschen billiger?« Am Ende bekam sie es für vier, und ein Lächeln dazu. »Schöne Frauen zahlen nicht, bekommen aber auch nichts dafür«, hatte ein listiger Straßenhändler gesagt, der sich zu ihnen gesellte. Sie eine schöne Frau? Wenigstens einer, der das noch so sah. Wenn sie Maurício gefragt hätte … Der schaute sie ja nicht mal mehr an! Als sie ihn letzte Woche, mitten in der schlimmsten prämenstruellen Depression, gefragt hatte, ob er sie dick finde, hatte er die Zeitung in den Schoß sinken lassen und sie mit abschätzigem Blick von Kopf bis Fuß gemustert, als hätte er einen Gebrauchtwagen vor sich, den er nicht im Traum zu erwerben gedachte. Anschließend hatte er sich, ohne ein Wort zu sagen, wieder in die Lektüre vertieft. Noch nie hatte sie sich so gedemütigt gefühlt. Sie hatte sich nicht einmal getraut, die Frage zu wiederholen. Dass er sie dick und hässlich fand, war nicht zu übersehen, von irgendwelcher sexuellen Anziehung ganz zu schweigen.

Sie steckte das Buch in eine Plastiktüte, die Tüte wiederum verstaute sie in ihrer Handtasche und betrat dann die zur Linken gelegene Einkaufspassage, wo sie entschlossen die Konditorei ansteuerte. Sie setzte sich allein an einen Tisch und bestellte einen Espresso und ein extra großes Stück Mousse au Chocolat-Torte. Mir doch egal, sagte sie sich, von mir will sowieso keiner was. Besser eine kleine Freude als gar keine. Irgendwo hatte sie einmal gelesen, gute Schokolade könne einen Orgasmus durchaus ersetzen. Während sie auf die Torte wartete, musste sie unaufhörlich an den Zettel mit der Telefonnummer von dieser Jamilly denken. Hartnäckig erschien die Zahlenfolge vor ihrem geistigen Auge: 4107 4122. 4107 4122. 4107 4122. Als sie sich schließlich über die Torte hermachte, genoss sie jedes einzelne Stückchen mit einer Mischung aus Entzücken über den süßen Schmelz und wachsendem Widerwillen beim Gedanken an ihren unfreiwilligen Fund. Jamilly. Mit Doppel-L und Ypsilon. Klang ganz wie der Name einer Nutte. Na ja, ebenso gut konnte es sich um eine Kundin handeln. Wer als Vertreter arbeitet, bekommt es schließlich auch mit weiblicher Kundschaft zu tun. Renata versuchte, die düsteren Überlegungen zu verdrängen, und verschlang das letzte Stück Torte mit bitterem Triumphgefühl. In einer plötzlichen Anwandlung fragte sie den Kellner, ob hier auch einzelne Zigaretten verkauft würden. Vor vier Monaten hatte sie zu rauchen aufgehört, jetzt aber sagte sie sich beschwichtigend, eine kleine Zigarette könne nicht schaden. Ja, antwortete der Kellner, Marlboro oder Free. Eine Free, bitte, und die Rechnung.

Sie trank den letzten Schluck Kaffee und zündete gleich

darauf die Zigarette an. Aaah! Sie lehnte sich zurück, blies den Rauch zur Decke und folgte den Windungen der bläulichen Wolke mit den Augen. Sie hatte bloß deshalb mit dem Rauchen aufgehört, weil Mauricio eines Tages verkündet hatte, Frauen, die während der Schwangerschaft rauchten, seien nichts anderes als Mörderinnen. Sie wünschte sich so sehr ein Kind, dass sie den Kommentar als versteckten Hinweis verstanden hatte, ihr Mann sei keinesfalls bereit, über Kinder auch nur nachzudenken, solange sie sich von diesem Laster nicht befreit hätte. Sie versuchte es mit doppelter Unterstützung: Nikotinpflaster und Unmengen von Kaugummi. Und sie wurde Stammkundin im nahegelegenen Bonbonladen. Nach dreiwöchiger Quälerei schien das Schlimmste überstanden. Als der erste Monat ohne Zigaretten geschafft war, war Mauricio zur Feier des Tages mit ihr essen gegangen – von Kindern war aber nie wieder die Rede gewesen. So dass Renata sich schließlich hatte eingestehen müssen, dass die strengen Worte ihres Mannes über das Rauchen gar keine geheime Botschaft enthalten hatten, sondern offensichtlich bloß die spontane Reaktion auf einen Antiraucherspot im Fernsehen gewesen waren, woraufhin sie beschlossen hatte, sich künftig wenigstens ab und zu im Geheimen die eine oder andere Zigarette zu gönnen.

Als sie den Blick von der Rauchspirale löste und zur Tischplatte senken wollte, stellte sie fest, dass ein Paar hübscher, grüner Augen ihre Aufmerksamkeit zu erregen suchte. Die Augen gehörten zu einem gutaussehenden jungen Mann, der sie unverhohlen anstarrte. Er war vielleicht nicht übermäßig sorgfältig gekämmt, was ihm aber nichts von seiner Anziehungskraft nahm. Man hätte meinen können, Chico

Buarque als jungen Mann vor sich zu haben. Renata schlug hastig die Augen nieder und machte ein abweisendes Gesicht, innerlich aber lächelte sie. Dann sah sie auf die Uhr, drückte die Zigarette aus und stand auf. Aus dem Augenwinkel konnte sie feststellen, dass der junge Mann ihrem Beispiel folgte. Sie griff nach der Rechnung und trat zur Kasse, um zu bezahlen. Der Mann kam hinter ihr her. Renata merkte, dass sie Herzklopfen bekam. Wann war ihr so etwas zum letzten Mal passiert? Ob er sie wirklich ansprechen würde? Vielleicht war er ja bloß zufällig zur selben Zeit aufgestanden. Vielleicht hatte auch er nichts anderes vor als zu zahlen. Vielleicht bildete sie sich das alles bloß ein. Als sie anfing, auf der Suche nach dem Portemonnaie ihre riesige Handtasche zu durchwühlen, fiel das Buch zu Boden. Augenblicklich trat der Unbekannte auf sie zu, hob das empfindlich wirkende Päckchen auf und überreichte es ihr mit einer anmutigen Handbewegung und einem unwiderstehlichen Lächeln auf den Lippen.

»Ihnen ist etwas runtergefallen.«

Renata war bemüht, sich die Aufregung nicht anmerken zu lassen, spürte jedoch, dass ihre Wangen zu glühen begannen. Sie lächelte unsicher und bedankte sich, tat dabei aber, als versuchte sie Ordnung in den Inhalt ihrer offenstehenden Tasche zu bringen, der kurz davor schien, sich dem freundlichen Herrn in seiner Gesamtheit zu offenbaren. Schließlich presste sie Handtasche und Portemonnaie mit der Rechten gegen ihren Bauch und hielt dem Fremden die Linke hin, um das Päckchen mit dem Buch entgegenzunehmen. Sie blickte so tief in seine Augen, dass ihre Finger das Ziel knapp verfehlten und die Plastiktüte nur am Rand zu fassen bekamen, woraufhin das malträtierte

Buch erneut zu Boden glitt. Er bückte sich ein zweites Mal, um es aufzuheben.

»Allzu viel scheinen Sie dafür ja nicht übrig zu haben.«

Sein ohnehin schon breites Lächeln zog sich noch mehr in die Breite. Sie lächelte zurück, unbeholfen und verführerisch zugleich, und erwiderte dann ein wenig heftig:

»Stimmt nicht, ich habe es gerade erst gekauft.«

Seine Augen blitzten verräterisch. Selbstsicher, fast hochmütig, hob er das Buch in die Höhe und nahm es, ohne um Erlaubnis zu fragen, genauer in Augenschein. Mit leisem Triumph in der Stimme las er vor, was auf dem Umschlag stand:

»›Die Frauen von Rio. Sérgio Porto.‹ Na sieh mal an. Taugt es was?«

»Das weiß ich nicht, ich hab's noch nicht gelesen.«

»Lesen Sie gern?«

»Ja. Das heißt, nicht besonders viel. Also, ich meine, ich sollte wahrscheinlich mehr lesen, oder? Heißt es wenigstens. Alle sagen immer, man ... Aber am Ende sehen die Leute ja doch bloß fern.«

Ihre Nervosität stand im krassen Gegensatz zur Lockerheit des jungen Mannes, der sie weiterhin mit sanfter Herablassung anlächelte, während auf dem Grund seiner Augen eine so leise wie erregende Unverfrorenheit aufschien.

»Ich heiße Rafael«, sagte er, als wäre es die natürlichste Sache der Welt, dass das Schicksal sie soeben an dieser Stelle zusammengeführt hatte.

»Renata. Freut mich«, erwiderte sie ergeben wie ein säumiger Schuldner, der unversehens dem Gerichtsvollzieher gegenübersteht.

»Ganz meinerseits. Hören Sie, Renata, haben Sie nicht Lust, noch einen Kaffee zu trinken?«

Die Einladung kam so unverfänglich daher, dass Renata fast verdrängt hätte, mit welcher Dreistigkeit sie ausgesprochen wurde; was sie als unverschämte Aufdringlichkeit hätte betrachten können, präsentierte sich so als scheinbar harmlose Entscheidungsfrage: Ja oder nein? Sie spürte, wie sich ihr Puls beschleunigte. Das hartnäckige Pochen in den Schläfen gab ihr zu verstehen, dass sie nichts lieber getan hätte, als ja zu sagen.

»Einen Kaffee? Nein, das geht nicht, ich hab gerade einen getrunken.«

»Das habe ich gesehen. Und was meinen Sie, wie neidisch ich auf die Zigarette war, die Sie geraucht haben! Ich versuche nämlich gerade, mit dem Rauchen aufzuhören.«

»Ach ja? Ich auch! Das war meine erste Zigarette seit vier Monaten!«

»Und wieso sind Sie heute schwach geworden?«

»Keine Ahnung. Ich hatte einfach solche Lust …«

»Dann werden Sie noch mal schwach und trinken Sie einen Kaffee mit mir!«

Auf seinen Lippen zeigte sich weiter ein sanftes, einladendes Lächeln, und auch seine Augen blickten sie immer noch selbstsicher und entschlossen an. Renata hatte plötzlich einen trockenen Mund. Sie wollte schon um ein Glas Wasser bitten, hatte aber Angst, noch länger am Rand des Abgrunds dieser grünen Augen zu verharren. Als hätte er ihre Gedanken erraten, fügte der junge Mann hinzu:

»Oder ein Glas Wasser, wenn Sie keinen Kaffee mehr trinken wollen.«

Renata sah zu Boden, dann nach oben, als wollte sie die Rolltreppe um Hilfe bitten, die den einzigen Ausgang aus diesem Teil der Ladenpassage darstellte, der ihr auf einmal düster und unwirtlich vorkam. Wer war dieser Mann? Warum tauchte er ausgerechnet jetzt auf, wo sich alles in ihrem Leben verschworen zu haben schien, um sie dazu zu bringen, sich in ihn zu verlieben? Ob er sie auch dick finden würde, wenn er sie ohne Kleider sähe? Mit letzter Kraft zwang sie sich zu der Antwort:

»Das geht nicht. Ich muss zurück zur Arbeit.«

Ungerührt versetzte er:

»Dann sehen wir uns eben nach der Arbeit.«

»Warum sollten wir?«

»Keine Ahnung. Vielleicht, weil Sie Lust dazu haben? Ich weiß jedenfalls, dass ich große Lust habe.«

»Und warum?«

»Weil Sie wunderschön sind und weil Sie mir sehr gut gefallen.«

Der letzte Satz wurde so entschieden und stimmig vorgetragen, dass er, so banal er hätte wirken können, voll ins Schwarze traf. Renata spürte, dass ihr buchstäblich die Knie weich wurden. Die Schutzmauer ihrer moralischen Gewissheiten fiel in sich zusammen, und an deren Stelle trat eine schier unbezwingliche Lust, ihn zu verführen – sie war selbst überrascht, wie abenteuerlustig ihre kurze Antwort klang:

»Da sind Sie ganz sicher, stimmt's?«

»So ist es.«

»Und wer sagt, dass es mir mit Ihnen genauso geht?«

»Diese Frage können nur Sie selbst beantworten. Jetzt sind Sie am Zug.«

»Da haben Sie recht.«

»Also, treffen wir uns nachher?«

»Mal sehen …«

21

Einen kurzen Augenblick lang schauten sie sich so durchdringend an, dass Renata ein unzweideutiges Lustgefühl verspürte. Er brach als Erster das Schweigen:

»Um sieben in der Adega Portugália, am Machado-Platz. Ich reserviere einen Tisch. Sie werden es nicht bereuen, glauben Sie mir.«

»Ich denk drüber nach.«

Mit diesen Worten schnappte Renata sich das Buch, das er immer noch in der Hand hielt, und machte sich auf den Weg Richtung Rua do Catete. Ihren Kaffee und die Torte konnte gerne dieser Rafael bezahlen.

Ganz außer Atem traf sie in der Praxis ein. Im Wartezimmer saßen bereits zwei Patienten. Renata machte sich sofort an die Arbeit, gab Daten in den Computer ein und beantwortete gleichzeitig das Telefon. Erst gegen vier wurde es etwas ruhiger – und da fiel ihr auf einmal die Telefonnummer wieder ein. 4107 4122. Riesig groß und überdeutlich stand sie wie eine himmlische Vision vor ihrem geistigen Auge. Es war gerade niemand im Raum, und so nutzte Renata die Gelegenheit und wählte. Ganz langsam, Ziffer für Ziffer. Jedes Mal, wenn sie auf eine der Tasten drückte, hatte sie das Gefühl, eine der unsichtbaren Fesseln zu lösen, die ihre Seele schon so lange in Leid und Kummer gefangen hielten. Bei der achten Ziffer angekommen, erfasste sie eine seltsam rauschhafte Begeisterung, als hätte sie gerade ganz allein eine Flasche Champagner geleert. Vom anderen Ende der Leitung erklang gereizt eine leise, harte Stimme.

»Hallo?«

»Hallo, könnte ich bitte Jamilly sprechen?«

»Am Apparat.«

Die letzten Worte wirkten nicht restlos überzeugt, so als wäre ihre Gesprächspartnerin selbst nicht ganz sicher, ob es sich bei ihr um die Person handelte, nach der Renata gefragt hatte. Sie sprach in einem höflichen, aber wenig einladenden Ton. Und jetzt? Was hätte Renata sagen sollen? Es verstand sich von selbst, dass sie nicht einfach nach Mauricio fragen konnte – damit hätte sie die Karten von vornherein auf den Tisch gelegt. Wenn das Misstrauen dieser Jamilly aber erst einmal geweckt war, würde sie ihr bestimmt weiß der Himmel was erzählen, und am Ende wäre Renata genauso schlau wie vorher. Also sagte sie kein Wort. Bis die andere unfreundlich nachhakte:

»Wer ist denn da?«

Einer dieser rätselhaften Eingebungen folgend, wie sie Leuten, die regelmäßig spielen, nur zu vertraut sind, fragte Renata unvermittelt:

»Wie viel nehmen Sie?«

Kurze Pause, offensichtlich musste die Frage erst verarbeitet werden.

»Hundertzwanzig, für zwei Stunden, hier bei mir.«

»Vielen Dank.«

»War das alles?«

Erschrocken legte Renata auf. Also genau wie sie sich gedacht hatte! Wie viele waren es gewesen? Und seit wann? Oder hatte er es zum ersten Mal gemacht? Ob er ein Kondom benutzt hatte? Gleich darauf jedoch stellte sie fest, dass sie innerlich zu kochen begann. Ihr Kopf glühte, und in ihrem Hals bildete sich ein harter Kloß, den hinunterzuschlucken sie sich lange Zeit vergeblich abmühte. Wie betäubt durch ihre Entdeckung arbeitete sie mechanisch weiter, ohne zu merken, wie die Zeit verging. Erst als sie den letzten Patienten abgefertigt hatte, warf sie einen Blick auf die Uhr. Halb sieben. Gerade rechtzeitig, sagte sie sich.

Den Zufall gibt es nicht, dachte sie einmal mehr, als sie in Richtung Machado-Platz die Rua do Catete entlangging. Die Straßenbeleuchtung war bereits eingeschaltet, und auf den Bürgersteigen drängten sich die Menschen, die den Rest des Frühlingstages genießen oder vor Ladenschluss rasch noch etwas einkaufen wollten. Renata beschleunigte den Schritt, um die Zeit aufzuholen, die sie vor ihrem Aufbruch, noch in der Praxis, dafür verwendet hatte, um sich schön zu machen. Sie wollte um fünf vor halb acht eintreffen, keine Minute früher oder später, und so seine Geduld auf die Probe stellen und zugleich seine Begierde entfachen. Länger als eine halbe Stunde würde er nicht auf sie warten, da war sie sich sicher. Exakt fünfundzwanzig Minuten nach der verabredeten Zeit durchquerte sie nervös die auf Saloon getrimmte Schwingtür des Restaurants. Sie entdeckte ihn nicht sofort, er hatte sich an einem Ecktisch gleich neben dem Eingang postiert, von wo aus man übersehen konnte, wer hereinkam, ohne gleich selbst ins Blickfeld zu geraten. Enttäuscht registrierte sie die ein wenig heruntergekommen wirkende Leere, die nur von einer Handvoll Kellner in speckigen Jacken, dickbäuchigen Männern in Bermudashorts und zwei stummgestellten Fernsehern gefüllt wurde. Sie wollte schon auf dem Absatz kehrtmachen und nach Hause gehen. Aber da stieß sie doch noch auf das schon bekannte Lächeln, das jetzt umso verschmitzter wirkte, und auf das grüne Augenpaar, dessen Anziehung ihr endgültig unwiderstehlich schien. Auf dem Tisch vor Rafael stand ein halbvolles Bierglas, daneben eine Schachtel Marlboro light. Er erhob sich und trat auf sie zu.

»Ich dachte schon, Sie kommen nicht mehr«, log er, ergriff zur Begrüßung ihre Hände und drückte ihr je einen festen und doch sanften Kuss auf beide Wangen.

»Stimmt nicht, Sie haben gewusst, dass ich kommen würde«, erwiderte Renata und stellte fest, dass er sich umgezogen hatte und seine Haare noch feucht vom Waschen waren. Das schwarze, enganliegende T-Shirt brachte seine Arm- und Brustmuskulatur wirkungsvoll zur Geltung, sie war kräftiger ausgebildet, als es zuvor den Anschein gehabt hatte. Und an den Oberarmen war er tätowiert – einmal Tom und einmal Jerry. Wie süß! Unter Aufbietung aller ihr zur Verfügung stehenden sinnlichen Reserven ließ Renata sich an dem Tisch nieder, wo sie zuerst einmal feierlich ihr Handy ausschaltete. Für den Fall, dass Mauricio auf die Idee kommen sollte, sie anzurufen – bitte schön, wozu gab es denn die Mailbox? Er konnte sie mal.

Mit dem Taxi brauchten sie keine drei Minuten bis zum Hotel Love Time. Renata wäre zu diesem Zeitpunkt aber ohnehin nicht auf den Gedanken gekommen, auf die Uhr zu sehen – nach vier Caipirinhas gab es Wichtigeres als die Tatsache, dass es reichlich spät war. Stattdessen überlegte sie, was für einen Slip sie eigentlich am Morgen angezogen hatte, dass es höchste Zeit war, sich Achseln und Bikinizone enthaaren zu lassen, und in wie vielen Tagen wohl ihre Periode einsetzen würde. Rafaels Zunge erforschte derweil ihre Mundhöhle, durchfuhr den schmalen Kanal zwischen Zahnfleisch und Lippen, kitzelte sie mit köstlicher Könnerschaft am Gaumen. Zum ersten Mal geküsst hatten sie sich, als sie sich gerade vom Tisch erheben wollten. Er hatte sich ihr entschlossen genähert und umstandslos die Arme um sie gelegt. Sie hatte hastig und verstohlen – wie jemand, der sich im Vorbeigehen an einer Kirche bekreuzigt – ihren Mund auf den seinen gedrückt. Zum ersten Mal seit neun Jahren hatte es sich nicht um Mauricios Mund gehandelt. Der Kuss tat gut, er war feurig und schien nicht enden zu wollen, wie die Küsse von früher, aus einer Zeit, die sie längst für unwiederbringlich verloren gehalten hatte. In den letzten Jahren hatte der Strom ihres Begehrens sich unmerklich verflüchtigt und zuletzt nur noch ein ausgetrocknetes Bett hinterlassen. Jetzt trat seine Feuchtigkeit wieder mit Macht zwischen ihren Beinen hervor, füllte ihren Mund mit Speichel, der sich mit Rafaels Speichel vermischte, durchdrang als Schweiß das synthetische Gewebe der Bluse, die ihr inzwischen am Rücken klebte.

Als sie seinen Schwanz vor ihrem Mund zur Seite schob und entschlossen in ihre Scheide einführte, wusste sie endlich, was sie wollte und dass sie das Werkzeug ihrer Rache buchstäblich in der Hand hielt. Woher sie das wusste, spielt keine Rolle – sie wusste es einfach, wie und weshalb hätte sie selbst nicht sagen können. Entscheidend war natürlich, dass Rafael nicht einmal auf die Idee kam, zu fragen, ob er ein Kondom überziehen solle. Aber auch in diesem Fall hätte Renata Mittel und Wege gefunden, ihr Vorhaben umzusetzen. Auf einmal war sie sich ihrer Sache so sicher, dass sie absichtlich auf dem Rücken liegen blieb und ihn so lange in sich behielt wie irgend möglich, um in biologischer Hinsicht bloß nichts falsch zu machen, die – ohnehin wenig dauerhafte – Lust war da längst nicht mehr so wichtig.

Als die Schwangerschaft unzweifelhaft feststand und sie Mauricio davon in Kenntnis setzte, machte dieser zunächst ein Riesentheater – das war doch nicht möglich, sie taten es doch nie ohne! Als Renata ihm daraufhin vorhielt, dass rein

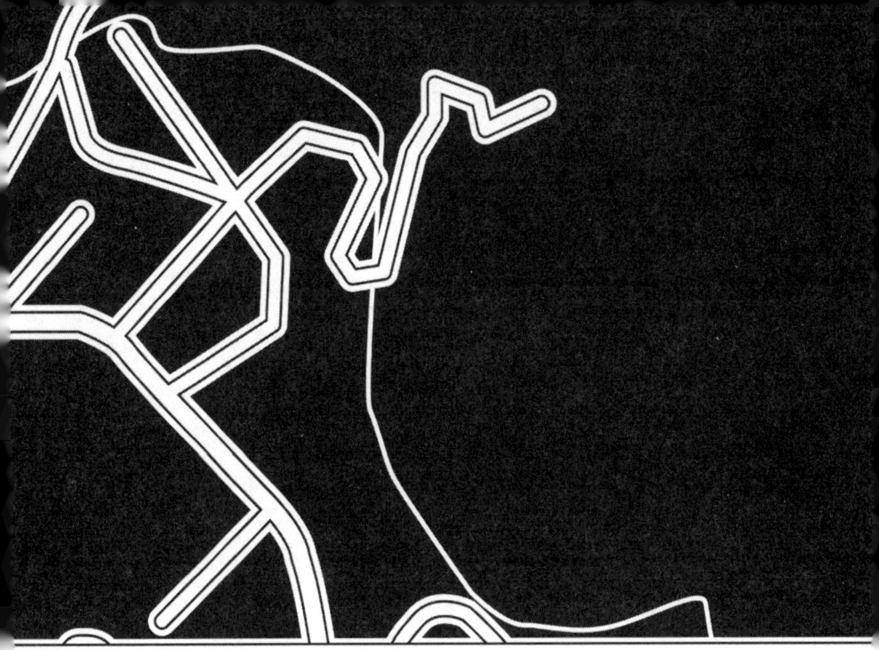

Helena, Gávea, 16

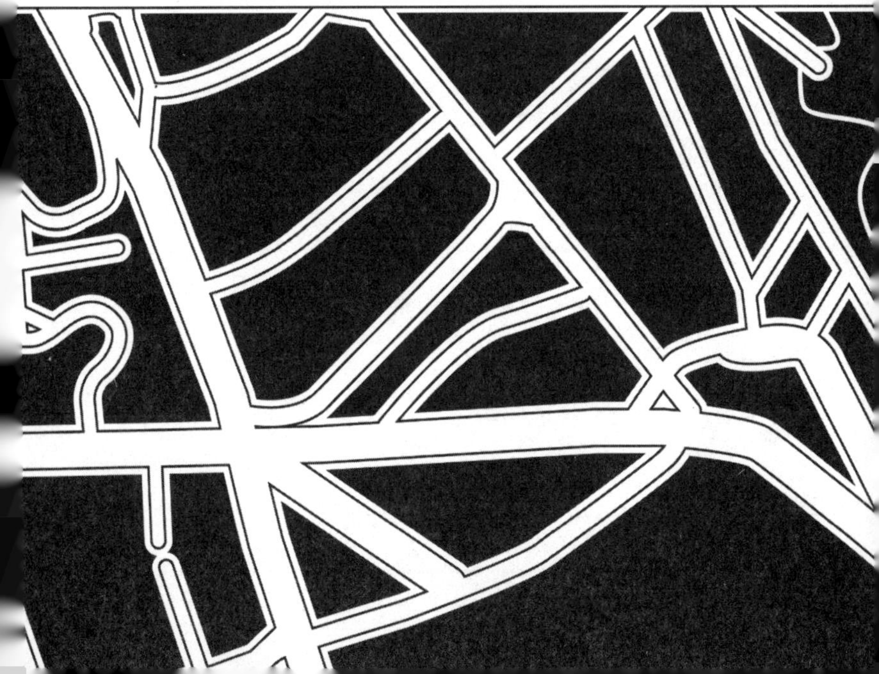

statistisch gesehen auch der Gebrauch von Kondomen keine hundertprozentige Sicherheit garantiert, und außerdem durchblicken ließ, dass sie womöglich von seinen außerehelichen Vergnügungen Wind bekommen hatte, gab er sich missmutig geschlagen. Das Kind kam in der Sankt Sebastians-Klinik in Catete zur Welt und wurde auf den Namen Rafael getauft.

Ein herrlicher Tag am Meer – Helena, im goldenen Glanz ihrer sechzehn Jahre, warf lachend den Kopf in den Nacken. Dass sie gerade den glücklichsten Augenblick ihres Lebens genoss, war ihr nicht bewusst, wie auch? Über derlei denkt man erst später nach, wenn man sich wehmütig all die verpassten Gelegenheiten vor Augen führt. Solange man lebt, gibt es auch Hoffnung, dass es besser werden kann, dass sich die verlorene Zeit aufholen lässt, dass es noch einmal aufwärtsgeht. Erst mit dem Tod kommt das Leben endgültig ans Ziel, erst dann lässt sich sein Verlauf genau zurückverfolgen – doch die Toten interessieren sich nicht für das Auf und Ab einer Biographie. Aber lassen wir die Toten beiseite, Helena war schließlich noch am Leben, und wie! Ganz und gar ihrem Dasein hingegeben war sie, nie wieder sollte sie die innere und äußere Welt so mühelos als Einheit erleben. Kein Zweifel, für sie ging es im Augenblick aufwärts.

Bê reichte ihr den Joint, und sie zog wieder daran. Als sie dem Rauch hinterhersah, traf ihr Blick auf den roten Sonnenball, der in einer Explosion aus Rosa-, Lachs- und Grautönen hinter dem Morro Dois Irmãos versank. Am Himmel drehten sich Spiralen aus geschmolzener Schokolade und Maracujasirup, die weiter unten ineinanderflossen und sich über dem purpurroten Meer vor dem Strand von Ipanema ausbreiteten, aus dem sich hier und da vor dem tief orangefarbenen Horizont die schwarzen Umrisse der Inseln erhoben. Helena musste an das gestreifte T-Shirt denken, das sie Leo zum Geburtstag geschenkt hatte. Irre, dass der Himmel so bunt wie ein T-Shirt sein konnte! Aber was war das eigentlich für eine schwachsinnige Feststellung? Fast so schwachsinnig wie ihre Hausangestellte, die imstande war zu sagen, eine Blume sei so schön, man könne fast meinen, sie sei aus Plastik. Oder ein Stück Obst. Aus Plastik. Obst. Hausangestellte. Essen. Hunger. Die Vorstellungen begannen immer heftiger in ihrem bekifften Kopf zu kreisen, doch da wurde sie von Manus Stimme unterbrochen:

»Schau mal, da kommt Leo.«

Mit dem Surfbrett unterm tätowierten Arm stieg er aus dem Meer. Von der Hautschutzcreme und den vielen im Wasser zugebrachten Stunden klebte ihm das blonde Haar im Nacken. Helena sah, wie er auf sie und die kleine Gruppe ihrer Freunde zukam, seinen langen, gelenkigen Hals, die schlanken Hüften. Wirklich hübsch, mein süßer kleiner Geliebter, sagte sie sich. Oha, was war das denn? Süß? Klein? Was für Ausdrücke hatten sich da bei ihr eingeschlichen? Mein süßer Kleiner. Süßer. Kleiner. Süßer Kleiner, süßer Kleiner, süßer Kleiner … Die beiden Worte schienen auf einmal wie eine elektronische Laufschrift vor ihr über den Horizont zu wandern. Seit wann war irgendetwas an Leo süß oder klein? Sie waren jetzt sechs Monate zusammen, und nie war ihr im Zusammenhang mit Leo etwas anderes als der Superlativ angemessen erschienen. Alles hatte damit angefangen, dass sie sich Hals über Kopf in ihn verliebt hatte, sie hatte jeglichen Appetit verloren, war nächtelang wach gelegen, hatte in nichts mehr einen Sinn erkennen können, es sei denn, es hatte mit ihrer großen Liebe zu tun. Dann hatte die eigentliche Liebesgeschichte begonnen. Der erste Kuss. Das erste Mal. Das zweite, dritte, vierte Mal, und die zahllosen Male danach, zu jeder Tages- und Nachtzeit, immer wenn sie es irgendwie geschafft hatten, allein zu sein. Manchmal auch nicht ganz allein, zum Beispiel in Manus Zimmer, bei deren Geburtstag. Oder im Bad bei Bê, als sie dort im Garten gegrillt hatten. Oder auf dem Schiff von Leos Vater, während alle anderen schliefen. Und seit ein paar Wochen konnte man ihre Liebe tatsächlich als eine Beziehung betrachten, fand Helena jedenfalls. Immerhin waren sechs Monate ihr bisheriger Rekord. Während der ganzen Zeit war Leo ihre unvergleichliche Liebe gewesen, der Mann ihres Lebens: Groß, gutaussehend, stark, zärtlich, attraktiv, kurz: in jeder Hinsicht der Tollste von allen.

Aber wieso hatte sie ihn dann gerade eben als ›mein süßer Kleiner‹ bezeichnet? Zugegeben (ihr blieb nichts anderes übrig), so gut sah er auch wieder nicht aus, Brad Pitt war er nicht. Er war ein hübscher Kerl, ganz bestimmt, aber ein bisschen unreif war er auch. Ehrlich gesagt, hatte sie manche seiner Kindereien inzwischen ein bisschen über: Es war einfach albern, dass er die ganze Zeit Yakult trank, das war doch was für Kinder, und ständig diese Eifersucht (als ob sie auf diesen grässlichen Paulinho Bernardes stehen würde, nur weil der einen Job als Schauspieler bei Globo TV hatte – ein alter Knacker, der Typ war bestimmt fast dreißig); außerdem hockte er dauernd mit seinen Surfer-Freunden zusammen (letzten Samstag hatte er sie alleine sitzenlassen, nur weil er sich bei Bocão zu Hause unbedingt ein Surf-Video

33

ansehen musste). Leos kleine Welt beschränkte sich auf Strand, Wellen, Gras und Reggae. Und wenn es etwas gab, was Helena nervte, dann Reggae. So eine Schrottmusik. Helena war schon seit längerem auf der Suche nach etwas anderem, sie wollte Schauspielerin werden. Sie hatte Kurse am Theater belegt, und im März wollte sie an der Casa das Artes anfangen, in Laranjeiras, angemeldet hatte sie sich schon. Leo interessierte das alles nicht. Was der Unterschied zwischen Stanislawski und Stanley Kowalski war, hätte er nicht sagen können. Hätte ihn jemand danach gefragt, hätte er wahrscheinlich geantwortet, das Erste müsse irgendwas mit Anabolika zu tun haben, und Kowalski sei doch der Bassist von Motörhead. Jedenfalls – und das fand Helena noch schlimmer – tat er immer, als wüsste er genau Bescheid, selbst wenn er keine Ahnung hatte. Deswegen hatten sie auch regelmäßig Streit, immer wenn Leo hartnäckig auf dem größten Schwachsinn bestand, kriegten sie sich in die Haare. Das war auch beim letzten Mal so gewesen, da hatten sie so heftig gestritten, dass sie danach zwei Tage nicht mehr miteinander gesprochen hatten. Leo wollte sich einfach nicht ausreden lassen, dass Bali die Hauptstadt von Indonesien sei, das muss man sich mal vorstellen. Na gut, er hatte auch seine netten Seiten. Zur Versöhnung hatte er ihr damals diesen riesigen Plüsch-SpongeBob geschenkt – manchmal war er wirklich süß! Süß? Mein kleiner Süßer ... Eben, Leo war auf einmal nur noch süß. So ein Mist.

Kaum war Leo bei seinen Freunden angekommen, kam er auf Helena zu und drückte ihr einen Kuss auf die Lippen. Ebenso schnell drehte sie den Kopf zur Seite und tat dabei, als müsste sie unbedingt den Rauch ausstoßen, den sie schon so lange inhaliert hatte. Sie merkte, dass ihm nicht entging, wie heftig sie sich abwandte. Für einen kurzen Moment erschien auf seinem Gesicht der traurige Hundeblick, den er sonst nur aufsetzte, wenn er sich im Innersten verletzt fühlte. Gut so, sagte sich Helena, dann lernt er endlich, mir mehr Raum zu lassen.

Auf einmal stand ein Junge vor ihnen, der Flyer verteilte. Er drückte jedem von ihnen einen in die Hand.

»Hier, Leute, geile Party, morgen in der Fundição Progresso.«

Helena bestaunte die langen Dreadlocks des Jungen. Er hatte sie im Nacken locker zusammengeknotet. Wie die Schlangen am Haupt der Medusa verteilten sie sich in wilden Windungen über seine glänzend schwarze Haut. Von den Haaren richtete sie den Blick auf sein strahlend weißes Lächeln und ließ ihn dann verstohlen an dem glatten Körper hinunterwandern, bis sie bei dem knallig gelben Badeslip angekommen war. Der Stoff spannte sich gefährlich, es war nicht zu übersehen. Ob es stimmte, was die anderen erzählten? Sie musste insgeheim über sich lachen und senkte den Blick rasch zu Boden. Gleich darauf ließ sie ihn an Leos Beinen wieder hinaufgleiten, über die weitgeschnittenen bunten Bermudashorts, die ihm von den Knien bis über die Hüften reichten. Bei seinem Gesicht angekommen, stellte sie fest, dass er damit beschäftigt war, den Flyer zu lesen. Dabei bewegte er leise die Lippen. (Oh nein!) Sie nahm sich selbst den Flyer vor:

Bald ist Karneval!

TECHNO FUNK X-SALADA
MC Lucky und Gäste
2 Dancefloors und Aquädukt-Lounge

Samstag, 26. Februar, ab 22.30 Uhr
DJ Cassiano (funk & black music)
DJ Rafael (electro & pop rock)
D Doctor J (techno & house)
MC Strike Z (hip-hop)

Eintritt: R$ 24 – mit Flyer: R$ 20 – Studenten: R$ 12
Zutritt ab 18 Jahren
Location: Fundição Progresso – Rua dos Arcos, 24 – Lapa

Sponsored by Pintoff Ice

Manu gab als Erster einen Kommentar ab:

»Krass, meine Kusine war bei der Party in Rocinha, wo MC Lucky aufgelegt hat, sie hat gesagt, es war total geil.«

»Dieser Cassiano ist auch nicht schlecht. Voll old school«, bekräftigte Bê.

»Dann lass uns doch hingehen«, sagte Helena. »Diesen Rafael hab ich schon mal im Circo gesehen, der ist super, total gut zum Tanzen.«

Nur Leo musste mal wieder aus der Reihe fallen:

»Ach nee, nicht mit mir, Funk bring's einfach nicht.«

»Mann, Leo, das is nich bloß Funk. Die spielen auch andere Sachen. Komm, lass uns hingehen«, erwiderte Manu.

»Echt, Leo, immer musst du übertreiben. Das wird bestimmt total geil.« Auch Bê wollte nicht nachgeben.

36

Aber Leo blieb dabei:

»Nee, Mann. Ohne mich. Ich hasse Funk. So was hören bloß Gangster und die aus den Favelas.«

»Na gut, du musst ja nicht mitkommen«, sagte Helena.

Die anderen blickten sie erstaunt an. Das war deutlich. Damit zeigte sich zum ersten Mal ein Riss in der bis dahin scheinbar so perfekten Beziehung der beiden. Am stärksten überrascht war Leo. Einen Moment lang sah er Helena mit aufgerissenen Augen und geöffnetem Mund an (was aber bloß Helena auffiel), dann sagte er beleidigt:

»Schon okay. Macht doch, was ihr wollt.«

Er schnappte sich sein Surfbrett und verschwand, ohne sich noch einmal umzudrehen, in Richtung Uferpromenade. Bê lief hinter ihm her, Helena und Manu blieben allein zurück.

»Was war das denn, Lê? Habt ihr euch gestritten?«

»Keine Ahnung. Ach, mir doch egal. Weißt du, was? Ich hab echt genug von Leos Getue, der ist so was von kindisch.«

Sichtlich bemüht, die Tränen zurückzuhalten, blickte Helena zum Horizont. Manu legte ihr den Arm um die Schultern und sah sich nach den beiden Jungs um. Leo entfernte sich immer weiter, während Bê mit hängendem Kopf durch den Sand zu ihnen zurücktrottete.

Am nächsten Abend war die Fundição rappelvoll. Aus Baixo Gávea war alles gekommen, was Rang und Namen hatte, dazu noch B-Boys und Funkfans aus den Vorstädten, schicke Party-People aus Barra, ältere Mitglieder der Alternativszene. Alles bunt gemischt, schließlich befand man sich in Lapa, der Mutter aller Ausgehzonen von Rio de Janeiro, ein neutrales Gebiet, wo der Nord- und der Südteil der Stadt aufeinanderstoßen, was für ein heilloses Durcheinander sorgt. Unter der Regie von Electro-DJ Rafael gab Helena sich auf der Tanzfläche dem süßen Vergessen hin. Sie hatte sich mit Manu ein Ecstasy geteilt und wiegte sich jetzt auf einer Welle des Wohlbehagens, während ihr Körper zum unvermeidlichen Stampfrhythmus eines Presslufthammers zusehends mit der Umgebung verschmolz. Irgendwann schloss sie die Augen und sank in einem Traum bis auf den Grund eines endlosen Kindheitssommers. Als sie die Augen nach, wie ihr schien, ewig langer Zeit wieder aufschlug, stellte sie erstaunt fest, dass immer noch die gleiche Musik lief. Lachend fiel sie Manu und Bê um den Hals, und so tanzten sie weiter, vereint in einem einzigen gemeinsamen Rhythmus.

Um kurz nach zwei beschlossen sie, erschöpft vom Tanzen und mit völlig ausgetrockneten Mündern, etwas trinken zu gehen. Mühsam bahnten sie sich einen Weg von der immer noch randvollen Tanzfläche, bis sie irgendwann auf dem Hof des Gebäudes standen, das in seinem früheren Leben eine Gießerei gewesen war. Sie traten an die Bar und tranken jeder gierig eine Flasche Wasser. Mit ernster Miene fuhr Bê sich mit dem Ärmel über die feuchten Lippen, zog geräuschvoll die Nase hoch und verkündete:

»Jetzt habe ich Bock auf ein bisschen Funk.«

Die beiden Mädchen lachten und folgten ihm ohne Widerrede bis zu einer Stelle, von wo aus man die andere Tanzfläche überblicken konnte. Gesteuert von MC Luckys Team – der Meister selbst war gerade nicht persönlich anwesend – drängte sich unter ihnen eine Ansammlung ziemlich eigenwilliger Gestalten. Die eine Hälfte der Fläche wurde von waschechten Funk-Fans eingenommen, auf der anderen befanden sich vor allem geschniegelte Popper. Die beiden Gruppen kehrten einander beim Tanzen den Rücken zu – man hätte meinen können, gleich werde es losgehen wie in einem Videoclip von Michael Jackson, mit einem perfekt choreographierten Tanzduell zwischen Niggern und Bleichgesichtern, das irgendwann in einer utopischen Verbrüderung endet. Auf das eiserne Geländer gestützt genossen die drei eine Weile die Szenerie, aus der sich vor allem eine Vielzahl wohlgeformter und aufreizend kreisender weiblicher Hinterteile und die schrillen Schreie eines Mädchens hervorhoben, das offensichtlich bemüht war, den dumpf dröhnenden Bassnoten etwas entgegenzusetzen.

»Und, Bê, bist du bereit? Gehen wir runter?«, fragte Manu schließlich.

»Was?«, fragte Bê zurück; er musste schreien, um den Lärm zu übertönen.

»Ob du runterwillst?«, schrie Manu zurück.

»Weiß nich, irgendwie find ich's 'n bisschen lahm.«

Bês wiederum laut schreiend vorgebrachte Ablehnung fiel mit einer kurzen Unterbrechung der dröhnenden Geräuschkulisse zusammen. In der plötzlich eingetretenen Stille waren seine Worte für die Umstehenden deutlich zu hören und riefen ein Lachen hervor, dem die Worte folgten: »Superlahm, aber echt!«

Bê, Manu und Helena sahen nach links, von wo die klangvolle Stimme zu ihnen gedrungen war, und erblickten einen vielleicht achtzehn oder neunzehn Jahre alten Schwarzen, der sich nicht weit von Helena entfernt mit den Ellbogen auf das Geländer stützte. Er war allein. Als er die auf ihn gerichteten Augen bemerkte, richtete er sich zu voller Größe auf – er maß gut einen Meter achtzig – und lächelte die drei höflich an. Alles an ihm machte den Eindruck von Gelassenheit und Stärke, von den entschlossen dreinblickenden Augen bis zu den kräftigen gepflegten Händen, von dem schlichten Sankt Georgs-Figürchen an seiner Halskette bis zum wundersamerweise makellos blauen Veloursleder seiner Adidas-Schuhe. Unwillkürlich drehte Helena sich ihm zu, bis sie sich Auge in Auge gegenüberstanden. Wieso hatte sie ihn nicht schon vorher wahrgenommen? Jetzt machte es jedenfalls den Eindruck, als kreiste nicht nur die gesamte Fundição, sondern ein weit größeres Gebiet um ihn als ihren unbestrittenen Mittelpunkt.

»Hallo, ich heiße Rarlei. Aber alle nennen mich Zulu.«

Auch wenn seine Worte eigentlich an sie drei gerichtet waren, spürte Helena die magnetische Anziehung, die sein Blick auf sie ausübte, weshalb sie es nur normal fand, dass sie diejenige war, die antwortete:

»Ich heiße Helena, und das sind meine Freunde Manu und Bê.«

Nachdem man sich so miteinander bekannt gemacht hatte, sagte Rarlei:

»Ich wollte gerade zu 'ner richtigen Party – habt ihr Lust, mitzukommen?«

»Weiß nich, eigentlich ist es schon ein bisschen spät«, sagte Bê unsicher.

»Was heißt hier spät, Bê? Der Abend fängt doch gerade erst an«, erwiderte Manu.

Rarlei lächelte Helena gelassen an. Ihm ging es offensichtlich nur um ihre Antwort. Davon abgesehen schien er nicht im Geringsten daran zu zweifeln, dass sie seinen Vorschlag annehmen würden.

»Wo ist denn die Party?«, fragte Helena.

»In Turano. Bei mir draußen.«

»Und wie sollen wir da hinkommen?« (Helenas Frage sollte bloß davon ablenken, dass die Sache längst entschieden war.)

»Ich lade euch ein, ihr könnt bei mir mitfahren.«

»Okay, einverstanden.«

»Ich hol das Auto und warte draußen auf euch.«

Mit lässiger Eleganz in den Knien federnd verschwand Rarlei Richtung Ausgang.

»Spinnt ihr?«, sagte Bê ärgerlich.

»Wieso denn?«, erwiderten die Mädchen einstimmig.

»Wollt ihr wirklich mit dem Typen zu einer Funk-Party fahren, mitten in einer Favela? Wir kennen ihn doch gar nicht. Vielleicht ist er ein Dealer!«

»Umso besser«, sagte Helena. »Dann traut sich keiner an uns ran.«

»Nee, also ich finde, das geht nicht, das können wir nicht machen.«

»Musst ja nicht mitkommen, dann fahren wir eben allein. Stell dir vor: Zwei hilflose Mädchen aus Rio-Süd unter lauter schlimmen Jungs.«

Manu kicherte, und Bê musste irgendwann einsehen, dass er außerstande war, seinen Begleiterinnen klarzumachen, weshalb ihr Vorhaben solche Ängste in ihm erzeugte. Angesichts der entschlossenen Miene der Mädchen gab er sich geschlagen und versuchte sich mit der Vorstellung abzufinden, dass er schon in wenigen Augenblicken im Auto dieses Rarlei sitzen und eine Favela ansteuern würde.

»Meinetwegen. Aber vorher muss ich noch mal auf Toilette.«

Keiner von ihnen konnte das Gefühl von Aufregung und Angst unterdrücken, als kurz darauf ein nagelneuer silberner Opel Vectra mit schwarzgetönten Scheiben, Titaniumfelgen und getunten, chromblitzenden Auspuffrohren vor ihnen hielt. Hundertprozent *Pimp my ride*! Während an der Fahrerseite langsam die Scheibe hinuntergelassen wurde, kam nicht nur Rarleis Gesicht zum Vorschein, es drang auch in voller Lautstärke Musik von Tupac aus dem Inneren des Wagens. Scheiße, der Typ ist wirklich Dealer, sagte sich Bê. Während der Fahrt sprachen sie kaum ein Wort, was allerdings wegen der fetten Basstöne, die den Rest der Musik leicht verzerrt klingen ließen und der Atmung der Insassen des Autos den Rhythmus vorgaben, nicht übermäßig auffiel. Kurz hinter dem Sambodrom bogen sie links in eine schmale Seitenstraße ab. Bald darauf nach rechts, dann wieder links, noch mal links – Bê versuchte von der Hinterbank aus, die Straßennamen auszumachen, für den Fall, dass sie irgendwann fluchtartig den Rückzug antreten mussten. Doch alles, was er zu sehen bekam, war einmal ein Schild mit der Aufschrift Barão de Itapagipe – ein Name, den er noch nie gehört hatte. Konnten die die Stadt nicht besser ausschildern, verflucht nochmal? Etwas später bogen sie erneut ab, und es ging eine Anhöhe hinauf. Schließlich hielt Rarlei vor einem unscheinbaren Gebäude und machte die Musik aus. An deren Stelle drangen abgehackte Tanzrhythmen durch die nächtlich-unschuldige Stille.

Sie stiegen aus, und Rarlei schloss das Auto nicht einmal ab. Kreischend und kichernd hüpften Helena und Manu Arm in Arm auf den Eingang des Gebäudes zu. Bê holte tief Luft und warf hilfesuchend einen Blick in Richtung ihres Gastgebers. Rarlei beschränkte sich darauf, ihn siegesgewiss anzulächeln. Als sie jedoch durch die Tür gingen und in die dahinter liegende Halle kamen, verflüchtigten sich schlagartig alle Ängste und verwandelten sich in helle Begeisterung: Sämtliche Anwesenden unterbrachen die Party, um King Zulu ihre Reverenz zu erweisen. Eine Riesenmenge drängte sich an diesem Ort zusammen, der angesichts der gigantischen Ausmaße der dazugehörigen Lautsprecherwand klein wirkte. Und alle sahen sie die Ankömmlinge ehrfürchtig und neugierig an. Selbst Manu, die sonst so gerne die Überlegene raushängen ließ, erschrak sichtlich, als mehrere bewaffnete junge Männer auf Rarlei zugingen, um ihn unterwürfig in Empfang zu nehmen. Sosehr Manu sich auch anstrengte, sich ihre Angst nicht anmerken zu lassen, der – durchaus komische – Anblick ihrer unaufhörlich blinzelnden Augen verriet sie allemal. Nur Helena schien unberührt von der Wirkung der unglaublichen Szenerie. So heftig wie ihre Augen funkelten, hätte man allerdings versucht sein können, von Ekstase zu sprechen, und doch hätte es dieser Ausdruck nicht richtig getroffen. Sie hatte vielmehr das Gefühl, zum ersten Mal im Leben die Hysterie nachvollziehen zu können, die einen Fan erfasst, wenn plötzlich sein Idol leibhaftig vor ihm erscheint, oder die rauschhafte Begeisterung, mit der die Teilnehmer einer Reality Show sich in ihre Rollen stürzen. Und da wollte sie bloß noch tanzen.

Von nun an verging die Zeit wie im Flug, ein einziger Rausch aus Tönen, Lichtern, Farben, tanzenden, schweißgebadeten Körpern und Blicken, die sie im tiefsten Inneren berührten. Als sie schließlich nach einem nicht enden wollenden magischen ersten Kuss die Lippen von Rarleis Mund löste und auf die Uhr sah, stellte sie fest, dass es halb sieben war. Als sie sich suchend nach ihren Freunden umschaute, erblickte sie Manu, die ihr gegenüber auf einem verschlissenen roten Sofa lag und schlief, genau wie das Paar am anderen Ende desselben riesigen Möbelstücks, neben dem ansonsten leere Whiskygläser und die eine oder andere Red Bull-Dose standen. Ein komischer Ort, wie genau sie hierher gelangt waren, in diese Art Umkleidekammer in einer Art Zwischengeschoss über der Halle, wusste sie selbst nicht. Ehrlich gesagt, war ihr das aber ziemlich egal. Das Einzige, was zählte, war, dass sie mit ihm zusammen hier war, mit dem Mann, den sie inzwischen schon seit immer zu kennen glaubte. Zugleich jedoch hatte sie das bedrückende Gefühl, etwas verloren zu haben, so als fände sie plötzlich ihren Hausschlüssel nicht mehr. Nach einigem Grübeln kam sie auf den Gedanken, zu fragen, wo eigentlich Bê abgeblieben war. Rarlei deutete nach unten zur Tanzfläche, wo von der riesigen Menge von Partygästen bloß noch ein paar Hundert übrig waren, die offensichtlich immer noch nicht genug gefeiert hatten. Inmitten von ihnen befand sich auch ihr Freund Bê. Er tanzte ausgelassen mit einem Mädchen, wobei ihn ein kleiner bewaffneter Favela-Soldat sorgfältig im Auge behielt; als dieser spürte, dass der Herrscherblick von King Zulu sich auf ihn gerichtet hatte, nickte er zur Bestätigung leicht mit dem Kopf.

»Ich glaub, ich muss jetzt gehen«, flüsterte Helena traurig.

»Warum?«

»Ich muss Manu nach Hause bringen«, sagte sie unsicher. Dann verstummte sie, dachte einen Augenblick nach und verbesserte sich mit erregt blitzenden Augen: »Wenn ich jetzt nicht gehe, bleibe ich vielleicht für immer.«

»Dann bleib doch.«

Helena blickte Rarlei tief in die Augen – er meinte es ernst, er machte ihr nichts vor, das konnte sie sehen. Sie seufzte. Ja, warum blieb sie nicht hier? Was hatte sie zu verlieren? Alles! Was heißt alles? Ihr Haus, ihr Geld, ihr Auto? So ein Quatsch. Ihre Familie, die Eltern? Lauter frustrierte, vom Leben enttäuschte Menschen, und sie sollte auch so werden – niemals! Studieren, an ihre Zukunft denken? Sehr witzig. Die Zukunft gibt es nicht, auf die Zukunft hoffen bloß die Frustrierten und Enttäuschten, das Einzige, was es gibt, ist die Gegenwart. (Die Selbstgewissheit ihrer sechzehn Jahre ließ sie die Dinge mit unerträglicher Klarsicht erkennen.) Also, warum blieb sie nicht einfach? Ja, wieso eigentlich nicht? Vorsichtig fragte sie:

»Und wie kommen meine Freunde dann zurück?«

»Ich sag Filó, er soll meinen Wagen nehmen und sie nach Hause bringen, natürlich frisch geduscht und ordentlich gekämmt.«

»Und ich, wo soll ich hin?«

»Du ziehst zu mir, in meine Hütte. Ich mach dich zu meiner Königin.«

»Vorher müsste ich aber noch ein paar Sachen von zu Hause holen.«

»Du kriegst alles von mir, ich kauf dir, was du willst. Alles, wovon du schon immer geträumt hast.«

Der erste Monat war am schwierigsten. Da Helena noch nicht volljährig war, musste sie sich verstecken. Ihre Eltern schalteten selbstverständlich die Polizei ein, die auch eine Suchaktion in der Favela durchführte. Letztlich brauchte Helena aber nur zwei Nächte anderswo zu übernachten, außerhalb von Rarleis Haus. Danach gaben die Ordnungshüter die Verfolgung auf, schließlich war Helena nicht das erste Mädchen aus dem gutbürgerlichen Süden Rios, das ihrer großen Liebe wegen in die Favela zog, und sie würde auch nicht die letzte sein. Außerdem hatte die Polizei genug andere Dinge zu erledigen, ganz davon abgesehen, dass Rarlei peinlich darauf achtete, bei der Bezahlung der Schutzgelder niemals in Verzug zu geraten. Trotzdem sorgte er von Anfang an dafür, dass sie so wenig wie möglich außerhalb des Einflussbereichs seiner Gruppe unterwegs war. Ein bisschen vermisste Helena ihre Freunde schon, sie konnten nur zu ihr kommen, wenn sie sie herbestellte. Und trotzdem war sie glücklich über ihr neues Leben. Bald hatte sie sich daran gewöhnt, die First Lady zu sein, die ständig von Ratgeberinnen umringt war, die darauf brannten, ihr zu schmeicheln. Und was es nicht alles zu erledigen gab – nie hätte sie sich träumen lassen, welche Anforderungen das soziale Leben der Favela stellen konnte. Doch sie erwies sich ihrer Aufgabe jederzeit als gewachsen, sie war die geborene Königin. Und Rarlei war die Güte und Großherzigkeit selbst. Der Mann ihres Lebens. Sanft, stark, zärtlich, treu. Ein Traum. Anders als in den blutrünstigen Polizeiberichten der Zeitungen über die Bewohner der Favelas dargestellt, war er intelligent und einfühlsam. Einmal fiel ihr zudem beim Saubermachen in einer Schublade zufällig sein Personalausweis in die Hände. Beim Anblick des verschämten Kindergesichtes, das hinter den sonst so betont erwachsenen Zügen von King Zulu hervortrat, als sie mit lauter Stimme seinen dort verzeichneten vollständigen Namen vorlas – »Rarlei Deivisson dos Santos« –, war es endgültig um sie geschehen. Rarlei dagegen wäre offensichtlich am liebsten auf der Stelle im Erdboden versunken. Oder wie Helena später vertraulich zu Manu sagte: Wäre er nicht so schwarz, wäre er in diesem Augenblick knallrot angelaufen.

Nach einem weiteren Monat lockerten sie die Vorsichtsmaßnahmen. Helena verließ öfter das Haus und suchte sogar gelegentlich den Südteil ihrer Heimatstadt auf. Natürlich nie ohne Begleitung, schließlich ging nicht nur von der Polizei eine Bedrohung für sie aus. Irgendwann stellte sich aber geradezu wieder so etwas wie Normalität in ihrem Leben ein. Nach drei Monaten ließ sie sich sogar auf ein Treffen mit ihren – mittlerweile nicht mehr ganz so verzweifelten – Eltern ein, allerdings nur unter der Bedingung, dass diese nicht versuchten, sie zur Rückkehr zu überreden. Als ein halbes Jahr vergangen war, war ihre Anwesenheit in der Favela nichts Besonderes mehr, so dass es auch kaum noch jemandem auffiel, wenn sie diese auf einem der üblichen Zugangswege betrat. Aber auch Rarleis Verhalten hatte sich verändert. Er hatte bloß noch seine Geschäfte im Sinn und war immer seltener zu Hause bei ihr. Und obwohl sie ständig von ihren jungen Gesellschafterinnen und bewaffneten Kindersoldaten umgeben war, hatte er immer öfter Anfälle rasender Eifersucht. Dann beschuldigte er sie, Heimweh nach ihrer früheren Wohngegend zu haben und immer noch in dieses Muttersöhnchen von Surfboy verliebt zu sein (sie war so dumm gewesen und hatte ihm von ihrer Beziehung mit Leo erzählt). Wenn er kokste, fielen seine Eifersuchtsattacken umso heftiger aus, und er kokste immer öfter. Den schlimmsten Streit hatten sie, als Helena an einem sonnigen Januarmorgen erwachte und den unwiderstehlichen Drang verspürte, ans Meer zu fahren. Sie hatte genug von dem ewigen Ausblick auf hässliche unverputzte Ziegelmauern und Betonplatten, aus denen – inmitten leerer Plastikflaschen – rostige Eisenstäbe in den Himmel ragten. Er sollte jetzt sofort mit ihr an den Strand fahren, und wenn er keine Lust dazu hatte, sollte er sie wenigstens allein losziehen lassen. Er lehnte beides entschieden ab, nicht weil er ihren Wunsch nicht hätte erfüllen können – er wollte vielmehr klarstellen, wer von beiden das Sagen hatte.

Zum tragischen Ende der Geschichte kam es, als Helena, wie immer begleitet von einem kleinen Gefolge, wieder einmal unterwegs beim Einkaufen war. In der Presse hieß es später, Rarlei sei einem Streit rivalisierender Banden zum Opfer gefallen, doch wen auch immer man in der Favela gefragt hätte (vorausgesetzt, einer der Favela-Bewohner gäbe sich für so etwas her), er hätte einem in allen bedrückenden Einzelheiten geschildert, wie hinterhältig die Polizei Rarlei in die Falle gelockt hatte. In einer Welt wie der Rarleis darf man sich keine taktischen Fehler erlauben, Anführer müssen jederzeit mit der Möglichkeit eines Verrats rechnen. Politiker wissen das: Keiner wird so schnell dein Feind wie der Freund vom Vorabend. So starb Rarlei im bitteren Bewusstsein, dass ihn seine einstigen Verbündeten aufs Kreuz gelegt hatten. Wenigstens wusste er, als er starb, nicht, wer alles zu den Verrätern gehört hatte. Bei dem bloßen Gedanken, Helena könnte die Wagen der Spezialeinheit der Polizei gesehen haben, die in Gegenrichtung an ihr vorbeirasten, als sie gerade die Rua Aureliano Portugal hinunterspazierte, wäre er gleich zweimal gestorben. Der Gerechtigkeit halber soll aber erwähnt werden, dass sie versuchte, ihn auf seinem Handy anzurufen, um ihn zu warnen. Vergeblich – als Antwort erhielt sie lediglich die Meldung, der Teilnehmer sei vorübergehend nicht erreichbar. Als sie zwei Minuten später ebenes Terrain erreicht hatte, wollte sie einen zweiten Versuch starten. Sie hielt das Telefon schon in der Hand, bereit, auf Wahlwiederholung zu drücken. Warum wusste sie selbst nicht genau, aber im letzten Augenblick ließ sie von ihrem Vorhaben ab. Vielleicht ahnte sie tief in ihrem Inneren, dass es Zeit war, nach Hause zurückzukehren.

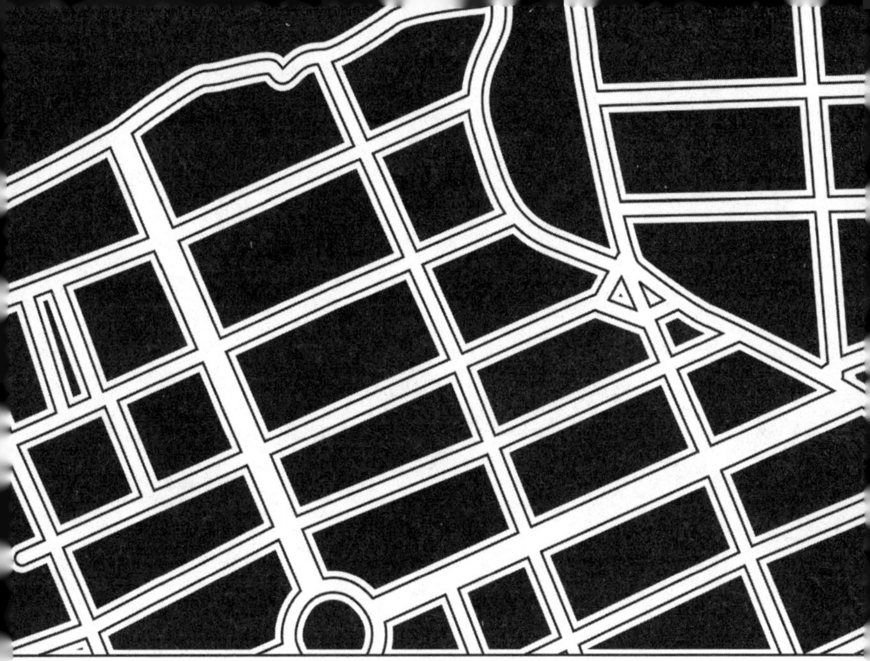

Cíntia, Grajaú, 23

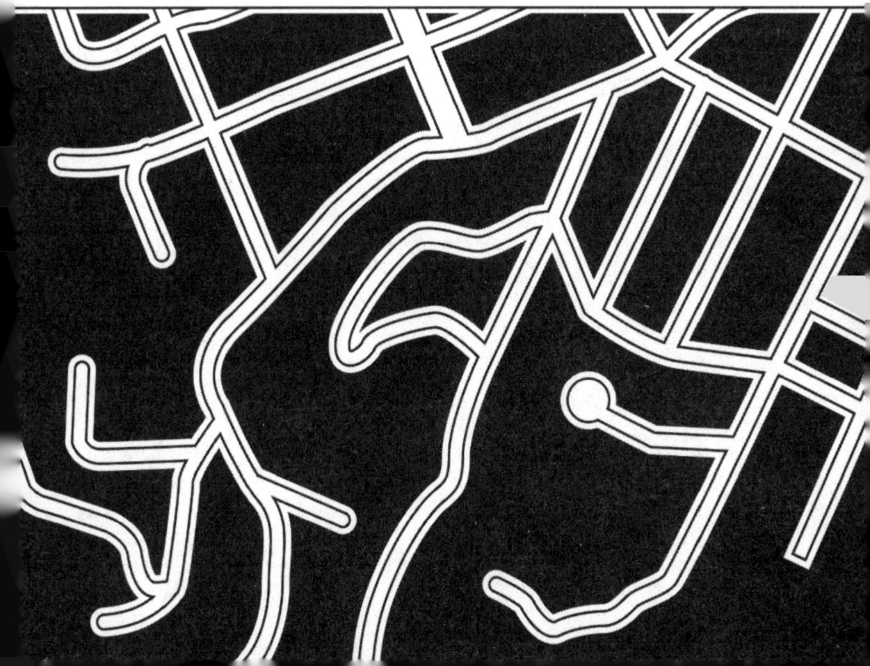

Frauen wie ihr sahen alle Männer hinterher. Sie war groß, ein dunkler Typ, hatte lange glatte schwarze Haare, volle Lippen, kindliche Gesichtszüge, dazu den Körper einer reifen, erwachsenen Frau, breite Hüften und einen wohlgeformten Hintern. Eine Prinzessin der Vorstädte – die Stelle, an der ihr Pferdeschwanz ansetzte, schloss jeden Zweifel aus: Bei einem Mädchen aus dem Südteil Rios hätte er sich ein Stückchen tiefer befunden. Das Gleiche galt für den Bund ihrer Saint Tropez-Jeans: Bei einem Mädchen aus dem Südteil hätte er sich weiter oben befunden. Ein Leckerbissen, einfach unwiderstehlich, sagte sich der Mann im Anzug, der neben ihr an der Ampel wartete, um die Avenida Presidente Vargas zu überqueren. Dass die Kleine mit ihrer Mama Händchen hielt, machte sie erst recht zum begehrenswerten Objekt – Mamis geliebtes Töchterchen, Papis kleine Prinzessin. Bestimmt wohnt sie in Grajaú. Am Ende ist sie noch Jungfrau, sagte sich der Mann. Jungfrau? Von wegen … Alles bloß Show. Im Bett ist die bestimmt die reinste Granate, ein unersättliches Raubtier, die wartet doch bloß darauf, dass der Richtige kommt und ihr zeigt, wo's langgeht. Die Gemeinte sah starr vor sich hin und tat, als bemerkte sie den Mann nicht, der sie mit den Augen verschlang. Spiel ruhig das Unschuldslämmchen, Kleine, setzte der Anzugträger seinen inneren Monolog fort, als wüsstest du nicht, wie geil du aussiehst. Los, komm, mach mich an, kleine Nutte. Glaubst du wirklich, Frauen wie dich erkenne ich nicht sofort?

Die Ampel sprang auf grün. Die mutigsten Fußgänger wagten sich auf die Straße, obwohl die letzten Autos die Kreuzung noch nicht ganz überquert hatten. Die junge Frau dagegen rührte sich nicht vom Fleck. Worauf wartest du, Süße? Brauchst wohl 'ne Extraeinladung! Der Mann im Anzug blieb ebenfalls abwartend stehen und lächelte sie halb ironisch, halb verführerisch an. Er ließ die Sonnenbrille bis zur Nasenspitze hinabrutschen und musterte sie von Kopf bis Fuß. Jetzt trat die Mutter von dem hohen Bordstein und übernahm, sichtlich angespannt, die Vorhut. Als hätte sie es mit einem widerspenstigen Kind zu tun, packte sie ihre Tochter und zog sie energisch hinter sich her. Cíntia bewegte langsam den linken Fuß in der schwarzen Sandale und setzte ihn vorsichtig auf den glühenden Asphalt. Ihre rosa lackierten Fingernägel glänzten im Sonnenlicht. Dann folgte mit einem unerwarteten Ruck der andere Fuß. Ihr Körper sank tief zur Seite, während sie sich hilfesuchend an den Arm der Mutter klammerte. Ihr einer Hüftknochen richtete sich auf und zeigte jetzt fast gen Himmel. Und statt des erwarteten Kompliments kam wieder einmal – gar nichts. Cíntia sah sich über die Schulter nach ihrem neuesten Verehrer um und musterte betont kühl dessen Züge, bereit, ihm im nächsten Augenblick einen gehässigen Ausdruck entgegenzuschleudern. Das leere Gesicht des Mannes, sein erschrockenes Schweigen sprachen es überdeutlich aus: Die hinkt ja, die zieht ein Bein nach, die ist behindert! Verlegen wandte der Mann im Anzug den Blick ab und tauchte mit eiligen Schritten in der Masse der Fußgänger unter.

Es war immer das Gleiche: Solange sie stand oder saß, erschien sie aller Welt begehrenswert. Sobald sie sich aber bewegte, war es aus und vorbei. Von ihrer Mutter gezogen, überquerte Cíntia unsicher den Zebrastreifen. Dabei redete sie sich ein, das Ampelmännchen vollführe seltsame Hüpfer, als wollte es sich über sie lustig machen. Glaubte man dem Thermometer an der Straße, waren es 36 Grad im Schatten. Wer kam auch auf die Schwachsinnsidee, bei dieser mörderischen Hitze ausgerechnet am Mittag in die Stadt zu gehen? Hätte man nicht zu einer anderen Uhrzeit einen Untersuchungstermin bekommen können? Und warum waren sie nicht gleich in das Krankenhaus bei ihnen im Viertel gegangen? Aber das wollte ihre Mutter auf keinen Fall. Jedermann wusste doch, aus welchem Grund die Leute normalerweise die Sankt Franziskus-Klinik aufsuchten. Und wenn sie von einem Bekannten gesehen wurden? Und wenn Papa davon erfuhr? Aber so wie sie versichert war, hatte sie ohnehin keine Wahl, ihr stand für diese Untersuchung nur das Labor zur Verfügung, zu dem sie unterwegs waren, und dort konnte man bloß zu einem vorab vereinbarten Termin erscheinen. Ein altes Gebäude in der Rua do Ouvidor. Ein schmaler Eingang, an der Wand ein dunkles Hinweisschild mit einem schrägen Pfeil, der einem den Weg in den ersten Stock wies, über mehrere ausgetretene Stufen einer steilen Holztreppe – der reinste Passionsweg. Stufe für Stufe musste sie erst ein Bein aufsetzen und dann mühsam das andere nachziehen. So dauerte es eine halbe Ewigkeit.

In Cíntias Kopf wirbelten derweil die Erinnerungen

durcheinander. Daran, wie sie mit Rafael geschlafen hatte. Besonders toll war es nicht gewesen. Er hatte sie in dem Stundenhotel von der Tiefgarage aus die Treppe hinauf bis ins Zimmer getragen. Eine seltsam zärtliche Geste, wenn man bedachte, worum es eigentlich gegangen war. Sie hatten sich bei Grazielas Geburtstagsparty kennengelernt, im Renascença Clube in Andaraí. Er hatte dort Musik aufgelegt. Als die Torte angeschnitten werden sollte, hatte er sich zu ihr gesetzt, weil sie allein am Tisch zurückgeblieben war. Die anderen hatten sich um die auf einem Wägelchen stehende Torte herum aufgestellt und Hoch soll sie leben gesungen. Rafael hatte sofort ein Gespräch angefangen. Zunächst hatte er gefragt, warum sie sich nicht zu den anderen gesellte. Mit einem Blick auf ihr krankes Bein hatte sie gesagt, sie habe irgendwie keine rechte Lust dazu. Und wenn er sie erst einmal habe gehen sehen, werde er bestimmt keine Lust mehr haben, sich noch länger mit ihr zu unterhalten. Von wegen, hatte er gesagt und sie nach ihrer Telefonnummer gefragt. Alles war ganz schnell gegangen, noch bevor die anderen bei »dreimal hoch« angekommen waren, hatte sie ihm die Nummer gegeben. Einfach so.

Der Grund dafür, dass sie an diesem Abend so deprimiert war, lag erst wenige Tage zurück: Neun Jahre lang war sie mit einem gewissen Pedro zusammen gewesen. Sie kannten sich schon seit der Vorschule. Pedro war der erste Mann, der sie unbekleidet zu sehen bekommen hatte, der erste, der, abgesehen von ihrer Mutter, ihr krankes Bein berührte. So sanft, wie ihre Mutter – um von ihrem Vater nicht zu reden – es nie gewagt hätte. Im Nähzimmer ihrer Tante, an einem Sonntag nach dem Mittagessen, als alle anderen schliefen. Dreizehn Jahre alt waren sie beide damals gewesen. Eine

Woche vor Grazielas Geburtstagsparty hatte er ihr dann gestanden, dass er sich in jemand anderen verliebt habe. Er könne nicht mehr mit ihr zusammen sein, hatte er gesagt. Cíntia hatte kein Wort erwidert. Während Pedro versucht hatte, sich zu rechtfertigen, hatte sie bloß mit Tränen in den Augen zum Fenster hinausgesehen. Er hatte sich um Kopf und Kragen geredet. Er hatte gesagt, sie seien noch so jung und sie müssten doch noch andere Menschen kennenlernen, neue Erfahrungen machen, Dinge ausprobieren, herausfinden, wer sie wirklich seien. Fehlte bloß, dass er hinzufügte, er wolle mit einem normalen Menschen zusammen leben, mit jemandem, der wandern, schwimmen, tanzen konnte. Aber das war nicht nötig gewesen, Cíntia kannte ihn genau, wahrscheinlich besser als er selbst – sie wusste, dass es genau darum ging: Pedrinho verhielt sich nur normal, er wollte nicht mehr an die »arme Cíntia« gefesselt sein, »dabei ist die doch so hübsch ...« Er wollte eine normale Frau wie alle anderen auch, eine Frau, die unbeschwert in der Gegend herumlief.

Eben deshalb hatte sie den zweifelhaften Reizen dieses Rafael nachgegeben. Er sah gut aus, das stimmte schon, und er zog sich wirklich nicht schlecht an. Allerdings merkte man ihm sofort an, dass er aus dem Südteil von Rio war, mit dieser lächerlichen Haartolle, den langen Koteletten und der rosa Sonnenbrille. Was Jungs wie er, aus dem Südteil von Rio, von Mädchen wie ihr aus der Vorstadt wollten, war natürlich klar. Für ihn war sie eine reine Phantasievorstellung, eine schlecht verarbeitete Erinnerung an ein Stück von Nelson Rodrigues, das er nicht mal auf der Bühne gesehen hatte, sondern bloß in irgendeiner dieser Verfilmungen aus den achtziger Jahren, die ab und zu in Canal Brasil gezeigt wurden. Für ihn war sie kein echter Mensch, sondern bloß die Verkörperung eines bestimmten Typs, wie ihn dieses Land neben einer ganzen Reihe anderer immer wieder hervorbrachte. Dass er sich nicht an ihrer Behinderung störte, machte ihn noch lange nicht vertrauenswürdig. Im Gegenteil, wahrscheinlich wollte er bei der Gelegenheit gleich zwei Phantasien auf einmal ausleben. Es wäre nicht das erste Mal gewesen, dass ihr jemand mit abartigen Neigungen über den Weg lief. Andererseits, was hatte sie schon zu verlieren? Wozu das Getue um ihre Würde, ihre Selbstachtung? Pedrinhos Liebe würde sie nicht zurückgewinnen, da konnte sie den Kopf noch so hoch tragen.

Rafael rief gleich am nächsten Tag an. Sie verhielt sich abweisend, gab aber doch zumindest so weit nach, dass er seine Bemühungen nicht vollständig einstellte. Was er dann auch nicht tat – er konnte ganz schön hartnäckig sein, der Mistkerl. Eine Woche lang rief er täglich an, bis sie sich schließlich darauf einließ, sich mit ihm zu treffen. Er schlug einen Donnerstag vor, weil er angeblich von Freitag bis Sonntag immer nachts arbeitete. Sie war sich zwar sicher, dass er eine Freundin hatte, vielleicht auch mehrere, ließ sich aber nicht länger bitten. Dann also an einem Donnerstag, was machte es schon für einen Unterschied. Außerdem war es so einfacher, sich eine Ausrede für ihre Mutter auszudenken, die es nicht mochte, wenn sie allein ausging, erst recht nicht am Wochenende. Immer sollte jemand dabei sein, ihre Schwester, einer ihrer Cousins oder sonst jemand, dem man trauen konnte. Seit sie und Pedro Schluss gemacht hatten, war sie allerdings gar nicht mehr ausgegangen. Ihre Eltern fingen schon an, sich Sorgen zu machen. Deshalb gab es auch keinerlei Widerrede, als sie verkündete, sie werde zur Geburtstagparty einer Studienkollegin gehen, und es könne spät werden. Sie werde aber anrufen, falls sie bei der Freundin übernachte.

Sie trafen sich im Feitiço da Vila, also auf für beide neutralem Gebiet. Cíntia ging schon ein bisschen früher hin, um ihn sitzend empfangen zu können. Er erschien im schwarzen Hemd und mit Lederjacke und Cowboystiefeln – er hatte sich richtig in Schale geworfen. Sogar Parfüm hatte er aufgelegt: Issey Miyake pour Homme. Cíntia hatte eine rote Bluse angezogen, die das Rot ihrer Lippen hervorheben sollte und gut zu ihren schwarzen Haaren und ihrem dunklen Teint passte. Wie von beiden vorhergesehen, ließ sie sich von ihm verführen. Als sie das Lokal verließen, beobachtete sie besorgt, wie er reagierte, als er sie zum ersten Mal laufen sah. Er gab sich ganz ungezwungen, verhielt sich geradezu weise, kümmerte sich nicht groß um ihr hinkendes Bein, tat aber auch nicht so, als nähme er es überhaupt nicht wahr – Leute, die es gut mit ihr meinten, benahmen sich fast immer so, sie übersahen ihre Behinderung so beflissen, dass sie erst recht, und umso schmerzhafter, auffiel.

Er lud sie in ein teures Restaurant in einer kleinen Seitenstraße in Botafogo ein, mit einem französischen Namen; nie hätte sie gedacht, dass es dort so etwas geben könne. Der Oberkellner begrüßte Rafael mit seinem Namen. Für diesen handelte es sich offensichtlich um ein Heimspiel: Lässig hängte er sich die Jacke an den Zeigefinger und übergab sie einem der Kellner zum Aufhängen – er wusste ganz offenbar, wie man mit Untergebenen umzugehen hatte. Cíntia gab sich Mühe, sich von all dem unbeeindruckt zu zeigen, und beschloss, ihn ordentlich auszunehmen. Wer wusste schon, ob sich eine solche Gelegenheit noch einmal bieten würde, und allzu billig wollte sie sich keinesfalls hergeben. Zunächst ließen sie sich einen Aperitif bringen. Natürlich irgendeine ausländische Marke, Cíntia brauchte gar nicht erst zu fragen. Dann zwei verschiedene Vorspeisen. Um Rafael auf die Probe zu stellen, bestellte Cíntia anschließend das Teuerste, was auf der Karte stand. Er schloss sich ihrer Wahl an und orderte dazu eine Flasche französischen Wein, später noch eine, die sie allerdings nur zur Hälfte leerten. Insgesamt kostete der Spaß bestimmt mindestens 400 Reais, auch wenn Cíntia es tunlichst unterließ, sich von Rafael die Rechnung zeigen zu lassen.

Gleich nach dem Dessert führte er sie aus dem Restaurant und zu seinem Motorrad. Er überließ ihr seine Lederjacke und half ihr, auf dem Sitz Platz zu nehmen. Dann stieg auch er auf, und es ging los. Cíntia legte schicksalsergeben die Arme um ihn und lehnte den Kopf an seine Schulter. Der kalte Fahrtwind strich ihr über die Wangen und wirbelte ihr Haar durcheinander. Bei alldem regte sich in ihr nichts – obwohl sie, wie sie sich nicht ohne Bitterkeit eingestand, dabei war, den größten Traum ihrer einsamen Teenagerzeit zu verwirklichen, genau das, was sie sich seinerzeit Nachmittag für Nachmittag allein in ihrem Zimmer in allen Einzelheiten ausgemalt hatte. Selbst den passenden Soundtrack hatte sie sich damals zurechtgelegt: »It's the end of the world as we know it« von REM hörte sie jetzt wieder in ihrem Inneren. Doch wer nicht dabei war, war Pedro. Wie hatte er ihr so etwas antun können? Sie steuerten ein nahegelegenes Motel an. Luxussuite. Kühle, weiche Laken, flauschige Handtücher und Bademäntel, alles makellos weiß. Falsche Liebesschwüre (von Rafael) – und der Sex? Naja, es war anders als mit Pedro. Weniger zärtlich, aber auch weniger vorhersehbar. Dafür ein bisschen heftiger. Besser, schlechter? Anders. Besonders toll jedenfalls auch nicht.

Danach trafen sie sich noch dreimal. Allerdings ohne französisches Menü und Luxussuite. Zum letzten Mal an einem Dienstagnachmittag im Hotel Viña del Mar in Lapa. Allmählich verlor die Sache ihren Reiz. Rafael drängte sie, Dinge zu tun, die sie gar nicht wollte. Und sie gab nach, ohne recht zu wissen, warum. Vielleicht um ihm zu gefallen. Vielleicht um sich selbst zu bestrafen. Vielleicht aus Neugier. Jeder war eben auf seine Art ein bisschen pervers. Woher hätte sie das Recht nehmen sollen, ihm etwas vorzuwerfen? Nach diesem Mal sah sie ihn nicht wieder. Sie hatte aber auch gar nichts anderes erwartet. Wozu auch? Sie hätte das Ganze ebenso schnell wieder vergessen, wäre da nicht dieses kleine Missgeschick passiert: Das Kondom platzte, ausgerechnet beim letzten Mal. Verfluchtes Jontex. Gott sei Dank wurde sie nicht schwanger. Eine Woche später bekam sie pünktlich ihre Tage. Und doch blieb ihr ein Zweifel. Alle redeten ständig darüber, sogar im Fernsehen. Vor allem im Fernsehen. Das Lieblingsschreckgespenst unserer Tage. Als sie schließlich ihrer Frauenärztin davon erzählte, bestand die darauf, dass sie einen Test machen solle.

All das ging ihr durch den Kopf, während sie sich mit zusehends gerötetem Gesicht die knarrenden Treppenstufen des tristen Gebäudes in der Rua do Ouvidor hinaufquälte. Ihre Mutter betrachtete sie besorgt. »Ist bloß wegen der Hitze und wegen der steilen Treppe«, sagte Cíntia beschwichtigend. Beim Betreten der Praxis richteten sich alle Blicke auf sie, länger als es bei jedem anderen Neuankömmling der Fall gewesen wäre. Im Wartezimmer war kein Sitzplatz mehr frei. Eine Frau, die kaum älter war als sie, stand zusammen mit ihrem kleinen Sohn auf und bot ihnen ihre Plätze an. Nein danke, nicht nötig. Kein Problem, wir sind sowieso gleich dran. Wie immer hatte ihre Behinderung sie bloßgestellt. ›Anderssein ist normal‹ wiederholte sie innerlich ihr Mantra. Das Schlimmste beim Warten waren die neugierigen Blicke. ›Die Ärmste, dabei ist sie so hübsch.‹ Sie konnte die Gedanken der anderen förmlich hören.

Doch das Warten in der Praxis war nichts im Vergleich zu den Tagen danach. Und wenn das Ergebnis »positiv« war? Cíntia stellte sich vor, wie sie es ihrem Vater Heráclito erzählte. Wie würde er reagieren? Verzweifelt? Wütend? Würde er sie aus dem Haus jagen? Schwer zu sagen. Was in seinem Inneren vorging, war ihr zeitlebens ein Rätsel. Für sie war er immer schon ein alter Mann gewesen. Als sie geboren wurde, war er 54. Als sie die erste Kommunion feierte, ging er in Rente. Danach richtete er sich vollständig in seinem neuen Dasein eines ehemaligen Beamten des Verkehrsministeriums ein. Seine Tage verbrachte er jetzt entweder im Wohnzimmer vor dem Fernseher oder in dem spiritistischen Zentrum »Weg des Lichts«, das er mit Spenden unterstützte. Sonntags machte er sich regelmäßig in den Stadtteil São Cristóvão auf und traf sich in einer Kneipe mit den wenigen verbliebenen Freunden aus früheren Zeiten – lange bevor er Cíntias Mutter kennengelernt hatte, hatte er dort gewohnt. Damals war er mit einer Portugiesin verheiratet. Sie hatten drei Kinder gehabt, Eduardo, Fernando und Amadeu. Zusammen mit der Mutter waren die drei 1978 bei einem Autounfall ums Leben gekommen. Wahrscheinlich war das der Grund dafür, dass ihr Vater immer so abwesend und teilnahmslos wirkte. Er kam ihr vor wie ein gleichgültiger Zuschauer seines eigenen Lebens, wie jemand, der gar nicht in diese Zeit und an diesen Ort gehörte. Jedenfalls versteckte er sich stets hinter der Fassade eines Mannes »vom alten Schlag«, jemand, der offenbar freiwillig an längst überholten Werten festhielt. Das reichte von dem langen Regenschirm, den er ständig mit sich herumtrug, bis zu seinem gelben VW Brasília – von den Eltern der anderen unterschied er sich buchstäblich in allem. Was hätte ihr Vater Heráclito zu einer Krankheit gesagt, die es zu seiner Zeit nicht einmal gegeben zu haben schien? Vielleicht hätte er darin nur ein weiteres Zeichen erkannt, dass das Ende der Welt nahe war.

Wie die Nachbarn reagieren würden, war dagegen einfach vorherzusagen. Haben Sie schon gehört, das mit Cíntia …? Tja ja, meine Liebe, wer hätte das gedacht! Die Ärmste, dabei ist sie doch so hübsch. Ob Pedrinho sie angesteckt hat? Keine Ahnung, soweit ich weiß, ist der kerngesund. Mir hat sie jedenfalls nie was vormachen können, mit ihrer eingebildeten Art. Eine Heilige ist sie jedenfalls bestimmt nicht! Die arme Matilde … So was wünsche ich wirklich niemandem. Erst ein Kind großziehen, mit solchen Schwierigkeiten, und dann das! Und Heráclito? Der kann bald sein viertes Kind zu Grabe tragen. Das ist wirklich wie verhext, mein Gott, also wenn Sie mich fragen, ich würde da mal einen Priester vorbeischicken. Verfluchte Schwätzer! Und so würde das jetzt eine ganze Woche lang gehen, bis man ihr endlich das Ergebnis mitteilte. Eine Woche lang würde sie ständig daran denken müssen, was die anderen wohl über sie redeten. Ihre Studienkollegen. Ihre Freunde. Pedrinho. Ob er sich bei ihr melden würde? Erfahren würde er es bestimmt. Aber wäre er imstande, sich trotzdem nicht bei ihr zu melden? Sie versuchte sich seine Reaktion auszumalen.

Zuerst wäre er erschrocken. Das kann doch nicht sein! Danach Zweifel, Furcht – ob ich vielleicht auch …? Und daraufhin Verachtung. Mit wem die sich wohl rumgetrieben hat … Zuletzt dann Mitleid. Die Ärmste. Arme Cíntia. Ja, selbst Pedrinho würde zuletzt nur noch von der »armen Cíntia« sprechen. Aber die arme Cíntia wieder umarmen? So weit würde sein Mitleid dann wohl doch nicht reichen.

Am schlimmsten war jedoch ihre Mutter. Seit dem Test überwachte sie sie noch ängstlicher als sonst, ständig beobachtete sie sie mit diesem mitleidig-kummervollen Blick, der Cintía fast zur Weißglut brachte. Warum hatte sie sich ihr bloß anvertraut? Als sie nach dem Gespräch mit der Frauenärztin ins Wartezimmer zurückkam, hatte die Mutter ihr sofort angesehen, dass etwas nicht stimmte. Woraufhin sie sie so lange bedrängt hatte, bis sie zugab, dass die Ärztin gemeint hatte, sie solle diesen Test machen. Niemand sonst war imstande, Cíntia dermaßen hartnäckig auszufragen, zu reizen, auf die Palme zu bringen. Cíntia hatte sich allen anderen gegenüber ein hochmütiges Auftreten angewöhnt, das man durchaus für einen Ausdruck von Selbstsicherheit halten konnte, doch ihrer Mutter gegenüber brach diese Fassade sofort in sich zusammen. Wenn sie mit ihr allein war, trat die ganze Schwäche und Unsicherheit wieder hervor, die sie zum ersten Mal an dem lange zurückliegenden Nachmittag in Cachoeiras de Macacu empfunden hatte, als sie, vor Angst wie gelähmt, heulend auf dem Baumstamm stand, der als improvisierte Brücke über den kleinen Fluss diente. »Ich habe dir doch gesagt, du sollst da nicht raufklettern«, hatte die Mutter geschimpft. »Zum Teufel nochmal!« Da hatte sie begriffen, dass sie anders als die anderen war. Sie war damals drei Jahre und dieser Vorfall ihre älteste

Erinnerung. Und von der Angst, die sie seitdem mit ihrer Mutter verband, hatte sie sich nie mehr ganz befreien können.

»Geht's, mein Töchterchen? Brauchst du wirklich nichts?« Was sie am wenigsten ertragen konnte, war dieser mitleidige Tonfall, der geradezu etwas Triumphierendes hatte: »Ich meine es doch bloß gut mit dir.« Nachdem die Tochter jahrelang um mehr Freiheit gekämpft und die Mutter, um die Kleine vor den Gefahren der bösen Welt zu beschützen, ebenso hartnäckig dagegengehalten hatte, schien sich diese mit ihren Ängsten zuletzt durchzusetzen. Und dass die Mutter sie auf einmal so sanft und liebevoll behandelte, war nur die Vorankündigung einer neuen Phase der Unterdrückung. Siehst du, was passiert, wenn man sich nicht an die Regeln hält? Man bezahlt für alles im Leben! Dabei hatte sie es schon fast geschafft: Viertbeste bei der Aufnahmeprüfung für die staatliche Universität, inzwischen im dritten Jahr ihres Psychologiestudiums an der Bundesuniversität von Rio de Janeiro, eine von acht, die unter mehr als zweihundert Bewerbern um einen Praktikumsplatz am Instituto Psiquiátrico Pinel ausgewählt worden waren. Noch ein, zwei Jahre, dann hätte sie irgendwo eine Stelle, könnte von ihrem eigenen Geld leben, von zu Hause ausziehen. Und wäre frei, wenn auch erst spät. Es war einfach ungerecht, dass ihr Traum von einem selbstbestimmten Leben ausgerechnet jetzt und auf so lächerliche, sinnlose Weise platzen sollte. Sie war so dumm gewesen, sich einzubilden, wo sie von klein auf mit einer solchen Last hatte kämpfen müssen, würden ihr andere Gesundheitsprobleme erspart bleiben. Reiner Aberglaube! Vielleicht hatten ihre Eltern ja recht mit ihrem Gerede vom Schicksal. Allmählich gab sie den Widerstand auf. Was hätte sie auch tun können? Nichts, außer sich immer wieder beschwörend das Zauberwort vorsagen, das ihr das Leben wiederschenken würde:»Negativ, negativ, negativ.« Tausendmal pro Tag, mindestens.

»Alles in Ordnung, Mama.«

Nichts war in Ordnung. Wie sollte sie bei dieser Hitze schlafen? Warum war es bei ihnen in der Vorstadt nachts heißer als im Südteil von Rio? Cíntia hatte zwar noch nie dort übernachtet, trotzdem war sie überzeugt, dass dem so war. Schlaflos starrte sie an die Zimmerdecke. Jeder Fleck und jeder Riss war ihr bestens vertraut. Aber was brachte es, lauter solche Nichtigkeiten zu kennen und von den wirklich wichtigen, großen Dingen keine Ahnung zu haben? Etwas anderes wäre es, überhaupt nichts davon zu wissen – dann würde sie auch nichts vermissen. Ihr war aber sehr wohl bewusst, dass es eine andere, größere, schönere, lebendigere Welt gab, die nicht so tot und abgestumpft war wie Grajaú. Sie bekam sie ja täglich im Fernsehen und in den Illustrierten zu sehen. Natürlich wurde dort maßlos übertrieben, schließlich musste den Zuschauern und Lesern etwas für ihr Geld geboten werden. So dumm war sie auch wieder nicht, dass sie sich eingebildet hätte, die Reichen und Schönen hätten keinerlei Probleme. Und trotzdem – deren luxuriöse Rückzugsquartiere auf irgendwelchen idyllischen Inseln existierten. Genau wie Paris. Das alles zeigten die Illustrierten. Auch, dass es sehr wohl Leute gab, die sich über eine enttäuschte Liebe hinwegtrösten konnten, indem sie ein Weilchen nach Europa fuhren, um Ski zu laufen oder shoppen zu gehen. Umgeben von den entsprechenden Annehmlichkeiten und den Treuebekundungen seiner Fans ließ sich das Schicksal durchaus ertragen.

Cíntia stand auf, trat ans Fenster und sah auf die stille Straße hinunter. Wenn sie schon nicht schlafen konnte, wollte sie wenigstens ihren hitzigen Träumen nachhängen, die sie über Jahre hinweg in langen Vorstadtnächten voll fiebrig-heißer Anspannung ausgebrütet hatte. Am liebsten wäre sie jetzt nackt vors Haus gegangen, hätte sich auf allen vieren auf der Rua Araxá postiert, um dem Mond den Hintern entgegenzustrecken und ihre feuchte Scheide den Duft einer läufigen Hündin verbreiten zu lassen, der allen männlichen Wesen im Umkreis den Verstand raubte. Sollten sie doch alle kommen und sie durchficken, die Busfahrer, Familienväter, Portiers, Vorstadtgigolos und die Kerle aus den Favelas: Cíntia würde sich die Gelegenheit nicht entgehen lassen, ihre tödliche Ansteckung im gesamten Norden von Rio und von dort aus in alle vier Himmelsrichtungen zu verbreiten. Damit würde wenigstens etwas von ihr die Welt erobern, und sei es dieser Virus, der dabei war, ihre noch so jungen Zellen zu zerstören. Genauer bedacht, lohnte es sich aber nicht, seine Rache auf so viele verschiedene Objekte zu verteilen. Besser richtete sie ihren gesamten Hass auf ein einziges, konkretes Ziel, um ihrem beschissenen Leben wenigstens nachträglich einen Sinn zu verleihen. Bloß keine falschen Heldentaten, es ging nicht darum, den Gouverneur oder sonst eine Berühmtheit umzubringen. Lieber eine einfache und umso effektivere Lösung. Ja, die Sache war klar: Falls der Test positiv ausfiel, würde sie zuerst ihre Mutter und danach sich selbst umbringen. Wer die Welt verbessern will, sollte bei sich zu Hause anfangen.

An dem angegebenen Tag rief sie gleich am Morgen in der Praxis an. Das Ergebnis lag inzwischen vor, sie musste es aber persönlich entgegennehmen, bei einem AIDS-Test wurden keine telefonischen Auskünfte erteilt. Sie machte sich fertig. Ihre Mutter trickste sie aus, indem sie ihr sagte, sie gehe noch schnell zur Apotheke, Binden kaufen. Als sie ins Taxi stieg, sah sie ihre Mutter vor sich, wie sie, ihrerseits ausgehbereit, in der Küche saß, immer wieder auf die Uhr sah und sich wunderte, weshalb ihre Tochter so lange brauchte, um einmal bis an die Ecke und wieder zurück zu gehen. Geschieht ihr recht, sagte sich Cíntia. Während der Fahrt genoss sie die eiskalte Luft im Inneren des Autos, dessen Klimaanlage auf Hochtouren arbeitete. Wenn der Test negativ ausgefallen war, würde sie ihr Leben ändern. Sie würde ausziehen, sich eine eigene Wohnung suchen, vielleicht zusammen mit einer Studienkollegin. In Fátima, Glória, wo auch immer, Hauptsache bezahlbar. Wenn es sein musste, auch ein Pensionszimmer in Estácio, selbst wenn es nur eine winzige Bude war. Keinesfalls in Grajaú, nie wieder wollte sie dort wohnen. Noch heute würde sie anfangen zu suchen – wenn der Test negativ ausgefallen war, wenn er bloß negativ ausgefallen war. Bitte, lieber Gott, ich weiß, dass es dich nicht gibt, aber falls doch, hilf mir bitte. Ne-ga-tiv!

Diesmal schaffte sie es viel schneller die Treppe hinauf. Schlurf nicht so, sagte sie zu sich selbst, auch wenn du nur ein gesundes Bein hast. Sie musste über sich selbst lachen, über ihren finsteren Humor. Diesmal hatte sie es wirklich eilig. Wie auch immer das Ergebnis ausfiel, so oder so brächte es ihr Freiheit: Entweder, weil sie das Leben dann endlich voll und ganz genießen konnte, oder aber, weil der Tod sie von allem befreien würde. Nahm sie jedenfalls an. Und wenn es doch ein Leben danach gab, ein Karma, das sie abzutragen hätte? Darum würde sie sich kümmern, wenn es so weit war. Für ihr jetziges Dasein hatte sie jedenfalls genug bezahlt, mehr war nicht drin. Und wenn es noch schlimmer würde? Wenn sie blind, taub, geistig behindert, hässlich, im Rollstuhl wiedergeboren würde? Verdammte Scheiße! Dann würde sie sich eben noch mal umbringen. Es hatte einfach keinen Sinn, es mit einer Welt aufzunehmen, die so widerlich war wie diese, in der es bloß darum ging, irgendwelche Schulden abzutragen. Wenn sie sich oft genug das Leben genommen hätte, käme sie ja vielleicht als Kakerlake auf die Welt. Und Kakerlaken haben keine Träume, denken über nichts nach, brauchen sich nie zu entscheiden, weil es für sie nichts zu entscheiden gibt. Alles, was sie interessiert, ist zu überleben. Deshalb leiden sie auch nicht. Selbst wenn sie zerquetscht werden, weil im falschen Moment die Schranktür zugeht. Kakerlaken sind auch nicht glücklich. Sie existieren bloß, das ist alles. Bei dieser Vorstellung empfand sie eine ungeheure Erleichterung: Sein, einfach nur Dasein – und plötzlich ist alles vorbei.

»Ich wollte mein Testergebnis abholen. Cíntia Barreto Gomes.«

»Einen Augenblick, bitte.«

Die Praxisangestellte durchwühlte eine kleine Schachtel voll schicksalsträchtiger Umschläge. Nach einer kleinen Ewigkeit zog sie den gesuchten hervor.

Es gibt Augenblicke im Leben, da ist man mit sich und der Welt restlos einverstanden. Cíntia saß an einem Tisch in der Konditorei Manon und genoss Schluck für Schluck einen riesigen Schokoladen-Milkshake. Die Familie am Nebentisch schien sich wenig daran zu stören, dass sich bei ihr offensichtlich nicht alles harmonisch zusammenfügte, die pubertierenden Söhne probten liebevoll den Aufstand gegen die Eltern, brüsteten sich mit ihren nagelneuen Heavy-Metal-T-Shirts von dem nahegelegenen Straßenmarkt und machten sich über die spießigen Anziehsachen lustig, die ihre Eltern für sich selbst bei C&A erworben hatten. An einem anderen Tisch teilte sich ein Paar einen Big Mac mit Pommes und einen Becher Guaraná. Das Mädchen nahm zwei Papierservietten und säuberte ihrem Liebsten zärtlich den mit Ketchup verschmierten Mundwinkel. Der griff seinerseits nach der letzten Pommes und steckte sie seiner Freundin in den Mund. An der Theke biss gleichzeitig eine füllige Frau ein riesiges Stück von einer Blätterteigpastete ab und schloss dabei verzückt die Augen. In Cíntias Kopf ertönte dazu ein ferner Blues, die Melodie schien ihr seit ewigen Zeiten vertraut, auch wenn sie nicht hätte sagen können, um welches Stück es sich genau handelte. Sie lächelte zufrieden, stellte das leere Glas auf den Tisch und öffnete das Anzeigenblatt. Mietwohnungen, Apartments. Lapa, Bairro de Fátima, Cidade Nova.

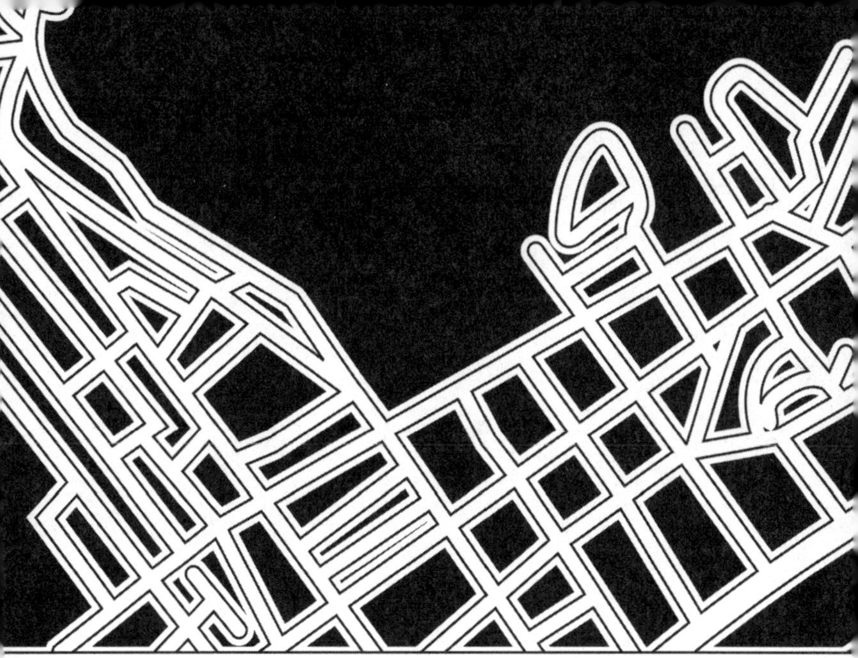

Jamilly, Copacabana, 25

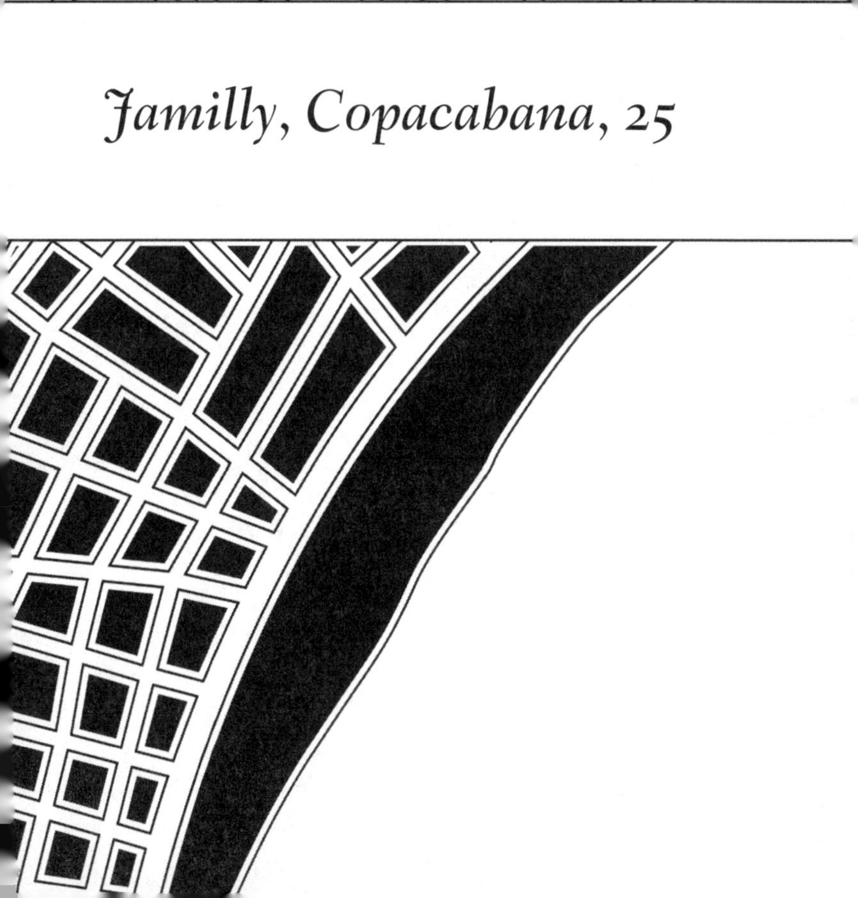

Mit Pluma kostete die Fahrt nach Santo Ângelo 146 Reais und 68 Centavos, und die Tickets dieser Busgesellschaft gab es am Schalter 64. Der Preis galt allerdings nur für die Strecke Rio de Janeiro – Uruguaiana über União da Vitória, Concórdia, Erechim, Passo Fundo, Carazinho und Ijuí. Schneller ginge es womöglich mit einem Expressbus direkt bis Porto Alegre. Dort müsste sie dann aber noch einen anderen Bus nehmen. Außerdem kostete das, nur für das Stück bis Porto Alegre, fast fünfzig Reais mehr. Fünfzig Reais – anders gesagt: ein Mal einen blasen. Einer Busgesellschaft einen blasen, umsonst? Nie im Leben! Schließlich war das ihr schwerverdientes Geld, im Schweiße ihres Angesichts. Nicht dass sie krampfhaft hätte sparen müssen, die Zeiten waren Gott sei Dank vorbei. Aber deswegen brauchte sie ihr Geld trotzdem nicht zum Fenster rauswerfen. Vor allem, da sie sehr wohl wusste, wofür sie das ganze Geld angehäuft hatte: für das Haus, das sie sich kaufen würde. Ihr eigenes Haus, das kleine Haus in Santo Ângelo, in dem sie die ersten Jahre ihrer Kindheit zugebracht hatte, bevor sie von dort wegmusste. Vor dem Tod ihrer leiblichen Eltern.

Beim Ausfüllen des Tickets hätte sie unter »Name des Fahrgastes« fast »Jamilly« eingetragen. Es war schon komisch, jetzt, wo sie sich endlich an diesen lächerlichen Namen gewöhnt hatte, brauchte sie ihn nicht mehr. Es war genau wie mit der Sommerzeit: Hat man sich erst mal darauf eingestellt, ist sie schon wieder vorbei. Den Namen Jamilly hatte sie von ihrer Vorgängerin in dem Apartement in Copacabana übernommen. Und dort hatte sie ihn jetzt auch zurückgelassen, für die, die als Nächste ihren Platz einnehmen würde. Ihre Zeit in Rio wäre für immer mit diesem Geheimnamen verknüpft, sagte sie sich. Maria Eduarda Rossi de Araújo schrieb sie sorgfältig und entschlossen, ganz wie jemand, der nur dann zum Stift greift, wenn er sich etwas notieren muss. Auch das war komisch: den eigenen Namen auf einmal so vor sich zu sehen. Schon lange hatte sie bei dem Namen Maria Eduarda nicht mehr an sich selbst gedacht. Maria Eduarda, beziehungsweise Duda, wie ihre Freunde und Familienangehörigen sie nannten, die sie bald wiedersehen würde, früh am nächsten Morgen, in der Kühle, die so typisch war für diese Tageszeit im Süden Brasiliens. Ihre Adoptivmutter würde sie schuldbewusst mit Tränen in den Augen ansehen, während der Dreckskerl, der vorgab, ihr Vater zu sein, sie steif umarmen würde. Obwohl sie ihn sich, selbst nach so langer Zeit, unbedingt vom Leib halten wollte. Schon bald würden sie alle zusammen Weihnachten feiern, ja, auch Vergewaltiger begehen gern die alljährlich wiederkehrenden Feste.

Ein Mann rempelte sie im Vorbeigehen heftig an. Sie verlor fast das Gleichgewicht. Als sie sich, in der Erwartung, er werde sich entschuldigen, nach ihm umdrehte, traf sie bloß auf ein spöttisches Lächeln und einen durchtriebenen Blick. Gleich darauf war der Mann in der Menge verschwunden. Wer das wohl gewesen war? Offensichtlich hatte er sie erkannt. Ihr kam sein Gesicht nicht völlig unbekannt vor, allerdings hatte sie sich die Gesichter ihrer Kunden nie allzu genau angesehen – das war von Anfang an ein Teil ihrer Überlebenstechnik gewesen. Je seltener man der Bestie in die Augen schaute, desto weniger litt man unter dem Rest. Eigentlich, sagte sie sich jetzt, war diese Jamilly gar nicht in Copacabana zurückgeblieben. Sie befand sich immer noch neben ihr, hier im Neonlicht auf dem Busbahnhof Novo Rio, wie eine arme Seele, die sich nicht entschließen kann, den Körper, der ihr als Zuhause gedient hat, endgültig zu verlassen. Sie konnte es kaum erwarten, endlich im Bus zu sitzen und diese Klette los zu sein. Bis zur Abfahrt waren es aber noch fünfundzwanzig Minuten. Na gut, dann war sie eben so lange noch Jamilly, sie würde deshalb nicht gleich umkommen. Wenn die Zeit abgelaufen war, würde sie es sich jedoch nicht nehmen lassen und sich symbolisch den Staub von den Turnschuhen klopfen, bevor sie den Bus bestieg, der sie zurück in ihre verlorene Zukunft bringen sollte.

Vor fünf Jahren war sie zum ersten Mal an diesem Busbahnhof ausgestiegen, damals noch bloß als Duda – von der Jamilly in ihr hatte sie zu diesem Zeitpunkt nichts gewusst. Fünf lange Jahre, die nach und nach in der Bedeutungslosigkeit versinken würden – hoffte sie wenigstens –, so wie das Verstreichen der Zeit eben alle Spuren auslöscht. Schon nach einem Jahr wären die ersten Einzelheiten kaum noch wahrzunehmen, hätten an Schärfe und Deutlichkeit verloren. Ihr würde es da bereits schwerfallen, sich an die Gesichter der anderen jungen Frauen zu erinnern, die mit ihr zusammengearbeitet hatten, oder an die Namen der Kellner aus der Disco in der Avenida Princesa Isabel. Und nach fünf Jahren hätte ein komfortabler Alltag längst für einen beruhigenden Abstand zwischen ihr und den bitteren Erinnerungen an Rio de Janeiro gesorgt. Ganz und gar eingetaucht in ihr neues Leben, würde sie eines Tages erschrocken feststellen, dass ihre Rückkehr tatsächlich erst fünf Jahre zurücklag. Wirklich? Als wäre es das Leben von jemand anderem gewesen! Auf diese Weise zu begreifen, dass alles im Grunde bloß eine Frage der Zeit ist, würde sie mit tiefer Befriedigung erfüllen. Und in zehn Jahren wäre das Ganze dann tatsächlich bloß noch eine ferne Erinnerung, ein für allezeit verborgenes Geheimnis, eine endgültig verheilte Wunde. Um schon jetzt einen kleinen Vorgeschmack dieser süßen Zukunft genießen zu können, ging sie zu einem nahegelegenen Kiosk.

»Haben Sie Bib's?«

»Nur die Sorte hier.«

Der dünne Finger des jungen Verkäufers zeigte auf einen kleinen Stoß aus gerade einmal drei blauen Tütchen inmitten einer Unmenge anderer bunter Schleckereien. Die Bib's in der blauen Tüte waren aber ausgerechnet die mit weißer Schokolade, und die konnte sie nicht ausstehen.

»Haben Sie keine anderen?«

»Alles alle.«

»Auch keine mit Mandeln?«

»Nee, Süße, das ist das Einzige, was ich noch hab.«

Der Junge begleitete seine Worte mit einem lüsternen Lächeln und starrte sie an, als wollte er sie mit den Augen ausziehen. »Süße.« Ob er mit allen Frauen so sprach? Oder bloß mit ihr? Ob sie immer noch etwas an sich hatte, was einen kleinen Süßigkeitenverkäufer von einem Busbahnhof dazu brachte, sie auf diese Weise anzumachen? Sie wollte ihm schon deutlich die Meinung sagen, sich, falls nötig, bei seinem Chef beschweren. Schließlich sah sie stinknormal aus: Eine simple Jeans, T-Shirt und darüber ein Kapuzen-Shirt, kein bisschen geschminkt und die Haare zu einem braven Pferdeschwanz zusammengebunden. Doch dann überlegte sie es sich anders. Es lohnte nicht, deswegen einen Streit vom Zaun zu brechen, sie würde nur Zeit verlieren. Im Grunde wusste sie außerdem, dass Jamilly immer noch in ihr steckte und dass ihr Körper einen geheimnisvollen Duft verbreitete, der sexuelle Verfügbarkeit signalisierte, da konnte sie sich noch so keusch und zurückhaltend geben, dieser Geruch ließ sich nicht kaschieren, und männliche Wesen, die nicht darauf reagierten, gab es nicht, mochten sie aus noch so gutem Hause sein. Also drehte sie sich entmutigt um und ging wortlos davon, spürte allerdings bei jedem Schritt, wie der Blick des Typen auf ihrem Hintern brannte.

Entschlossen, Jamillys Kontakte mit anderen menschlichen Wesen während der letzten vierundzwanzig Minuten ihres Daseins aufs Geringstmögliche zu beschränken, ließ sie sich auf einem Plastikstuhl nieder und stellte sich taub und blind für ihre Umgebung. Auch das eine Überlebenstaktik, in der sie es in den letzten Jahren zur Meisterschaft gebracht hatte: Raum und Zeit hinter sich lassen, Geist und Körper voneinander trennen, sich mit Hilfe der Vorstellungskraft an einen anderen Ort versetzen. Anfangs war ihr das nicht leichtgefallen. Sie musste sich schließlich auf die Erfüllung ihrer Aufgabe konzentrieren, möglichen Gefahren vorbeugen. Dabei durfte ihre Aufmerksamkeit nicht eine Sekunde nachlassen. Und bei dem Versuch, das, was man mit ihr anstellte, nicht an sich herankommen zu lassen, scheiterte sie regelmäßig. Damals litt sie am stärksten, und sie trank viel Alkohol, um die Arbeit auszuhalten. Fast alles, was sie verdiente, vergeudete sie für Kleidung, Partys, Drogen und was ihr sonst noch half, den Ekel am Leben zu vergessen. Mit der Zeit schaffte sie es jedoch, ihrer Phantasie ein Fenster zu öffnen. Ja, auch Huren haben Träume, aber natürlich träumen sie nicht von Sex, eher von einer Welt ohne Sex. Sie träumte sich in eine Welt, in der die Liebe etwas Keusches war, eine Welt, in der verheiratete Menschen glücklich, verliebt und vollständig bekleidet in getrennten Betten schliefen, wie in alten Hollywood-Filmen. Ginger Rogers und Fred Astaire. Dieses sich Wegträumen gelang ihr mit der Zeit immer besser. Bald wechselte sie so mühelos zwischen ihrem Zufluchtsort und der wirklichen Welt hin und her wie ein Schlafwandler, der sich mitten in der Nacht aus dem Bett erhebt und ohne aufzuwachen zur Toilette geht.

Natürlich halfen auch die Drogen, die sie mit großer Umsicht einsetzte, wie ein geschickter Handwerker, der weiß, wie man mit seinem Werkzeug umzugehen hat: Zur Entspannung Haschisch, Koks, um in Stimmung zu kommen, Ecstasy, um ihre Hingabe echter wirken zu lassen (vor allem wenn sie bei Privatpartys mit anderen Frauen zusammenarbeiten musste), und für besondere Anlässe LSD. Und besondere Anlässe gab es immer wieder! Nächte, in denen ausgelassen mit Champagner angestoßen und irgendetwas gefeiert wurde, allerdings normalerweise nichts, was mit ihr zu tun gehabt hätte. Wirkliche Fröhlichkeit war bei derlei Festen kaum je nötig, wenn man fröhlich wirkte, reichte das vollkommen aus. Jemand, der Geld ausgibt, um über einen fremden Körper verfügen zu können, erwartet ohnehin keine guten Absichten, sondern Taten – wer zahlt, schafft an. Und Jamilly verstand ihr Geschäft gut, weshalb sie sich allmählich einen Stamm von Kunden zulegte, die bereit waren, sie zu verwöhnen. Diesen berechnete sie einen festen Grundpreis; anderen nahm sie für das Gleiche das Doppelte oder Dreifache ab. Irgendwann war sie so weit, die schlimmsten Angebote ablehnen zu können. Und am Strand Jagd auf irgendwelche Gringos zu machen, war nur etwas für Anfängerinnen.

Mit manchen ihrer festen Freier verband sie mit der Zeit zwar nicht unbedingt eine echte Freundschaft, aber doch eine Art kameradschaftliches Verhältnis. Sie wurden ihre Vertrauten, Ratgeber, Gefährten. Besonders Tuca, mit dessen Hilfe sie ihren größten Traum verwirklichen konnte. Ihm hatte sie es zu verdanken, dass sie jetzt hier am Busbahnhof saß, kurz davor, ihr Leben als Jamilly für immer hinter sich zu lassen. Tuca war um die 50, hatte einen eher hellen Teint und schwarzes, fast immer mit Gel zurückgekämmtes Haar. Er hatte etwas von einem Indio, vielleicht weil sein Körper, mit Ausnahme seines Kopfes, so wenig behaart war; seine Gesichtszüge dagegen waren typisch für Leute von der iberischen Halbinsel – er hätte halb Spanier, halb Zigeuner sein können. Er sah nicht besonders gut aus, wirkte aber trotzdem attraktiv, vor allem seine lebhaften Augen und das durchtriebene Lächeln, in dem die Erinnerung an zahllose durchgefeierte Nächte aufschien. Er legte großen Wert auf gute Kleidung, trug meistens teure Anzüge und verwendete nur ausländisches Parfüm. Er hatte Geld und wusste vor allem, wie man es ausgibt. Tuca handelte mit Drogen.

Jamilly lernte ihn durch eine Kollegin kennen. Eines Nachts wollte sie ihm etwas Stoff abkaufen, Tuca gefiel die Kundin und er fragte, ob sie ihm nicht ihrerseits etwas von ihrer Ware verkaufen wolle. Er gehörte nicht zu den Männern, die zu Huren gehen, weil sie keine andere Wahl haben. Er hätte ohne weiteres bei ganz normalen Frauen landen können – bei so vielen wie er wollte, genauer gesagt –, aber er behauptete, Prostituierte seien ihm lieber. Wie auch immer, Jamilly verzichtete darauf, sich über die Beweggründe ihrer Kunden Gedanken zu machen, sie wollte ihnen ohnehin nicht näher kommen als unbedingt nötig. Ihr genügte es zu wissen, dass Tuca keine komischen Sachen im Kopf hatte. Was sie durch ihn verdiente, gab sie fast vollständig wieder bei ihm aus, sie bezahlten aber beide immer mit Geld. Von Naturalienhandel wollten sie nichts wissen, dafür nahmen sie ihren jeweiligen Beruf viel zu ernst. Außerdem war Tuca nicht irgendein dahergelaufener Dealer aus der nächstgelegenen Favela. Seine Kundschaft stammte aus den besten Kreisen, und er verstand es, sich entsprechend zu benehmen. Ein paar Mal nahm er Jamilly als Begleiterin mit zu einem Essen oder einer Party in feiner Gesellschaft. Ohne es zu wissen, stellte er sie dabei einmal einem gemeinsamen Kunden vor. Jamilly kannte diesen bloß als »Samuel«; durch Tuca erfuhr sie, dass es sich um seine Exzellenz, den Richter Doktor Samir de Souza Freitas handelte. Exzellenz erstarrte, als Jamilly seiner Gattin die Hand schüttelte. Später amüsierten sie sich jedes Mal köstlich bei der Erinnerung daran, wie der feine Herr Richter irgendwann klitschnass, mit völlig durchgeschwitztem Seidenhemd vor ihnen gestanden hatte.

Zur großen Wende in Jamillys Leben kam es eines Nachmittags in Tucas Wohnung in São Conrado. Sie war gerade dabei, sich wieder anzuziehen, als das Telefon klingelte. Es war einer von Tucas Kunden. Tuca gab ihr durch ein Zeichen zu verstehen, sie solle erst gehen, wenn er fertig sei. Das wäre nicht nötig gewesen: Er hatte nicht nur noch nicht bezahlt, draußen goss es auch in Strömen. Jamilly hatte es also kein bisschen eilig. Während sie sich die Haare kämmte, verfolgte sie in Bruchstücken Tucas Unterhaltung.

»Tut mir leid, mein Lieber, aber das ist völlig ausgeschlossen.«

Stille.

»Ich weiß, dass heute Freitag ist. Das ist es doch gerade – du hättest mir rechtzeitig Bescheid geben müssen!«

Stille.

»Ja, natürlich hab ich was da. Das Problem ist, wie es zu dir kommen soll. Frühestens morgen, es sei denn, du kommst her und holst es ab.«

Stille.

»Nein, das geht nicht.«

Stille.

»Du verstehst nicht, mein Lieber. Meine Leute sind alle unterwegs. Ich bin ganz allein hier. Und bei dem Regen ...«

Stille.

»Nein, das geht nicht. Unmöglich. Da hab ich eine Verabredung, und die kann ich auf keinen Fall verschieben.«

Während er sprach, wurde Tuca zusehends nervös. Obwohl sie ein gutes Stück von ihm entfernt stand, konnte Jamilly hören, dass sein Gesprächspartner wütend in den Hörer brüllte. Sie sah Tuca neugierig an. Der machte ein immer finstereres Gesicht. Offenkundig gefiel es ihm kein bisschen, dass sie den Streit mitbekam. Plötzlich jedoch blitzte es in seinen Augen auf. »Warte mal kurz«, sagte er in den Hörer und richtete den Blick auf Jamilly.

»Jami, wohin gehst du nachher? Nach Copa?«

Sie nickte bestätigend.

»Könntest du was für mich nach Leme bringen? Eine Sendung?«

Jamilly überschlug in rasendem Tempo die möglichen Vor- und Nachteile seines Angebots. Als die Kasse in ihrem Kopf ratternd ihr Ergebnis ausgespuckt hatte, nickte sie erneut.

Die Sache war denkbar simpel: Sie fuhr – mit einem Rucksack bepackt – zu einer Adresse in Leme, die Tuca ihr nennen würde. Im Rucksack befand sich ein Handtuch und in dem Handtuch ein kleines Päckchen. Das Päckchen wiederum enthielt zweihundert Koksbriefchen. Als Gegenleistung bekam sie zehn solcher Briefchen. So einfach war das. Ein Kinderspiel. Sie machte sich sofort auf den Weg. Gleich vor Tucas Haus war ein Taxistand. Sie bestieg eins davon, und eine Viertelstunde später hielt das Taxi vor einem Haus in Leme, sie bezahlte, stieg aus, klingelte, ging hinein, übergab einem kleinen mageren Mulatten, der ziemlich zugedröhnt aussah, den Rucksack, nahm dafür einen versiegelten Umschlag entgegen und ging wieder. Sie brauchte die Wohnung nicht einmal zu betreten. Wozu sie ohnehin niemand aufgefordert hatte. Am nächsten Tag brachte sie den Umschlag zu Tuca und bekam von ihm die versprochenen zehn Briefchen. Es klappte wie am Schnürchen. Und wo sie schon einmal da war, schob sie gleich noch eine Nummer mit Tuca, der bestens gelaunt war.

»Wow, das war gut!«, sagte er danach.

»War's etwa schon mal schlecht mit mir?«

»Nein. Ich meine die Lieferung. Hat super geklappt.«

»Mir hat's jedenfalls Spaß gemacht. Von mir aus mach ich das auch gerne noch mal.«

»Mal sehen.«

Am selben Abend verkaufte Jamilly sämtliche Briefchen an die Mädchen, mit denen sie sich ihr Liebesnest teilte. Einen Augenblick lang war sie versucht, eins der Briefchen für sich zu behalten und sich eine Extraprise zu genehmigen, aber dann wurde ihr klar, dass das eine folgenreiche Entscheidung gewesen wäre, die sie von ihrem Weg abbringen konnte, der auch so schon schwierig genug war. Zwei Briefchen brachten so viel ein wie der Besuch eines Kunden. In nicht einmal einer Stunde hatte sie schließlich die gleiche Summe verdient wie mit fünf Kunden – fünf Kerle weniger, für die sie die Beine breit machen musste. Fast zu schön, um wahr zu sein. Dass Tuca »mal sehen« gesagt hatte, beruhigte sie, sie war sich ziemlich sicher, dass er erneut auf ihre Botendienste zurückgreifen würde. Und das Risiko lohnte sich, auf jeden Fall – nur auf sich selbst musste sie aufpassen. Bloß nichts von der Ware vergeuden! Sie würde für sich selbst nur gerade so viel nehmen, wie sie brauchte, um ihren Job zu erledigen, wenn möglich sogar noch weniger als sonst. Und alles, was sie mit dieser kleinen Nebentätigkeit verdiente, würde auf direktem Weg auf ihr Sparbuch wandern. Zum ersten Mal seit ihrer Ankunft in Rio schien es ihr möglich, genug Geld zusammenzubekommen, um nach Santo Ângelo zurückzukehren und das Haus ihrer Träume zu kaufen. Die Entscheidung war gefallen: Sie würde ihren Traum nicht entwischen lassen.

Am nächsten Donnerstag rief Tuca früher als sonst an. Als sie gegen ein Uhr am Mittag zu ihm kam, herrschte dort reger Betrieb: Drei junge Männer, um die achtzehn oder neunzehn, hatten sich um den Wohnzimmertisch versammelt und befüllten kleine Plastiktütchen. Am Kopfende des Tisches saß Tuca und trennte von zwei scheinbar identischen Haufen kleine Mengen des kostbaren weißen Pulvers ab, die er anschließend miteinander vermischte. So versunken wie sie in die Arbeit waren, hätte man meinen können, Kinder vor sich zu haben, die dabei sind, Stangeneis anzufertigen. Ein weiterer junger Mann, dessen Gesichtszüge an einen dürren Hund erinnerten, hatte ihr die Tür geöffnet und starrte seitdem unverhohlen in ihren Ausschnitt. Er war klein, sah aber ziemlich gut aus. Gar nicht übel, sagte sich Jamilly. Als Tuca aufblickte und die beiden sah, fauchte er ungehalten:

»He, Ceará, ich bezahl dich nicht, damit du den Frauen auf die Titten glotzt, schon gar nicht denen, die nicht für deinen Schwanz bestimmt sind. Hör auf mit dem Mist, Scheiß Paraibianer!«

Mit gesenktem Kopf kehrte der auf diese Weise Abgestrafte an seinen Platz am Tisch zurück und setzte die Arbeit fort. So hatte sie Tuca noch nie erlebt, sagte sich Jamilly erstaunt. Außerdem sah sie ihn zum ersten Mal in Gesellschaft seiner Leute; bis dahin war er immer allein gewesen, wenn sie sich bei ihm getroffen hatten. Bemüht, neutral und trotzdem verführerisch zu klingen, sagte sie:

»Hallo Tuca – du hattest gesagt, ich soll vorbeikommen.«

Tuca musterte sie von Kopf bis Fuß, als sähe er sie zum ersten Mal, nicht kalt, aber distanziert wie ein Regisseur beim Casting für die Besetzung einer Rolle in seinem nächsten Film.

»Stimmt. Ich will, dass du was für mich ablieferst. Im Zentrum. Einverstanden?«

»Klar, Tuca. Einverstanden.«

»Du musst aber sofort zurückkommen. Noch vor vier musst du wieder hier sein.«

»Kein Problem.«

Tuca stand auf und ging zu einer Anrichte, auf der eine Sporttasche mit dem Namenszug einer Sprachschule lag. Damit trat er langsam auf Jamilly zu. Als er vor ihr stand, übergab er ihr die Tasche und dazu einen Zettel mit einer Adresse in der Avenida Graça Aranha. Er küsste sie sanft auf den Mund und sagte, plötzlich wieder mit der gewohnten Stimme:

»Sei vorsichtig, und komm dann gleich zurück. Wenn du wieder hier bist, schieben wir noch 'ne kleine Nummer, okay?«

Dann verabschiedete er sie mit einem leichten Klaps auf den Hintern.

Die Übergabe verlief völlig problemlos. Diesmal fand sie in einer großen Anwaltskanzlei statt. Bei ihrer Ankunft wurde Jamilly von einer Sekretärin mit bis oben zugeknöpfter weißer Bluse und engem marineblauem Rock in Empfang genommen. Sie stand hinter einem Möbel aus Granit und Edelstahl und hatte ihr glatt anliegendes Haar straff zurückgekämmt und sorgfältig zu einem Dutt aufgesteckt. Eine zweite Sekretärin, die genau so gekleidet und frisiert war, allerdings blond, führte Jamilly in ein großes Wartezimmer hinter einer großen Milchglasscheibe und fragte, ob sie ein Glas Wasser oder einen Kaffee wolle. Jamilly saß zehn Minuten in dem von der Klimaanlage stark gekühlten Raum und blätterte in den ausliegenden Illustrierten, bis eine Dame mittleren Alters, die etwas von einer Grundschullehrerin hatte, erschien, um sie zum Büro von Doktor André zu geleiten. Sie durchquerten einen langen mit Teppich ausgelegten Flur, der seltsam leer wirkte, und betraten anschließend ein kleines Büro, wo der Anwalt auf einen Computerbildschirm starrte und zugleich telefonierte. Jamillys Begleiterin machte kehrt und verschwand. Doktor André war etwas über dreißig und hatte den unsteten Blick eines Menschen, der regelmäßig Kokain zu sich nimmt. Obwohl es auch in diesem Raum eiskalt war, stand ihm der Schweiß auf der Stirn. Beim Sprechen fuchtelte er heftig mit der Hand. Ohne das Telefonat zu unterbrechen, öffnete er eine Schublade, zog einen versiegelten braunen Umschlag hervor und übergab ihn Jamilly, die ihrerseits ein Päckchen aus der Sporttasche holte und vor dem Anwalt auf den Tisch legte. Der zog zur Bestätigung die Augenbrauen hoch, hob dazu den linken Daumen und richtete den Blick dann wieder auf den Bildschirm. Jamilly begriff, dass die Audienz beendet war, ging hinaus, schloss hinter sich die Tür und steuerte den Ausgang der Kanzlei an. Das war alles. Schon um zwanzig vor drei war sie wieder bei Tuca. Rekordzeit.

Die Bezahlung war die gleiche wie beim ersten Mal. Irgendwelche Prozente oder sonstigen Vergütungen waren nicht vorgesehen, und die Fahrtkosten gingen auf ihre Rechnung. Trotzdem zog Jamilly es vor, ein Taxi zu nehmen, schon weil es sicherer war. Tuca war mit ihrer Arbeit sehr zufrieden. Um die erfolgreiche Übergabe zu feiern und die neue Geschäftsbeziehung zu besiegeln, lud er sie zum Abendessen in eine Pizzeria in Barra ein. Von da an meldete er sich immer öfter bei ihr, wenn es etwas auszuliefern gab. Meistens handelte es sich beim Bestimmungsort um ein Büro im Zentrum oder eine noble Privatadresse im Südteil von Rio. Jamilly fiel in einer derartigen Umgebung längst nicht so auf wie die Jungs, die Tuca normalerweise beschäftigte. Um dem Misstrauen der Sekretärinnen oder Portiers vorzubeugen, legte Jamilly sich für diese Aufträge eine etwas diskretere Kleidung zu. Obwohl das eigentlich nicht unbedingt nötig gewesen wäre – sie war jung, groß gewachsen, hatte hellbraunes, fast blondes Haar, helle Augen und entsprach damit so gar nicht der üblichen Klischeevorstellung vom Dealer, wie sie Leute mit wenig Phantasie im Kopf haben. Damit wurde sie für Tuca noch wertvoller, abgesehen von der absoluten Zuverlässigkeit, mit der sie die Aufträge erledigte. Nie wäre sie auf den Gedanken gekommen, eins der Päckchen aufzumachen – und erst recht keinen der Geldumschläge. Ohne zu wissen, dass sie auf die Probe gestellt wurde, überstand sie alle Tests mit Bravour, denen Tuca sie, wie alle seine Lieferanten, mit einiger Regelmäßigkeit unterzog.

Das Weiterverkaufen war viel einfacher, als sie gedacht hatte. Sie verkaufte an andere Prostituierte, ihre eigenen Kunden, Freunde von Freunden. Da sie zu so günstigen Bedingungen an die Ware kam, konnte sie den üblichen Marktpreis ein bisschen unterbieten. Das sprach sich schnell herum, und schon bald erhielt sie Anfragen von Leuten, die sie noch nie gesehen hatte. Irgendwann brauchte sie die Ware gar nicht mehr anzupreisen, die Käufer erschienen von selbst bei ihr. Ein einziges Mal wurde sie erwischt, und das auch nur, weil eine andere Hure, die neidisch auf sie war, sie verpetzt hatte. Sie kaufte sich frei, indem sie den beiden Polizisten, die plötzlich bei ihr auftauchten, umsonst einen blies. Die Ware nahmen sie ihr natürlich ab. Danach wurde sie vorsichtiger und passte bei der Auswahl ihrer Kunden besser auf. Trotzdem verkaufte ihre Ware sich weiterhin fast wie von selbst. Der Markt in Rio de Janeiro war offensichtlich ein Fass ohne Boden und schluckte gierig immer größere Mengen Koks. Zuletzt gab sie alles, was sie bekam, bloß noch an zwei Abnehmer weiter: Der eine hieß Fofinho und war Security-Chef in einem Bordell an der Avenida Prado Júnior; der andere Rafael, er arbeitete als DJ. Jamilly wusste, dass beide mit einer beträchtlichen Gewinnspanne weiterverkauften, aber das war ihr egal. Sie genoss dafür die Vorstellung, sich in eine Art Großhändlerin verwandelt zu haben.

So ging es ungefähr zwei Jahre lang. Mit dem, was sie als Prostituierte verdiente, bezahlte sie ihre Rechnungen und alles, was sie benötigte, um einigermaßen angenehm leben zu können. Die Zusatzeinnahmen legte sie aufs Sparbuch. In guten Zeiten schickte Tuca sie drei- bis viermal pro Woche los. Dann überlegte sie jedes Mal, ob sie die Prostitution nicht aufgeben und sich ganz auf ihre Botengänge beschränken solle. Doch mit der Zeit merkte sie, dass dieses Geschäft seinem ganz eigenen Rhythmus folgte: Es konnte passieren, dass sie zwei Wochen lang überhaupt keinen Auftrag erhielt. Tuca war nämlich vorsichtig und änderte immer wieder die Art, wie er seine Leute mit Nachschub versorgte. Davon abgesehen graute ihr bei der Vorstellung, die Prostitution nach einer längeren Unterbrechung doch wieder aufnehmen zu müssen. Sie bezweifelte, dass sie noch einmal den Mut aufbringen würde, ganz von vorne anzufangen, ohne festen Kundenstamm und ohne die Selbstdisziplin, die notwendig war, um ihre täglichen kleinen Fluchten nicht ausufern zu lassen. Schließlich ist das Verhängnisvollste bei egal welcher Abhängigkeit ja gerade die Einbildung, man sei imstande, jederzeit auszusteigen. Wer jedoch schon einmal ausgestiegen und dann wieder rückfällig geworden ist, kann sich nicht einmal an diese armselige Selbsttäuschung klammern, im Gegenteil, er weiß genau, dass er einen Weg eingeschlagen hat, auf dem es kein Zurück gibt. Ihre größte Furcht war allerdings, das Leben als Jamilly könne ihr insgeheim längst so sehr gefallen, dass sie sich, sobald sie es aufgab, würde eingestehen müssen, dass sie gar nicht mehr darauf verzichten wollte.

Nachdem Jamilly das erste Jahr als Kurierin hinter sich hatte, hatte sie so viel Geld auf ihrem Konto angesammelt, dass sie die Rückkehr nach Rio Grande do Sul ernsthaft in Erwägung ziehen konnte. Wenn es in diesem Tempo weiterging, hätte sie in spätestens zwei Jahren die einhunderttausend Reais beisammen, die sie benötigte, um das alte Haus in der Rua Borges de Medeiros zu kaufen. Sie sah sich dort schon behaglich auf der Veranda sitzen, den Vorbeikommenden hinterhersehen, ein paar Worte mit dem Briefträger und den Nachbarn wechseln, den streunenden Straßenkötern etwas zu fressen geben und ansonsten sämtliche Provinzärsche zum Teufel jagen. Vor allem ihren Stiefvater, diesen Dreckskerl, der ihr als Erster prophezeit hatte, sie werde als Nutte enden. Damit hatte er durchaus recht gehabt, ja, inzwischen lief sie tatsächlich als Jamilly durch die Welt. Aber ihm hatte sie sich trotzdem niemals hingegeben, weder gegen Bezahlung noch gewaltsam, sosehr er es auch auf beide Arten versucht hatte. Sie wünschte ihm einen qualvollen Tod, begleitet von ausgiebigen körperlichen Demütigungen.

Vielleicht könnte sie einen Laden aufmachen, wer weiß, für die Touristen, die die Ruinen von São Miguel besichtigten. So ein hübsches kleines Lädchen, am liebsten an der Praça Pinheiro Machado, mit Kunsthandwerk, Käse und Wein, natürlich alles aus der Umgebung, Kalebassen, Trinkröhrchen und was man sonst noch braucht, um einen richtigen Mate herzustellen, dazu vielleicht noch Esoterikartikel und Schmuck. *Dudas kleiner Laden.* Sie sah schon die bunten Decken an der Wand vor sich, Stapel mit bestickten Tüchern, glaubte den Geruch von frisch gebrühtem Mate wahrzunehmen, der einem an einem kühlen Morgen im Süden so angenehm den Magen wärmt … Und wer weiß, eines Tages würde vielleicht ein Fremder ihren Laden betreten, jemand von weit weg, der imstande war, sie so zu sehen, wie sie wirklich war, und nicht nur als die, deren Leben sie im Augenblick noch führte … Diese Träume halfen ihr, die traurigen Sonntage zu überstehen und die Zeit schneller rumzukriegen. Und, so schwer es auch gewesen war, irgendwann war diese Zeit tatsächlich abgelaufen – jetzt, hier auf diesem Fahrsteig im Busbahnhof, blieben bloß noch fünf Minuten bis zur Abfahrt. Sie hielt dem Fahrer ihr Ticket und ihren Ausweis hin. Für Letzteren nahm sich der Mann, ein Mulatte um die vierzig, ungewöhnlich viel Zeit – was will der denn jetzt schon wieder, sagte sie sich und machte sich innerlich für die nächste Attacke bereit.

»María Eduarda …, so heißt meine Tochter auch.«

Das sanfte Lächeln, das seine Worte begleitete, brachte ihren letzten Widerstand zum Erliegen. Duda spürte, wie ihr die Tränen in die Augen stiegen, die nur deshalb nicht über ihre Wangen liefen, weil sie jetzt ihrerseits in geheimem Einverständnis den Mann anlächelte, der sie zurück nach Hause bringen würde.

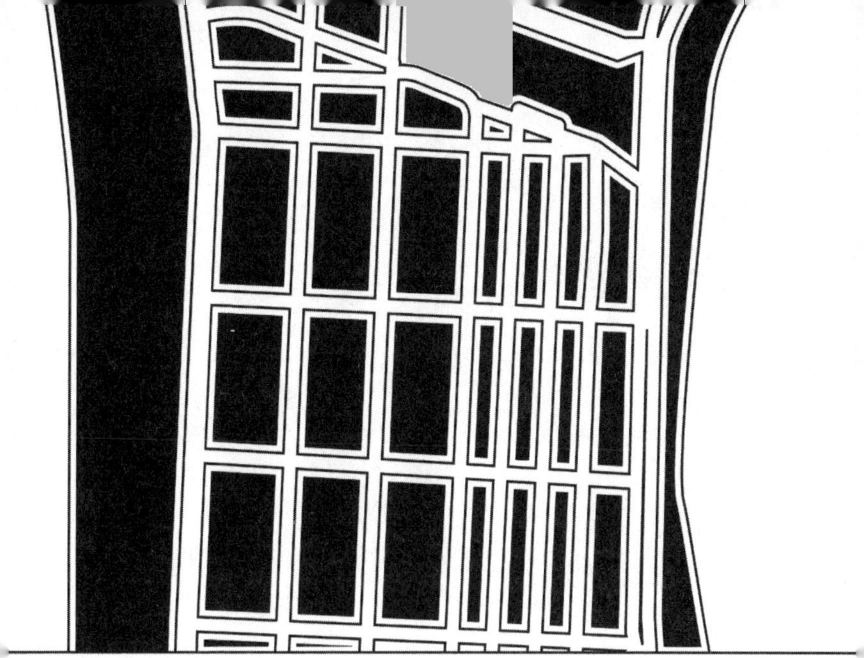

Graziela, Ipanema, 28

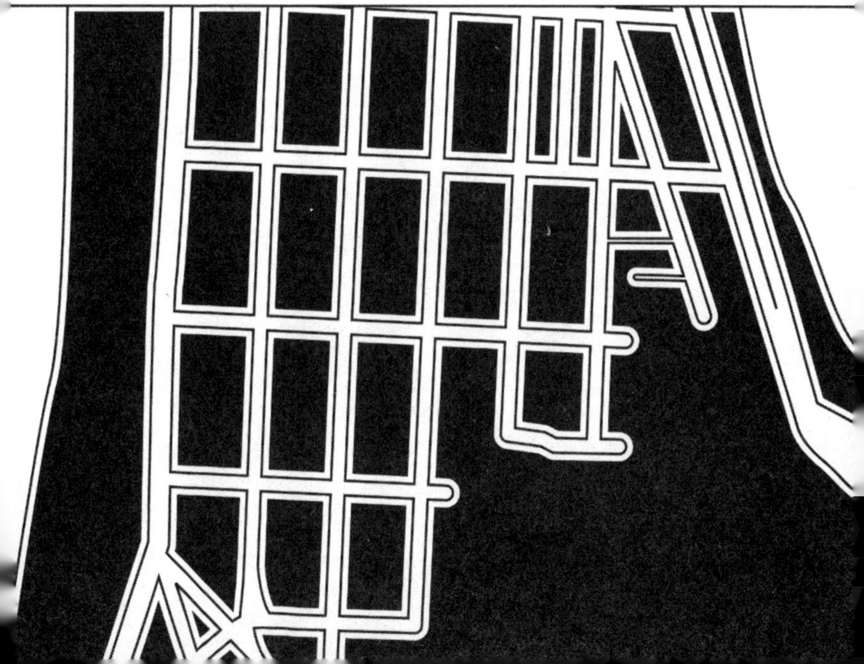

Grazi saß am Rand des Blumenkastens in der Rua Aníbal de Mendonça und zog noch ein letztes Mal an der siebten Zigarette dieses Tages. Dann zertrat sie den Stummel unter der Sohle ihres wassergrünen Mokassins. Sie hasste diese Schuhe, aber sie musste sie anziehen, und dazu die langärmlige babyrosa Bluse und die khakifarbene Hose. Eine grauenvolle Uniform, als sollten sie eine Hymne auf die Farben der berühmten Sambaschule Mangueira anstimmen. Nur Vorstadtbewohnerinnen zogen sich so an. Und auch wenn sie tatsächlich in der Vorstadt wohnte, brauchte sie das den eleganten Töchterchen aus gutem Hause hier in Ipanema ja nicht noch extra unter die Nase zu reiben. In einer Stunde war Ladenschluss, aber sie wusste nicht, wie sie es bis dahin aushalten sollte. Zum x-ten Mal überlegte sie, ob sie nicht kündigen solle. Um zum x-ten Mal zu dem Ergebnis zu kommen, dass das für sie nicht möglich war – gerade jetzt war sie dringender denn je auf Geld angewiesen.

Sie holte den sorgfältig zusammengefalteten Zettel aus der Handtasche und las noch einmal, was sie in der Mittagspause darauf gekritzelt hatte:

»Ich habe genug davon, dir mein Herz zu Füßen zu legen, Anselmo. Zum ersten Mal habe ich das in der Confeitaria

93

Santo Amaro getan, bei Käsetoast und Erdbeersaft. Und dann noch mal in der Papelaria Casa Cruz, zwischen grauen Briefumschlägen und Powerpuff Girls-Heften. Damals hielt ich mich selbst für ein Powerpuff Girl, dem die Traurigkeit der gewöhnlichen Menschen nichts anhaben kann, aber jetzt weiß ich, dass unsere Liebe nur ein Stück von dieser Folie war, deren Blasen du so gern platzen lässt, weil sich das so schön anhört: ›Plop.‹«

Besonders gut gefiel ihr der Vergleich mit der Luftpolsterfolie, wie sie überhaupt mit dem Stil ihres kleinen Textes sehr zufrieden war. Ihre Freundinnen hatten schon immer gesagt, sie habe das Zeug zur Schriftstellerin. Ja, sie hätte Journalismus studieren sollen. Dann müsste sie jetzt auch nicht in dieser lächerlichen Verkleidung herumlaufen. Wie auch immer, der Brief würde jedenfalls bestimmt die gewünschte Wirkung erzielen, Anselmo würde derartige Schuldgefühle bekommen, dass er sich endlich überwinden und sie heiraten würde. Nachdem er sie so lange hatte warten lassen, und nach allem, was er ihr angetan hatte, war das auch das Mindeste. Am allerbesten gefiel ihr an dem Brief aber, was nur sie wusste: Dass das Ganze eine einzige ausgekochte Lüge war. Sie hatte Anselmo noch nie ihr Herz zu Füßen gelegt und würde das auch niemals tun. Sie wusste genau, wie erschrocken er sein würde, bei seiner Schwäche und Ängstlichkeit war sein Verhalten leicht vorherzusehen, da konnte sie sich auf ihn verlassen. Das war aber auch schon alles. Er würde einen brauchbaren Versorger und Ernährer abgeben und ein guter Vater sein, selbst wenn das Kind doch nicht von ihm sein sollte.

»Grazi, komm rein, wir brauchen dich.«

Claudias zuckersüßes Stimmchen ging ihr allmählich auf die Nerven. Seit man Claudia die Geschäftsführung übertragen hatte, tat sie, als wäre sie etwas ganz Besonderes; dabei war sie einfach nur eine von ihnen. Besonders stolz war sie auf ihre blondgefärbten und künstlich geglätteten Haare. Au weia! Ihre, Grazis Haare, waren natürlich glatt, obwohl sie dunkel waren. Claudia ließ außerdem keine Gelegenheit aus, die Kundinnen wissen zu lassen, dass sie studierte. Auch wenn kein Mensch danach gefragt hatte. »BWL an der privaten Estácio-Universität.« So ein Scheiß. An der Estácio studieren kann jeder, Hauptsache, er zahlt Monat für Monat brav seinen Beitrag. Wenn Mami und Papi das übernehmen, kein Problem. Wie lange hatte sie diesmal gebraucht, um sie wieder reinzurufen? Fünf Minuten? Tolle Pause! Andererseits – genau: Das war *ihre* Pause, die *ihr* rechtmäßig zustand. Sie würde sich also noch ein paar Minütchen Zeit lassen, Claudia konnte sie mal.

Ihre Gedanken kehrten zu Anselmo zurück. Ob er imstande wäre, die Verantwortung abzulehnen, wenn er erfuhr, dass sie schwanger war? Jetzt, wo sie seit fast fünf Jahren zusammen waren? Aber warum sollte er? Die Geschichte mit Rafael würde er nie erfahren, es sei denn von diesem selbst. Und was das anging, brauchte sie sich keine Sorgen zu machen. Rafael lebte in einer anderen Welt, die beiden würden sich niemals über den Weg laufen. Und selbst wenn – wieso sollte Rafael daran interessiert sein, ihn einzuweihen? Hallo, ich hab deine kleine Freundin vernascht, na, was sagst du dazu? Stell dir vor, vielleicht bin ich der Vater ihres Kindes! Der Typ war zwar zu nichts zu gebrauchen, aber verrückt war er nicht. Das Letzte, was er gewollt hätte, wäre, für irgendetwas Verantwortung zu übernehmen.

Er würde alles abstreiten, selbst wenn man ihn folterte. Wie auch immer, Anselmo, dieser Einfaltspinsel käme sowieso nie auf derartige Gedanken. Die anderen Male war es genauso gewesen. Dass sie sich solche Mühe gegeben hatte, alle Spuren zu verwischen, hatte sich als völlig überflüssig erwiesen. Reine Zeitverschwendung.

Und dennoch wollte sie nichts dem Zufall überlassen. Sie kannte Anselmo genau und wusste, dass er nur unter Druck reagierte, beziehungsweise nur wenn klar war, dass es keinen anderen Ausweg gab. Immer verschob er alles auf den letzten Augenblick, Rechnungen überwies er erst, wenn eine Säumnisgebühr drohte, und in schöner Regelmäßigkeit erbat er sich exakt eine Woche bevor der Karneval begann eine Auszeit, um noch einmal über ihre Beziehung nachzudenken. Andererseits war ihm der Gedanke unerträglich, ihm könne auch nur das Geringste entgehen: Wie oft hatte sie ihm geholfen, wenn er sich mit verkniffenem Gesicht eine Dose Guajavenpaste hineinzwang (er hasste Guajavenpaste), nur weil sie mit zum Weihnachtsgeschenkkorb der Gewerkschaft gehört hatte? Und als sie einmal zusammen unterwegs waren und er plötzlich feststellte, dass er einen Hundert-Reais-Schein verloren hatte, hätte er aus Verzweiflung fast losgeheult! Anschließend hatte er zwei Monate lang über nichts anderes gesprochen. Als er im vergangenen Jahr am Sonntag vor dem Karneval wieder damit angekommen war, dass er eine Auszeit brauche, hatte sie ihm ins Gesicht gesagt, ihretwegen könnten sie auch gleich ganz Schluss machen. Den Karneval hatten sie daraufhin bei ihrer Tante in Saquarema verbracht, wo sie den Umzug im Fernsehen verfolgten. Welch süßer Sieg!

Wegen alldem war sie auf die Idee mit dem Brief gekommen. Wenn sie einfach zu ihm ging und ihm eröffnete, dass sie schwanger war, würde sie ihm damit die Entscheidung überlassen, ob er mit ihr zusammenblieb oder nicht. Er könnte sich einmal mehr Zeit zum Nachdenken ausbitten, und genau da lag die Gefahr. Sie musste ihn überrumpeln, seine Gefühle ansprechen, ihn schachmatt setzen. Und wie? Ganz einfach: Sie würde mit ihm Schluss machen, aus heiterem Himmel. Gründe dafür gab es genug. Er war völlig unfähig, seine gelegentlichen Eskapaden vor ihr geheim zu halten, auch wenn sie sich ihrerseits schon lange nicht mehr die Mühe machte, herauszufinden, mit wem er gerade wieder ins Bett stieg. (Hauptsache, er benutzte ein Kondom, nicht wahr?) Ihr war das vollkommen egal. Irgendjemanden gab es jedenfalls immer, so viel war klar, sei es eine Arbeitskollegin oder eine der Schlampen, die dieselben Bars frequentierten wie er und seine Saufkumpane. Es war doch immer die gleiche alte Geschichte: Sie brauchte gar nicht so genau zu zielen, er würde sich in jedem Fall getroffen fühlen. Woraufhin er reumütig zu ihr kommen, um Verzeihung bitten und ihr ewige Liebe schwören würde. Woraufhin sie ihrerseits inmitten von Tränen und Vorwürfen – »Rühr mich nicht an!« – die Bombe platzen lassen würde: »Ich bin schwanger, Anselmo!« Woraufhin er seinerseits mit Tränen in den Augen vor ihr in die Knie sinken würde – ganz wie in einer mexikanischen Telenovela. Olé!

»Grazi! Claudia sagt, du sollst kommen.«

Diesmal war die dämliche Luísa an der Tür erschienen, mit ihrem ängstlichen Puppengesicht. Sie konnte einem fast leidtun, die kindliche Furcht in ihren weit aufgerissenen Augen war nicht zu übersehen. Wie konnte man nur dermaßen Schiss vor dieser lächerlichen Claudia haben? So weit soll es mit mir niemals kommen, Herr im Himmel! Es tat geradezu weh, mit ansehen zu müssen, wie Luísa sich herumkommandieren ließ. Grazi zündete sich die nächste Zigarette an und überlegte, welche Möglichkeiten sie hatte. Wenn sie wenigstens einen Vater hätte, mit dessen Unterstützung sie rechnen könnte, würde sie ihren Job und Anselmo gleich mit zum Teufel jagen und versuchen, etwas Besseres aus sich und ihrem Leben zu machen. Aber Jorge war wirklich zu nichts zu gebrauchen – dass man ihn Vater nannte, hatte er nicht verdient. Seit ihre Mutter ihn verlassen hatte, hatte er sich damit abgefunden, sich als endgültig gescheitert zu betrachten. In einem fernen Winkel seiner Phantasie träumte er zwar immer noch davon, ein großer Musiker zu sein. Und so zog er sich Abend für Abend in die ehemalige Dienstmädchenkammer ganz hinten in der Wohnung zurück – er selbst bezeichnete sie großtuerisch als »mein Studio«. Dort hatte er das alte Keyboard aufgebaut, mit dem er Mitte der siebziger Jahre – Grazi war damals noch nicht geboren – in Bars in Niterói und Tijuca aufgetreten war. Wobei er seit einiger Zeit nicht mal mehr darauf spielte. Stattdessen war er schon seit Wochen nur noch damit beschäftigt, das verdammte Ding überhaupt wieder zum Laufen zu bringen, genauer: es an ein gebrauchtes Mischpult anzuschließen, das er einem Kumpel von der Rua República do Líbano abgekauft hatte. Im wirklichen Leben arbeitete ihr Vater nämlich als Verkäufer in einem Laden für Tonstudiozubehör. Alles, was ihm aus seiner Zeit als Berufsmusiker geblieben war, war der Ausweis der Musikergewerkschaft.

An ihre Mutter konnte Grazi sich kaum erinnern. Verschwommene Eindrücke aus der frühesten Kindheit – ein sanfter Geruch, eine entfernte Wärme –, denen sie einzig und allein das Gesicht zuordnen konnte, das ihr von dem Porträtfoto in dem weißen Porzellanrahmen entgegensah, das seit Urzeiten auf dem Regal neben ihrem Bett stand. Alle anderen Bilder ihrer Mutter waren Jorges rachsüchtiger Zerstörungswut zum Opfer gefallen; wie er selbst erzählt hatte, hatte er sie in der Spüle zu einem Scheiterhaufen aufeinandergeschichtet und angezündet, nachdem seine Frau sich eines Tages einfach aus dem Staub gemacht hatte. Ihre gemeinsame Tochter, die damals erst ein Jahr alt war, hatte sie ihm als ständige Erinnerung zurückgelassen. Grazi kannte das Bild in- und auswendig. Sie hatte es viele tausend Mal angesehen, ihm ihre kindlichen Geheimnisse anvertraut, ihre jugendliche Wut entgegengeschleudert, und, seit sie sich als erwachsen betrachtete, all den Kummer und die Enttäuschungen einer reifen Frau darin widergespiegelt gefunden. Dem Gesicht der geheimnisvoll-verschwiegenen Mutter war deutlich anzusehen, dass es ihr kein bisschen gefallen hatte, als sie plötzlich das Klicken des Auslösers hörte, das ihr Abbild samt ihrer knallroten Mütze und dem Schal mit dem Schachbrettmuster für allezeit in die Fläche bannte. Sie hatte das gleiche glatte schwarze Haar wie Grazi, die mandelförmigen Augen der Mutter jedoch verwiesen auf eine andere Herkunft, eine ferne exotische Welt voll orientalischer Düfte. Das Gesicht hatte Grazi allerdings von ihrem Vater geerbt, seine Knollennase und die typischen Züge des Vorstadtbewohners, die sie bei jedem Blick in den Spiegel aufs Neue deprimierten. Viel lieber hätte sie wie die Mutter ausgesehen – hätte sie sich so sehr von den anderen unterschieden wie sie, wäre es ihr bestimmt leichter gefallen, all das, was ihr bis zum Überdruss vertraut war, hinter sich zu lassen.

Stattdessen hatte sie schon sehr bald den Platz der Mutter

einnehmen müssen. Je älter sie wurde, desto mehr Verantwortung musste sie übernehmen, schließlich hatte ihr Vater nichts Eiligeres zu tun, als all die Verpflichtungen, um die er sich schon früher nicht hatte kümmern wollen, an sie abzugeben. Mit fünf hatte sie bereits ihren eigenen Wohnungsschlüssel. Mit neun bereitete sie regelmäßig den nachmittäglichen Imbiss für sie beide zu. Mit zwölf kümmerte sie sich darum, dass die Rechnungen überwiesen wurden, und überwachte die Haushaltskasse. Mit fünfzehn legte sie sich einen dreißigjährigen Biker als Freund zu, der sich in Jorges Sessel niederließ und Jorge selbst zum Bierholen in die Kneipe an der Ecke schickte. Grazi stellte genüsslich fest, wie schwach und hilflos ihr Vater sich zeigte: Er war außerstande, sich dem Macho, den sie ins Haus gebracht hatte, entgegenzustellen, ja er brachte nicht einmal den Mut auf, von ihm zu verlangen, er solle die Zimmertür zumachen, wenn er sich mit seiner Tochter vergnügte. Als der Macho eineinhalb Jahre später genug von ihr hatte und wieder abzog, versuchte Jorge gar nicht erst, seine frühere Vormachtstellung im Haus zurückzuerobern. Er verkroch sich in die Dienstmädchenkammer, klimperte auf seinem lächerlichen Keyboard herum und kümmerte sich ansonsten um gar nichts. Nachdem Grazi ihr ganzes bisheriges Leben die Frau ihres Vaters hatte ersetzen müssen, musste sie ab sofort auch noch ihr eigener Vater sein. Sie hielt also das Haus in Ordnung und machte ansonsten ihr eigenes Ding. Dabei lernte sie schließlich Anselmo kennen, auf den sich von da an ihre schwachen Hoffnungen richteten.

Wahrscheinlich hatte sie sich aus ebendiesen Gründen dann auch mit Rafa eingelassen. Schließlich war er Musiker, oder wenigstens etwas in der Art. Ödipaler ging es gar nicht!

Der Vater, den sie sich immer gewünscht hatte – lässig, geschickt, selbstsicher. Ob er sich am Ende nicht doch freuen würde, wenn sie mit der Nachricht zu ihm käme? Und daraufhin, wenn schon nicht sie, dann wenigstens das Kind annähme? Hör auf zu träumen, Mädchen! Der ist nichts für jemanden wie dich. Sie erinnerte sich noch, wie sie ihn zum ersten Mal gesehen hatte. Er sollte bei ihrem Geburtstagsfest im Renascença Clube Musik auflegen, dafür hatte sie ihn engagiert. Seine wunderschönen grünen Augen. Und sein durchtrainierter Körper! Und empfohlen hatte ihn ausgerechnet ihr Vater. Rafa kaufte regelmäßig bei ihm im Laden ein. Jorge ließ sich eine Visitenkarte von ihm geben, »für meine Tochter«. Wenigstens ein Mal hatte er also doch etwas zustande gebracht – er war zwar unfähig gewesen, die Vaterrolle zu übernehmen, aber dafür hatte er jemanden aufgetrieben, der seine Tochter schwängerte. Spaß beiseite, Rafa würde natürlich niemals Verantwortung für das Kind übernehmen, auf jeden Fall nicht freiwillig, die Kosten für eine Abtreibung konnte er aber sehr wohl aufbringen. Das wäre eine Möglichkeit. Plan B, für den Fall, dass Anselmo ausfiel.

Hell leuchtete die glühende Spitze ihrer Zigarette vor dem grauen Abendhimmel auf. Grazi stieß eine lange Rauchwolke aus und sah ihr hinterher. Zigaretten waren eine großartige Erfindung. Sie genoss das Gefühl der Macht, das von dem kleinen brennenden Tabakröllchen zwischen ihren Fingern ausging. Genau wie den leichten Schwindel, wenn sie den Rauch einzog, und die Erleichterung, wenn sie ihn anschließend wieder ausstieß. Vor allem aber schätzte sie es, dass das Nikotin ihr half, klar zu denken. Spätestens nach der zweiten Zigarette schärfte sich das Bild, das sie sich von ihrer jeweiligen Lage machte. Die Gefühle, besonders das einer etwaigen Schuld, traten in den Hintergrund. Schließlich war sie nicht dafür verantwortlich, dass sie in diese beschissene Welt hineingeboren worden war. Doch wenn sie nicht so enden wollte wie Jorge, musste sie ihr Schicksal selbst in die Hand nehmen, kühl und berechnend. Angenommen, Anselmo ließ sich auf die Sache ein – was bedeutete das für die Zukunft ihres Kindes? Er als mickriger kleiner Bankangestellter würde sich abstrampeln, um die Raten für die Wohnung abzuzahlen. Sie dagegen, dazu verdammt, auch den Rest ihres Lebens im Stadtteil Méier zuzubringen, säße zu Hause und kümmerte sich um die Kinder. Denn nach dem ersten würden höchstwahrscheinlich noch mehr kommen. Und womit würde sie ansonsten ihre Zeit zubringen? Täglich um acht die Telenovela. Kleiner Schwatz mit den Nachbarinnen. Und sonntags grillen und Pagode tanzen am Strand, wenn alles gutging. Sie spürte, wie es ihr kalt den Rücken hinunterlief. Nein, nicht mit ihr, auf keinen Fall! Sie musste unbedingt etwas unternehmen.

»Grazi, komm sofort rein!«

Claudia wieder, sie machte einen auf Oberlehrer und spielte die beleidigte Geschäftsführerin.

»Komme schon«, antwortete Grazi und ließ ihre Stimme so klingen, als machte sie sich tatsächlich hastig auf den Weg zurück in den Laden.

Claudia blieb noch zwei Sekunden an der Tür stehen und warf ihr einen vernichtenden Blick zu. Aber Grazi hatte andere Sorgen als eine möglicherweise zu erwartende Schimpftirade der Uniprinzessin von Irajá. »BWL, an der privaten Estácio-Universität.« Na toll. Sie sah auf die Uhr. Sie war jetzt schon seit zehn Minuten hier draußen. Besser, sie ging wieder rein. Sie konnte es sich nicht leisten, ihren Job zu verlieren, erst recht nicht in diesem Augenblick. Der ganze Grund für Claudias Hektik war die Anwesenheit von drei Kundinnen im Geschäft. Zwei von ihnen wurden bereits von Luísa bedient. Typische Mädchen aus Ipanema, so um die fünfzehn oder sechzehn, Stammkundinnen. Sie kamen fast täglich vorbei, kauften aber nur selten etwas. Selbst in ihrem zarten Alter wussten sie jedoch ganz genau, was sie wollten. Das war der Unterschied zwischen dem Südteil von Rio und den Vorstädten, sagte sich Grazi; die aus dem Süden wussten, dass sie schwerlich jemals in die Lage kommen würden, das Geld für ihre täglichen Bedürfnisse nicht aufzubringen – die einen bekommen immer, was sie wollen, die anderen bleiben dauernd etwas schuldig. Aber es half nichts, sich darüber aufzuregen. So war die Welt. Brasilien zumindest war so. Den Rest der Welt kannte sie nur aus der Zeitung, aus dem *Fantástico* oder aus *Globo Reporter*. Die dritte Kundin hatte sie noch nie gesehen. Eine alte Schachtel, aber gut konserviert und natürlich geliftet. Sie roch nach französischem Parfüm (Cacharel?) und ernährte sich offensichtlich ausschließlich von Seezunge und grünem Salat. Ziemlich elegant, das musste sie zugeben. Claudia stieß vor Erleichterung fast einen lauten Seufzer aus, als sie sah, dass Grazi sich der Ankleidekabine näherte. Jetzt brauchte sie den Stapel aus Röcken und Blusen, den sie, sichtlich nervös, im Arm hielt, bloß noch ihrer Angestellten zu überreichen, um der Kundin anschließend zu verkünden:

»Graziela kümmert sich um Sie, Dona Yvete. Ich muss kurz in unserem anderen Geschäft anrufen.«

Dona Yvete kümmerte sich ihrerseits nicht um die Ablösung, sondern betrachtete sich weiter prüfend im Spiegel.

Ihre Aufmerksamkeit galt allein der Frage, ob der Rock sie dicker oder dünner aussehen ließ.

»Geben Sie mir bitte den in 40, meine Liebe.«

Claudia, Luísa, Graziela … für sie lief das aufs selbe hinaus, schließlich sprach sie bestimmt alle Verkäuferinnen bloß mit »meine Liebe« an, sagte sich Grazi. Die Frau zog den Rock in Größe 42 aus und schlüpfte in den in Größe 40. Dann zog sie den Bauch ein und betrachtete selbstkritisch das Ergebnis. Eigentlich ist sie ein bisschen zu alt für den Rock, fällte Grazi insgeheim ihr Urteil. Der leise Zweifel, der über Dona Yvetes regloses Gesicht glitt, wäre den meisten anderen Menschen sicherlich entgangen; für die erfahrene Verkäuferin Grazi dagegen war er das Zeichen, dass es höchste Zeit war, ihr den Gnadenstoß zu versetzen. Sie hatte längst herausgefunden, wo sich die verletzliche Stelle ihres Opfers befand. Begeistert, *ma non troppo*, rief sie aus:

»Der steht Ihnen aber gut!«

Zum ersten Mal wandte Dona Yvete den Blick vom Spiegel ab und richtete ihn auf die junge Frau, die sie bediente. Sie musterte sie und gelangte in Sekundenschnelle zu der Einschätzung, dass sie es mit einer vertrauenswürdigen Beraterin zu tun hatte – arm, aber mit Geschmack. In Grazis Gesichtsausdruck mischten sich zu gleichen Teilen kluge Offenheit und naive Begeisterung. Ein in stundenlanger Übung vor dem Spiegel vervollkommnetes Mittel, das sich schon seit langem bestens bewährte.

»Finden Sie wirklich?«

Grazi kniff leicht die Augen zusammen und tat, als fixierte sie einen nur für sie wahrnehmbaren Punkt am fernen Horizont von Dona Yvetes Abbild im Spiegel. Dann sah sie wieder ihr wirkliches Gegenüber an und flüsterte vertraulich:

»So wirken Sie viel jünger.«

Während ein sanftes Lächeln, nicht frei von Bosheit, ihre Lippen umspielte, wartete sie ab, bis ihre Worte die gewünschte Wirkung erzielten. Man konnte förmlich hören, wie die andere die Waffen streckte.

»Den können Sie schon mal zur Seite legen, ich nehme ihn. Und jetzt zeigen Sie mir doch bitte die blaue Bluse da.«

Nachdem Grazi ihr von zwei Blusen abgeraten hatte, um sie umso erfolgreicher zum Kauf der nächsten zu bewegen, hatte sie endgültig Dona Yvetes Vertrauen gewonnen. Was nicht weiter schwierig war, dafür brauchte sie sich bloß ein klares Bild von ihrer Kundin, von deren besonderen Vorlieben und Wünschen zu machen und anschließend auf kürzestem Weg zum Angriff überzugehen. Sie wusste, dass sie eine gute Verkäuferin war, schließlich tummelte sie sich schon seit drei Jahren auf diesem Schlachtfeld. Diese Gewissheit sorgte auch für ihre Selbstsicherheit im Umgang mit anmaßenden Geschäftsführerinnen wie Claudia. Niemand konnte bestreiten, dass sie mehr verkaufte als ihre Kolleginnen. Dona Yvete wiederum redete gern, und Grazi war eine gute Zuhörerin. Nach kurzer Zeit wusste sie, dass Dona Yvete in Itanhangá wohnte, dass sie zu einem Wohltätigkeitstee bei einer Freundin eingeladen war und deshalb nach einem für diesen Anlass passenden Kostüm suchte, vor allem aber, dass sie, *last but not least*, einen hübschen dreißig Jahre alten Sohn hatte. Womit der sich beschäftigte? Er hatte Jura studiert, aber abgebrochen. Und jetzt? Jetzt arbeitete er nachts, auf Partys. Als DJ? Sie glaubte, ja, allzu viel verstand sie von diesen Dingen nicht. Wie er hieß? Rafael.

Grazi versuchte, sich die Überraschung nicht anmerken zu lassen. Ob es sich tatsächlich um denselben Rafael handelte? Sollte das Schicksal sie wirklich mit der Großmutter ihres noch nicht geborenen Kindes zusammengeführt haben? Wie ging noch mal dieses Gebet zu Sankt Cyprianus, um jemandes Liebe zurückzuerobern? Vorsichtig versuchte sie, mehr herauszubekommen. Erst einmal wechselte sie das Thema. Zeigte Dona Yvete alle möglichen Kleider. Lobte ihre Eleganz. »Nennen Sie mich nicht ›Senhora‹, meine Liebe, das macht mich so alt.« Als Dona Yvete wieder einmal einen Rock aus-, den nächsten aber noch nicht angezogen hatte, nutzte Grazi die Gelegenheit, dass sie bloß im Slip – und mit gnadenlos freigelegter Zellulitis – vor ihr stand, um ihr ein Geheimnis anzuvertrauen: Sie sei gerade dabei, mit ihrem bisherigen Freund Schluss zu machen, sie habe nämlich einen anderen Jungen kennengelernt und sich Hals über Kopf verliebt. Ihr Vater dürfe nichts davon erfahren, er sei sehr konservativ. Mit ihm würde sie niemals so offen sprechen können, wie es ihr in diesem Augenblick mit ihr, einer Unbekannten, möglich war. Und ihre Mutter? Sie habe keine … Sie habe ihre Mutter nie kennengelernt. Als ihr nach diesen Worten dicke Tränen in die Augen traten, unternahm sie nichts dagegen, verhinderte bloß, dass sie ihr über die Wangen herabliefen. In der daraufhin einsetzenden Stille tat sie umso mehr dafür, die Flammen des Mitleids anzufachen, das ohnehin dabei war, Dona Yvetes Herz zum Schmelzen zu bringen.

Dona Yvete kaufte Kleidung für mehr als sechshundert Reais, mindestens die Hälfte davon nur der Verkäuferin zuliebe, die sie so nett fand. Zusätzlich zu der üppigen Provision gelangte Grazi dadurch in den Besitz zweier noch wertvollerer Dinge: Dona Yvetes Telefonnummer – die stand auf der Rückseite des von ihr ausgestellten Schecks – und die

Gewissheit, dass Dona Yvete tatsächlich Rafaels Mutter war. Kaum hatte sie den Laden verlassen, legte Grazi sich einen Plan zurecht: Nachdem sie bereits den Namen, die Telefon-, die Steuer- und die Personalausweisnummer kannte, wäre es ein Kinderspiel, Dona Yvetes Adresse herauszufinden. Dorthin würde sie einen tränenreichen Brief schicken, in dem sie Rafaels Mutter erklärte, dass sie unsterblich in ihren Sohn und ihren noch ungeborenen Enkel verliebt sei. Außerdem würde sie vorschlagen, einen Vaterschaftstest durchführen zu lassen. Rafael ließe sich davon natürlich nicht im Geringsten beeindrucken. Doch nun käme ihre entscheidende Finte: Sie würde persönlich bei Dona Yvete erscheinen. Wenn die dann sähe, um wen es sich bei der Absenderin des Briefes handelte, würde sie unweigerlich schwach werden. Sie würde sofort begreifen, dass ihr Sohn Schuld am Unglück des armen, mutterlosen Mädchens war. Im besten Fall würde sie sich bereit erklären, das Kind zu adoptieren. Wenn nicht, würde sie wenigstens die Kosten für die Abtreibung übernehmen und Grazi darüber hinaus Geld geben, damit nicht weiter über die Sache geredet wurde. Zuerst würde Grazi den Vorschlag betroffen zurückweisen und behaupten, lieber bekomme sie das Kind, koste es, was es wolle, und egal welche Schwierigkeiten das für sie nach sich zog. Dann aber würde sie sich von Dona Yvetes gesundem Menschenverstand und ihrer Lebenserfahrung überzeugen lassen. Sei doch nicht dumm, Mädchen, du bist noch jung und musst dein Leben leben. Tränenüberströmt würde sie den unanständigen Vorschlag schließlich annehmen. Wie viel würde sie es sich kosten lassen, von ihrer enttäuschten Liebe und ihrem katholischen Gewissen abzusehen? Das hinge davon ab, wie gut es ihr zuvor gelang, die

Schamhafte zu spielen. Na dann los – das war jetzt mehr als ein Stoff für eine simple mexikanische Telenovela, mit der Geschichte konnte sie sich im Hauptprogramm präsentieren, zur besten Sendezeit. Umso besser.

Beschwingt verließ sie den Laden. Endlich ein Plan, der ihren besonderen Fähigkeiten gerecht wurde. Wenn sie ihre Sache diesmal gut machte, könnte sie überlegen, ob sie nicht doch Schauspielerin wurde. Warum eigentlich nicht? All diese strohdummen Blondinen, die ständig im Fernsehen zu sehen waren. Da war sie doch etwas anderes. Vielleicht war sie nicht besonders hübsch, aber dafür hatte sie Talent. Mit Dona Yvetes Geld könnte sie eine Schauspielschule bezahlen. Bestimmt würde sie dort ganz bald auffallen. Plötzlich hellwach, beschloss sie, zu Fuß nach Copacabana zu gehen, bis dorthin, wo der 455er abfuhr. Heute wollte sie einmal nicht umsteigen; außerdem hatte sie so einen Sitzplatz sicher. Davon abgesehen, ging sie gerne durch die Rua Visconde de Pirajá. Obwohl es schon ziemlich spät war, hatte bestimmt noch der eine oder andere Laden geöffnet, und nach Hause, in ihren immer gleichen Stadtteil Méier, kam sie ohnehin früh genug, das hatte keine Eile. Wegen der Sommerzeit war es noch nicht ganz dunkel, und die samtige Novemberluft strich ihr sanft übers Gesicht. Von ihren neuen Träumen berauscht, schlenderte Grazi fröhlich die Straße entlang. Ein Mädchen, das offensichtlich unterwegs zu irgendeinem Abendkurs war, kam ihr entgegen. Ihr blonder Pferdeschwanz wippte in ihrem Nacken auf und ab. Normalerweise wich Graziela dem Blick der reichen Töchterchen aus Ipanema aus, sie hatte keine Lust, sich abschätzig ansehen zu lassen; zu ihrer Überraschung verlangsamte die andere jedoch den Schritt und lächelte ihr verschwörerisch zu, als wären sie Freundinnen oder zumindest Klassenkameradinnen. Grazi hatte auf einmal das Gefühl, dass ihr Leben dabei war, eine Wendung zu nehmen.

An der Praça Nossa Senhora da Paz beschloss sie, die Straße zu überqueren, um einen Abstecher ins Fórum de Ipanema zu machen und ein bisschen in den Auslagen von *Bumbum* und *Yes, Brazil* zu stöbern. Als sie rasch noch bei Grün hinüberlaufen wollte, übersah sie das Auto, das mit Vollgas aus der Rua Maria Quitéria kommend um die Ecke bog. Zuerst hörte sie das Quietschen der Reifen, erst danach das Hupen. Sie schaffte es gerade noch auszuweichen. Fast wäre sie von dem riesigen schwarzen Pajero überrollt worden. So wurde sie bloß am rechten Unterarm von dessen Außenspiegel erfasst. Ein lautes Knacken war zu hören. Grazi stand lange bloß da, presste die linke Hand auf die betroffene Stelle und rang erschrocken nach Luft. Sie zitterte am ganzen Leib und ihr Herz schlug so laut, dass sie die teils besorgten, teils empörten Äußerungen der Passanten um sie herum kaum wahrnahm. Als einzige Antwort nickte sie immer wieder hilflos mit dem Kopf. »Diese Autofahrer ... also wirklich ... da können Sie noch so ... denen ist alles egal ... Sie Ärmste ... irgendwie helfen? ... Autokennzeichen gemerkt? ... weg da, bitte ... ganz ruhig, tief durchatmen, ruuuhig ... ist ja gut, alles in Ordnung.« Irgendwann hielt sie eine Flasche Wasser in der Hand und trank folgsam daraus, kurz darauf saß sie auf einem Holzbänkchen, »damit Sie mir nicht umkippen«.

War sie ohnmächtig gewesen? Sie hätte es nicht sagen können. Ein paar Minuten später war sie wieder einigermaßen bei Bewusstsein. Ein Mann mittleren Alters bot an, sie zur nächsten Apotheke zu begleiten, vielleicht konnte man ihr dort weiterhelfen, aber sie lehnte ab, es gehe schon wieder besser, sie könne allein gehen. Mittlerweile stand fast ein Dutzend Leute um sie herum, und sie wollte bloß noch, dass man sie in Ruhe ließ. Der erste Schreck war überstanden, jetzt war es ihr fast peinlich, dass die anderen so besorgt um sie schienen. Sie verabschiedete sich von ihren Helfern und setzte ihren Weg fort. Sie überlegte, ob es nicht wirklich besser wäre, die nächstgelegene Apotheke aufzusuchen, wusste aber nicht, wonach sie dort eigentlich fragen sollte. Irgendwo zwischen der Rua Vinicius und der Rua Farme musste jedenfalls eine sein. Als sie den halben Weg bis zur nächsten Kreuzung hinter sich hatte, spürte sie plötzlich ein heftiges Stechen im Unterleib. Gleich darauf noch einmal. Es tat so weh, dass sie stehenbleiben musste. Sie presste die Hände auf den Bauch und beugte sich leicht nach vorne. So blieb sie eine Zeitlang stehen. Als der Schmerz nachließ, ging sie langsam weiter. Nach zehn Metern kam das Stechen wieder, noch heftiger. Und dann noch mal, und noch mal. Grazi schleppte sich bis zur Buchhandlung Letras & Expressões. Hastig drängte sie sich zwischen den Leuten hindurch, die in Büchern und Zeitschriften blätterten, und erklomm verstohlen die Treppe in den ersten Stock, zu den Toiletten. Als sie eine Dreiviertelstunde später, bleich und mit unsicheren Schritten, wieder herunterkam, war von der Grazi, die sie noch wenige Straßenkreuzungen davor gewesen war, nicht mehr allzu viel übrig. Gerade hatte sie sich hier in Ipanema von ihrer Hoffnung auf ein besseres Leben verabschiedet.

Rosana,
Ilha do Governador, 50

Am Straßenrand parkt ein Auto. Daneben steht eine einsame Gestalt und winkt. Ein Mann. Was der wohl will? Soll sie einfach vorbeifahren? Hat wahrscheinlich eine Panne. Allerdings ist nirgendwo ein Warndreieck zu sehen. Was andererseits nichts Besonderes ist. Braucht er Hilfe? Ja doch, na klar braucht der Hilfe. Hilfe, Hilfe! Hektisch schwenkt er die Arme hin und her, wie einer von diesen Skydancern an Tankstellen. Die anderen Autofahrer rasen vorbei und kümmern sich nicht um ihn. Rosana fährt ein bisschen langsamer, so kann sie besser sehen. Er hat einen auf Hochglanz polierten graphitschwarzen Audi, mit einem Kennzeichen von Curitiba. Er ist weder alt noch jung, trägt einen grauen Anzug, wirkt gepflegt. Heutzutage hat das nicht viel zu bedeuten. Vielleicht ist alles bloß ein Trick, und es handelt sich um einen Straßenräuber. Aber wer weiß ... Sie fährt jetzt ganz langsam, rollt fast im Schritttempo auf ihn zu. Sieht ihn sich ganz genau an. Könnte ein Ausländer sein. Um die 50. Nicht unattraktiv. Gute Statur. Nicht schlecht, wirklich, die grauen Haare passen gut zu dem dunklen Teint. Sie sieht sich sein Gesicht an. Die Lippen formen immer wieder ein Wort, es ist nicht zu hören, dafür sind die vorbeirasenden Autos viel zu laut, aber trotzdem ist unmissverständlich klar, was er ruft: »Hilfe!« Und dazu dieser Blick.

Irgendwie verzweifelt. Rosana fühlt sich im Innersten berührt. Der Mann kommt ihr bekannt vor. An wen erinnert er sie bloß? Natürlich, an ihren Großvater, Vito. Gewissensbisse steigen in ihr auf. Sie war nicht auf seiner Beerdigung; stattdessen in Petrópolis, auf dem Karneval. Damals hatten sie zu Hause nicht mal Telefon, von einem Handy ganz zu schweigen. Jetzt könnte sie das sozusagen wiedergutmachen. Kurzentschlossen hält Rosana an und lässt das Fenster ein kleines Stück herunter. »Alles in Ordnung?«, fragt sie ängstlich. »Lassen Sie mich einsteigen, um Himmels willen«, kommt als Antwort. Der Mann könnte Italiener sein, seine Stimme klingt rau, durchaus möglich, dass sie sie schon einmal gehört hat. Es zerreißt ihr fast das Herz. Sie fühlt sich zu ihm hingezogen, warum auch immer. Unwillkürlich entriegelt sie die Beifahrertür. Gleich darauf sitzt der Mann neben ihr im Auto. »Was ist denn passiert?«, fragt sie nervös. Der Fremde ruft: »Fahren Sie los! Bitte, fahren Sie sofort los!« Es klingt fast wie ein Befehl. Rosana bleibt nichts anderes übrig, sie fährt also los.

Der Fremde macht es sich auf dem Sitz bequem und schließt die Augen. Rosana betrachtet ihn verstohlen aus dem Augenwinkel. Er wirkt zwar erleichtert, keine Frage, trotzdem sieht man ihm an, dass er Schmerzen hat. Schweigend fahren sie dahin, schon bald liegt die Ilha do Governador hinter ihnen. Wahrscheinlich kam er gerade vom Galeão-Flughafen, sagt sich Rosana. Womöglich ist er eben erst von einer Reise zurückgekehrt. Er hat sich einen Mietwagen genommen, ist ein paar Kilometer gefahren und hat sich plötzlich schlecht gefühlt. Kein Wunder, bei der Hitze! Ob sie ihn ins Krankenhaus bringen soll? Da müsste sie ihn aber erst einmal fragen. »Fühlen Sie sich nicht gut?« Keine

Antwort. Er hält die Augen weiterhin geschlossen, atmet ruhig, als hätte er einen langen Arbeitstag hinter sich. Offenbar ist er eingeschlafen. Also doch nicht ins Krankenhaus – hoffentlich, sie hat nämlich eigentlich gar keine Zeit, am Ende kommt sie noch zu spät zu dem Laden mit den Hochzeitsartikeln. Bis sie in der Avenida Presidente Vargas ist, geparkt hat – und dann noch vom Parkhaus zur Rúa do Ouvidor –, braucht sie eine halbe Stunde, mindestens. Das ist schon knapp kalkuliert, sie hat keine Sekunde zu verlieren.

Juliana würde es auf keinen Fall verstehen. Nein, Mama, das kann ich wirklich nicht begreifen, du hältst mitten auf der Estrada do Galeão an, nur um einem wildfremden Menschen zu helfen, da riskierst du doch dein Leben! Natürlich – überleg doch mal: In Rio macht man so was einfach nicht, als ob du noch nie was von Entführungen gehört hättest, oder diesen falschen Verkehrskontrollen, da verkleiden sich irgendwelche Kriminelle als Polizisten, tun so, als hätten sie dich geblitzt, und winken dich raus, und schon sitzt du in der Falle. Und das am Tag vor meiner Hochzeit! Wo du genau weißt, dass ich dich brauche, wir wollten schließlich die bemalten Porzellantäfelchen abholen, für die Hochzeitsgäste, als kleine Erinnerung. Und die sollten erst in letzter Minute fertig werden, das weißt du doch. Die hatten an dem Tag nämlich in dem Laden ihren Lieferwagen nicht, und mit irgendeinem klapprigen Motorrad hätten sie uns die Kisten schließlich nicht bringen können. Also wirklich, Mama! Im Grunde machst du das bloß, weil du dagegen bist, dass ich Júnior heirate, völlig klar. Dass du ihn nicht magst, war ja von Anfang an nicht zu übersehen, aber dass du so weit gehen würdest, hätte ich nicht gedacht. Aus reinem Egoismus tust du deiner Tochter so was an. Bloß um mir zu schaden. Du hast Julinho eben immer schon lieber gemocht ... Und so weiter, Rosana kann es sich genau ausmalen – Juliana würde es keinesfalls verstehen.

Dabei hat sie gar nichts gegen Júnior. Ach was! Ein bisschen grob und schlecht erzogen findet sie ihn, das ja. Genau wie seinen Vater, offen gesagt, der bildet sich ein, er könne sich alles erlauben, nur weil sein Bruder zur Glücksspielmafia gehört. Und er selbst ist Stadtrat ... und zwar in Caxias! Dabei wohnen die gar nicht in Caxias, sondern in Ilha do Governador. In derselben Straße wie sie. Dass sie die Familie ihres zukünftigen Schwiegersohnes besonders mag, kann sie wirklich nicht behaupten. Der Vater ist Unternehmer, ein typischer Neureicher und ungehobelter Wichtigtuer, der ständig mit seinen geheimen Verbindungen zu allen möglichen Politikern angibt. So autoritär wie sein Name: Júlio César. Und die Mutter, diese wasserstoffblondierte Zicke, weiß schier nicht wohin mit ihren Goldklunkern. Deise Samara. Früher war Deise Vorsängerin bei einer Evangelikalengemeinde in São Gonçalo. Inzwischen hat sie es zur Gesellschaftsdame gebracht und verkehrt in den besseren Kreisen vom Nordteil Rios, stets darauf bedacht, auf den Klatschseiten von *O Dia* zu erscheinen. Beziehungsweise darauf, ihren riesigen Hintern in viel zu enge Röcke zu zwängen und überall zur Schau zu stellen. Das Schlimmste ist, dass kein Mann es lassen kann, diesen fetten Hintern anzustarren, Rosanas Mann Valter ist da keine Ausnahme – dieser Idiot. Seit der Grillparty, die sie damals zur Einweihung ihres neuen Swimmingpools veranstaltet haben, spricht Rosana kein Wort mehr mit diesen Leuten, für jemanden wie sie, aus einer Familie, die seit jeher in Ilha do Governador gelebt hat, ist das einfach nicht der richtige Umgang.

Sieben Jahre hat sie kein Wort mehr mit denen geredet ...
bis zu Julianas Verlobungsfeier, da ließ es sich nicht vermeiden. Ihr blieb keine andere Wahl. Oder etwa doch? *Noblesse
oblige*, wie die Klosterschwestern vom Sacré Cœur immer
sagten.

Das Problem ist, dass sie sich sicher ist, dass Juliana Júnior
nicht liebt. Das kann einfach nicht sein. Unmöglich. Wieso
sollte ihre einzige Tochter in einen solchen Grobian verliebt
sein, der sie vor den anderen schlecht behandelt und immer
nur leiden lässt? Wie oft hat sie sie trösten müssen, weil
Júnior nicht angerufen hat oder mit seinen Kumpanen auf
Sauftour gegangen ist und sie, wer weiß, mit anderen Frau-
en betrogen hat? Wie oft schon? Sie weiß es selbst nicht
mehr. Und so jemanden soll ihre Tochter heiraten? Einen
Mann, der sie nicht liebt? Der sie niemals glücklich machen
wird? Ihr Verdacht ist, dass Juliana sich von dem vielen Geld
dieser Leute hat blenden lassen, von ihrer Privatinsel in
Angra, von ihren Schiffen und teuren ausländischen Autos.
Obwohl sie ihre Mutter ist, muss sie zugeben, dass ihre
Tochter jemand ist, der durchaus gesteigerten Wert auf materielle Dinge legt. Von klein auf hat nichts sie so begeistern
können wie Reichtum, Luxus, Macht. Ein Leben wie aus
einer Telenovela. Für die anständigen, bescheidenen Mädchen, die darin vorkommen, hat Juliana immer nur Verachtung übrig gehabt, ihre Heldinnen waren stets die, die trick-
reich an ihrem Aufstieg basteln. Je höher hinauf es eine von
ihnen in der Gesellschaft gebracht hatte, desto stärker iden-
tifizierte Juliana sich mit ihr. Von klein auf.

Der Mann neben ihr gibt seltsame Geräusche von sich. Die
Augen hält er weiterhin geschlossen. Offenbar schläft er

noch. Allerdings ziemlich unruhig. Gelegentlich murmelt er etwas. Oder er dreht heftig den Kopf hin und her. Wahrscheinlich hat er einen Albtraum. Was ist das denn? Plötzlich quillt ein feiner, grünlicher Schaum zwischen seinen Lippen hervor. Rosana zieht sich der Magen zusammen. »Geht es Ihnen gut?« Keine Antwort. Ohne es zu merken, tritt Rosana fester aufs Gaspedal. Auf einmal verschluckt der Mann sich an dem Schaum. Sein Körper verkrampft sich, wird nach vorne geworfen. Einmal zieht er sich zusammen, zweimal, dreimal, viermal … ah, jetzt ist es vorbei, ein Glück … nein, schon wieder ein Krampf, gleichzeitig fängt er an zu würgen. Seine Atmung verwandelt sich in ein abgehacktes trockenes Husten, das von den gepolsterten Sitzen widerhallt, das Innere von Rosanas Auto erfüllt. Rosana spürt, wie das Blut in ihren Schläfen pocht, so zäh, dass es fast weh tut, es klingt wie die Tonspur in einem Horrorfilm. Sie konzentriert sich auf den Verkehr, versucht, nicht zu ihrem Beifahrer hinüberzusehen, auf der Linha Vermelha gibt sie dann richtig Gas. Sie fahren am Pavilhão de São Cristóvão vorbei, links bleibt der Caju-Friedhof hinter ihnen zurück. Als sie irgendwann doch wieder einen kurzen Blick auf ihren Beifahrer wirft, merkt sie, dass sich etwas bei ihm verändert hat. Er hat sich beruhigt, hustet nicht mehr – scheint aber auch nicht mehr zu atmen. Auf einmal breitet sich ein Übelkeit erregender Geruch im Auto aus. Rosana schluckt und vermindert den Druck auf das Gaspedal.

»Geht es Ihnen gut?« Inmitten der Stille kommt ihr die Frage unangemessen laut und dumm vor, sie hängt wie ein Vorwurf über dem Angesprochenen. Das hätte gerade noch gefehlt, Mama! Zuerst liest du mitten auf der Straße einen wildfremden Gringo auf, und dann stirbt er auch noch in deinem Wagen. Und jetzt, Rosana, was jetzt? Heilige Mutter Gottes, steh mir bei! Hilf mir, Maria, Gebenedeite unter den Frauen! Rosanas Gebet bleibt stumm, erklingt bloß im Inneren ihres Kopfes, in dem sich gleichzeitig wie in einem Spiegelkabinett endlose Bilderreihen übereinanderlegen. Ruhig, bloß ruhig, immer mit der Ruhe. Was soll sie jetzt tun? Ins Krankenhaus? Zur Polizei? Nein, bloß nicht zur Polizei. Wenn man jemandem nicht vertrauen kann, dann der Polizei. Wer hat denn damals ihren Bruder abgeholt, an diesem Morgen im Jahr 1982? Jorginho. Er ist nie mehr zurückgekehrt. Ihre Mutter hatte ihm schon immer gesagt, er solle die Finger von dieser Sache mit der Gewerkschaft lassen. Angeblich kam er bei einem Fluchtversuch ums Leben. Ja klar! Ihr Besuch bei der Gerichtsmedizin, um die Leiche zu identifizieren. Danach noch das Gespräch mit dem Ermittlungsrichter, in dem Gebäude in der Rua da Relação. Sie hatte ihre Mutter begleitet, die die ganze Zeit über weinte. Die Polizei, dein Freund und Helfer … Das Verfahren wurde eingestellt, und dabei war es dann auch geblieben. Auf keinen Fall zur Polizei also, nie wieder! Das würde ihr wirklich den Rest geben, davon abgesehen ist die Zulassung für den Wagen abgelaufen, Valter hat sich nicht darum gekümmert, er hat keine Lust, die Strafen dafür zu bezahlen, dass er mehrfach dabei erwischt worden ist, wie er beim Fahren mit dem Handy telefonierte. Das erledige ich nächsten Monat, hat er gesagt, lass uns erst mal Julianas Hochzeit über die Bühne bringen, das wird teuer genug.

Sie könnte ihn vor einem Krankenhaus abladen. Beim Souza Aguiar-Krankenhaus zum Beispiel. Ihn dort einfach aus dem Auto schubsen, ohne richtig anzuhalten. Irgendwer würde sich dann schon um ihn kümmern. Und wenn er gar nicht tot ist? Durch den Aufprall auf dem Boden könnte sein Zustand sich noch verschlimmern. Dann hätte sie einen Mord begangen. Nein. Außerdem, selbst wenn er tot ist, haut es so nicht hin: Später Nachmittag, stockender Verkehr, überall Fußgänger. Irgendjemand würde es mitbekommen. Und ihr Autokennzeichen aufschreiben, bestimmt. Dann würde es ihr wirklich schlecht ergehen. Sie wäre der Polizei ausgeliefert, und für den Rest ihres Lebens hätte sie keine Ruhe mehr. Andererseits ist der Mann zweifellos tot, daran gibt es nichts zu rütteln. Dieses Husten vorhin. Und dieser Geruch. Diese Stille. Fast so, als säße auf einmal niemand mehr neben ihr, bloß noch ein Sack voll verdorbenem Fleisch. Ist doch so – das ist kein Mensch mehr, nur noch ein lebloses Etwas. Ach herrje! Gegrüßet seist du, Maria, voll der Gnade, der Herr ist mit dir. Du bist gebenedeit unter den Frauen … Verflixt, jetzt hätte sie fast die Ausfahrt verpasst! Rosana biegt zur Avenida Presidente Vargas ab, als wollte sie immer noch zu dem Laden mit den Hochzeitsartikeln. Das will sie natürlich nicht. Trotzdem, erst mal weiterfahren. Irgendwohin muss sie doch, irgendwie muss sie diesen reglosen Körper loswerden. Die Leiche, genauer gesagt. Eine Leiche verschwinden lassen – hört sich an wie in einem Krimi. Dass ihr so was passieren muss, in ihren schlimmsten Träumen hätte sie sich das nicht vorstellen können. Am Tag vor Julianas Hochzeit. Wo war sie stehengeblieben? Ach ja – unter den Frauen, und gebenedeit ist die Frucht deines Leibes, Jesus. Heilige Maria, Mutter Gottes, bitte für uns Sünder jetzt und in der Stunde unseres Todes. Amen.

Die Stunde unseres Todes – heilige Iphigenie! Rosana fährt an der Präfektur vorbei, am Sambodrom, am Central do Brasil-Bahnhof, am Campo de Santana, die Strecke, die sie schon so oft gefahren ist. Das Auto sucht sich selbst den Weg, wie ein Pferd, das den Weg in den Stall auch ohne seinen Reiter findet. Rosana überlegt derweil fieberhaft, welches Ziel sie ansteuern könnte. Vorerst fährt sie weiter bis zur Candelária-Kirche, umkreist sie, biegt anschließend in die Rua Primeiro de Março, weiter bis zur Rua Visconde de Inhaúma, die irgendwann in die Avenida Marechal Floriano übergeht. Komisch, den Weg kennt sie, was ist das noch mal für eine Strecke? Eine verschwommene Erinnerung bringt sie dazu, ein noch viel nebulöseres Ziel anzusteuern. Sie weiß selbst nicht, wohin sie eigentlich unterwegs ist, umso überzeugter ist sie aber, dass sie sich auf dem richtigen Weg befindet. Um wohin zu gelangen? Na, in ein Versteck eben! Kurz vor dem Centro Cultural Light fällt ihr eine Leuchtreklame auf, eins von diesen bunten Blinklichtern, die manchmal über einem Straßenschild angebracht sind: Hotel San Diego, Rua Senador Pompeu, 190. Na so was, das gute alte Hotel San Diego! Das gibt's also noch. Halleluja! Rosana umklammert das Lenkrad noch fester, gibt, ohne es zu merken, Gas und fährt wieder Richtung Central do Brasil-Bahnhof zurück. Danke, heilige Iphigenia, tausend Dank!

Hotel San Diego – wie lange ist das her? 20 Jahre? Noch länger? Mal überlegen: Julinho muss damals sechs gewesen sein, Juliana vier. 21 Jahre also. Sie arbeitete damals bei Embratel, in der Rua Alexandre Mackenzie. Sie waren Kollegen, sie und Felipe. Mittags aßen sie immer zusammen im Sentaí oder in der Bar do Jóia. Bis sie eines Tages beschlossen, das Mittagessen ausfallen zu lassen und die Zeit für einen kurzen Abstecher ins San Diego zu nutzen. Sie fuhren in seinem Auto, mit wild klopfenden Herzen. Unterwegs lachten sie ausgelassen wie zwei Teenager, die die Schule schwänzen. Felipe war einfach wunderbar: Sanft, zärtlich, dabei aber sehr männlich. Er roch, wie nur Männer riechen, und benahm sich auch wie ein richtiger Mann. Er umarmte sie fest und glitt über sie hinweg und dann in sie hinein, herrlich! Heilige Mutter Gottes! Bei der bloßen Erinnerung bekommt sie Gewissensbisse. Und erschaudert zugleich vor Lust. Mit Valter war es nie so, nicht mal zu Beginn, als sie frisch verliebt waren. Und nach der Geburt ihrer Kinder war es dann immer weiter bergab gegangen. Als sie Felipe kennenlernte, hatten sie und Valter schon seit Monaten nicht mehr miteinander geschlafen, er zeigte nicht mehr das geringste Interesse an ihr. Sie machte sich nichts daraus, sie verspürte selbst kaum noch das Bedürfnis danach. Doch mit Felipe änderte sich das. Als sie zum ersten Mal ihr Spiegelbild in seinen Pupillen sah und lustvoll erschauerte, wusste sie, dass sie sich ihm hingeben, den Kopf auf die glatte Brust, die unter seinem oben geöffneten Hemd zu erahnen war, legen und anschließend ihre Lippen auf die seinen pressen wollte. Eine beunruhigende, bedrohliche und gleichzeitig berauschende Vorstellung, der sie monatelang widerstand, immer wieder, wenn sie zusammen Mittag aßen; bis sie irgendwann das Gefühl hatte, sie sei bereit. Felipe hatte Geduld mit ihr, er war jemand, der warten konnte. Bis zu jener heißen Januarnacht, als sie sich schlaflos im Bett hin und her wälzte und irgendwann endlich die Entscheidung getroffen hatte. Gleich am nächsten Tag betrat sie zum ersten Mal das Hotel San Diego, wo sie die Portion Liebe genießen sollte, die das Schicksal ihr zugedacht hatte.

Was wohl aus Felipe geworden war? Sie hatte schon mindestens zehn Jahre nichts mehr von ihm gehört. Sie wusste, dass er, genau wie sie, immer noch verheiratet war. Zum letzten Mal waren sie sich im Zoo begegnet, sie war mit Valter und den Kindern dort, er mit seiner Frau und ihren beiden Söhnen. Sie begrüßten sich jedoch nicht, sondern beließen es dabei, sich verschwörerisch zuzulächeln und leicht mit dem Kopf zu nicken. Valter war ganz damit beschäftigt, sich das Wechselgeld für das Eis aushändigen zu lassen, und bekam nichts von ihrer Begegnung mit. Das war fünfzehn Jahre her. Lange danach erfuhr sie von einer gemeinsamen Freundin, dass Felipe mit seiner Familie in die Umgebung von São Paulo gezogen war. Nach Pindorama, Amparo oder irgend so ein Kaff. Seitdem waren sie sich nie mehr über den Weg gelaufen. Geblieben waren ihr nur die Erinnerungen, die sie an einem gut verborgenen, niemandem sonst zugänglichen Platz ihres Gefühlslebens aufbewahrte, der so weit von ihrem Alltag entfernt war wie das Hotel San Diego, das man inmitten von all dem Lärm und Staub, den die Lastwagen und die vielen Menschen aufwirbelten, die in der Rua Senador Pompeu unterwegs waren, leicht übersehen konnte.

Kurz vor dem Bahnhof biegt sie nach rechts ab. Eingekeilt zwischen Omnibussen und Kleintransportern überlegt sie, ob sie es wohl noch über die nächste Ampel schafft. Wenn das Auto vor ihr endlich losfahren würde, könnte es klappen. In dem Celta sitzt eine Frau, am Heck des Autos leuchtet ein Hello Kitty-Aufkleber. Bestimmt hat sie kleine Kinder. Warum fährt sie denn nicht? Vor ihr ist doch jede Menge Platz. Los, Frau Hello Kitty, auf geht's. Sie haben's vielleicht nicht eilig, aber ich schon. Endlich setzt der Celta sich in Bewegung. Doch vor ihm drängelt sich ein Kleintransporter dazwischen. Hello Kitty tritt auf die Bremse, um ihn durchzulassen. Das gibt's doch nicht! Die Ampel springt auf Gelb. Los jetzt! Der Transporter fährt an, Hello Kitty folgt ihm zögerlich. Auf geht's, schneller! Die Ampel wird rot. Egal, kümmer dich nicht drum, da kommen wir noch rüber. Der Celta bremst scharf, um die Fußgänger vorbeizulassen. Scheiß Hello Kitty!

Rechts beziehungsweise links von Rosana stehen jetzt ein Taxi beziehungsweise ein Bus – den Blicken der Insassen ist sie hilflos ausgesetzt. Dutzende Fußgänger drängeln sich zwischen den Autos hindurch. Nur wenige Meter entfernt taucht ein Verkehrspolizist auf und versucht Ordnung in das Durcheinander zu bringen. Er hilft Hello Kitty, zurückzusetzen und den Zebrastreifen freizugeben. Manche haben es besonders eilig und schieben sich unmittelbar an Rosanas Auto vorbei, um der Masse der übrigen Fußgänger auszuweichen. Immer fester klammert Rosana sich ans Lenkrad. Sie presst die Zähne aufeinander und senkt den Blick, um bloß niemandem ins Gesicht sehen zu müssen. Tock tock tock. Oh Gott! Jemand klopft an die Seitenscheibe. Ob man ihr anmerkt, wie erschrocken sie ist? Langsam sieht Rosana auf, doch statt des befürchteten Verkehrspolizisten trifft ihr Blick bloß auf den eines Jungen, der Süßigkeiten verkauft. Instinktiv kontrolliert Rosana, ob sie die Tür- und Fensterverriegelung aktiviert hat. Sie schüttelt den Kopf. Der Junge gibt jedoch so schnell nicht auf. Er späht aufmerksam ins Innere des Wagens, betrachtet den Toten neben ihr. Rosana hält den Atem an. Enttäuschung zeichnet sich im Gesicht des Jungen ab, er hat nichts Wertvolles entdecken können und geht weiter. Endlich springt die Ampel auf Grün. Langsam rücken die Autos vor, und Rosana erreicht das gelobte Land der Rua Senador Pompeu. Um sie herum ist weiterhin alles voll mit Lastwagen und Lieferanten, die ihre Handwagen vor sich her schieben. Beim Anblick der Fassade des Hotel San Diego schöpft sie neue Hoffnung. Gott sei Dank!

Als sie in die Garage einfährt, übergibt der Portier ihr einen Schlüssel. Er weiß, dass seine Aufgabe vor allem darin besteht, nicht aufdringlich zu glotzen. Aus dem Augenwinkel nimmt Rosana seinen gelangweilten Gesichtsausdruck wahr – Leute wie ihn trifft man nur deshalb in Motels an, weil sie hier ein kümmerliches Gehalt bekommen. Trotzdem fürchtet Rosana, dass die Tatsache, dass sie die Sonnenbrille nicht abnimmt und ihre Hand zittert, als sie den Schlüssel entgegennimmt, den Mann misstrauisch machen könnte. Schließlich weiß sie nicht, dass das einzige Zittern, das dem Portier Sorge bereitet, das seiner eigenen Hand ist, die gierig darauf wartet, nach der Ginflasche zu greifen, um zum fünften Mal während dieser Schicht sein Glas zu füllen. Rosana fährt weiter, sucht einen freien Parkplatz, parkt ein, stellt den Motor ab, löst den Sicherheitsgurt. Dann sitzt sie in der dunklen Stille der Garage und atmet erleichtert auf – zum ersten Mal seit dem verhängnisvollen Entschluss, mitten auf der Estrada do Galeão anzuhalten. Sie sieht auf die Uhr und stellt überrascht fest, dass das erst zwanzig Minuten her ist. In der Zwischenzeit scheint ein ganzes Leben vergangen zu sein. Sie lehnt sich zurück und spürt, dass sie trotz der Klimaanlage in Schweiß gebadet ist. Und jetzt? Was soll sie machen? So weit hat sie nicht gedacht.

Wie ein Sportler mit einer Zerrung, der gewissenhaft die Anweisungen seines Physiotherapeuten ausführt, dreht sie langsam und vorsichtig den Kopf nach rechts, zu ihrem Sitznachbarn. Abgesehen von der dunklen Speichelspur, die sich über sein Kinn hinabzieht, scheint er ruhig zu schlafen. Rosana streckt den Arm aus und berührt zum ersten Mal sein Gesicht – zunächst legt sie bloß den Handrücken an seine Stirn, dann zwei Fingerspitzen seitlich an den Hals, als wollte sie feststellen, ob er Fieber hat. Die kalte, feuchte Haut lässt keinen Zweifel zu. Sie erschaudert und es läuft ihr eiskalt den Rücken hinunter, als hätte die Temperatur des anderen Körpers sich auf sie übertragen. Fast wäre sie in Tränen ausgebrochen, den Schrei unterdrückt sie und ebenso das Niesen, das sich zwischen ihrem heftig gehenden Atem und dem hartnäckig pochenden Schmerz hinter den Augen bereits angekündigt hat. Valter hätte ruhig das Bußgeld bezahlen und das Auto in die Werkstatt bringen können. Und warum kann Julinho jetzt nicht hier sein und ihr helfen, den Leichnam aus dem Auto zu hieven? Juliana dagegen würde sowieso nicht verstehen, dass sie, Rosana, auch nur ein Mensch ist. Valter, dieser Schwachkopf – das war er immer schon. Und Julinho war noch nie da, wenn man ihn gebraucht hätte. Und Juliana, wie gesagt, würde sie sowieso nicht verstehen. Warum eigentlich nicht? Warum nicht, hmm? Hat sie es etwa nicht ihr zu verdanken, dass sie auf der Welt ist, ihrer Mutter, die sie einst gestillt und großgezogen hat? Auf einmal spürt sie Hass auf Juliana, ihre einzige und so undankbare Tochter. Insgeheim wünscht sie geradezu, der Tote neben ihr wäre Juliana – aber der Gedanke blitzt nur für den Bruchteil einer Sekunde auf, viel zu kurz, als dass sie sich seiner bewusst werden könnte; und falls doch, würde sie ihn weit von sich weisen. Und trotzdem: Sie würde triumphierend aufheulen! Aber was sind das für schlimme Gedanken – Heilige Mutter Gottes, bitte für uns!

Methodisch und entschlossen wie eine Chefsekretärin steigt Rosana aus, geht um den Wagen herum und öffnet die Beifahrertür. Sie fasst den Toten an den Handgelenken und versucht, ihn aus dem Auto zu ziehen, aber so einfach lässt er sich nicht von der Stelle bewegen. Der verfluchte Italiener muss über 80 Kilo wiegen! Kein Wunder, bei der Körpergröße. Für Rosana steht inzwischen jedenfalls fest, dass es sich bei dem Verstorbenen um einen Italiener handelt. Handelt oder gehandelt hat? Behalten die Menschen auch nach dem Tod ihre Nationalität? *Scusi, Lei è italiano?* Sie greift auf das Italienisch zurück, an das sie sich aus ihrer Kindheit erinnert und später, während ihrer Jugend, in den Filmen von Federico Fellini wieder gehört hat. Ihr Toter (es ist doch ihr Toter, oder etwa nicht?) sagt kein Wort. *Perchè non parla, signore prosciutto?* Innerlich lacht sie über ihren Witz und über die ganze Situation. Sie betrachtet das Gesicht des Mannes. Eigentlich war er durchaus attraktiv. Seine Hände erinnern sie an die von Felipe. Wer weiß, wenn sie sich unter anderen Umständen kennengelernt hätten … Rosana kann der Versuchung nicht widerstehen und streicht ihm über das graue Haar. Es ist dicht und erstaunlich kräftig. Angeblich wächst das Haar nach dem Tod noch monatelang weiter.

Rosana überwindet ihren Ekel und umarmt den Oberkörper des Toten, verschränkt die Hände hinter seinem Rücken und unternimmt einen ersten Versuch: Sie zieht an ihm und mit einem Ruck löst er sich von seinem Sitz, sackt jedoch, kaum dass Rosana ein wenig nachlässt, wieder in die Ausgangsposition zurück. Der nächste Versuch macht es nur noch schlimmer, denn Rosana rutscht aus und stößt sich heftig das Knie. Der pochende Schmerz bestätigt ihr, dass die bizarre Szenerie keineswegs Einbildung ist. Erschöpft sinkt die angeschlagene Rosana an die Brust des Toten und empfindet ein seltsam tröstliches Gefühl. Der schwere Duft seines teuren Parfüms hüllt sie ein, der Geruch des Reichtums. Seine Krawatte drückt sich samtig an ihr Gesicht; gleich darauf streift Rosanas Wange sanft den rauen Stoff seines Leinenjacketts. Wie gut es sich anfühlt, dort bei ihm zu sein – aber nur für einen kurzen Augenblick. Nein, das geht doch nicht! Los jetzt, sie muss etwas unternehmen, und zwar schnell. Mit aller Kraft umklammert sie den Fremden erneut, lässt sich zurückfallen und schafft es schließlich, ihn Stückchen für Stückchen vom Sitz zu hieven. Aber irgendwann stürzt Rosana aus dem Wagen und landet mit dem Hintern auf dem Boden. Der Körper des Fremden bleibt einen Augenblick in der Schwebe, zwischen dem Inneren des Autos und dem Außenraum, dann jedoch stürzt er kopfüber auf Rosana, die so in dem schmalen Spalt zwischen Auto und Seitenwand der Garage eingeklemmt wird.

In panischem Schrecken versucht Rosana, heftig um sich schlagend, sich unter dem toten Klotz hervorzuwinden. Ich glaube an Gott, den Vater, ich glaube an Gott, den Vater, ich glaube an Gott, den Vater, den Allmächtigen! Doch sosehr sie auch betet und fleht, der Italiener rührt sich nicht von der Stelle, immer noch liegt er auf ihr, das Gesicht höchst unpassend zwischen ihren Brüsten vergraben; seine eleganten Schuhe dagegen haben sich an der Autotür verhakt. Rosana ringt nach Luft. Ihre Panik wird größer. Ja, ja, sie hat es nicht besser verdient … – aber was redet sie da? Im gleichen Augenblick fällt ihr ein, dass das Hochzeitsartikelgeschäft gleich zumacht. Umso schlimmer. Verzweifelt fängt sie an zu weinen. Was hat sie nur hierher geführt? Auf den Boden einer Hotelgarage, begraben unter einem Toten? Aber so war es schon immer in meinem Leben, immer ist alles schiefgegangen! Ach herrje, Mutter Gottes steh mir bei! Womit hab ich das verdient? Die Tränen laufen ihr nur so übers Gesicht. Ihre Nase ist zu, sie heult hemmungslos, nichts kann sie noch zurückhalten. So geht das eine ganze Weile, bis die Tränen irgendwann versiegen. Wie lange liegt sie hier wohl schon? Was soll's, sie hat jedes Zeitgefühl verloren, alles, was sie empfindet, ist ein grenzenloser, unendlicher Schmerz. Sie ist völlig außer sich, fern jeder Wahrnehmung von Zeit.

Und trotzdem vergeht sie, die Zeit. Als Rosana sich ein wenig erholt hat, holt sie tief Luft und fängt an, sich langsam hin und her zu wälzen. Dabei bemüht sie sich, das Gewicht des Toten so einzusetzen, dass sie Schwung gewinnt, und tatsächlich, irgendwann schafft sie es, links unter ihm hervorzukommen. Ihr Hintern wetzt dabei allerdings heftig über den kalten dreckigen Boden. Kaum hat sie sich befreit, schlägt der Kopf des Italieners mit dumpfem Knall auf dem Beton auf, es knackt leise, Rosana erschaudert. Keuchend setzt sie sich auf und betrachtet das dünne blutige Rinnsal, das an seiner Stirn austritt und das bleiche Antlitz verunziert. Mit schmerzverzerrtem Gesicht steht Rosana auf, klopft sich den Staub von den Kleidern und entdeckt einen kleinen Blutspritzer auf ihrem Kragen. Sie beugt sich vor, legt die Füße des Toten nebeneinander und zieht daran, bis auch sie aus dem Auto und auf den Boden fallen. Endlich aus der Blechkiste befreit, liegt der Leichnam jetzt schräg neben der Garagenwand. Bei seinem Anblick muss Rosana auf einmal an eine Katze denken, die den Kopf im Schlaf zwischen die Pfoten geschoben hat. Erschöpft und verschwitzt wie sie ist, erklimmt sie die kurze Treppe zu ihrem Hotelzimmer, sie möchte duschen und zu Hause anrufen, um Bescheid zu geben. Als sie die Zimmertür öffnet, erblickt sie das große einladende Bett. Komm her zu mir, komm her. Sie beschließt, sich einen Moment hinzulegen, nur ganz kurz, um ein bisschen zur Ruhe zu kommen, ein Weilchen zu dösen.

Als sie wieder aufwacht, ist es dunkel. Sie durchwühlt ihre Handtasche, bis sie das Handy gefunden hat. Sechs nach halb acht. Sie ruft zu Hause an. Valter nimmt ab.

»Hallo, Rô, möchtest du mit Juliana sprechen? Sie ist gerade gekommen.«

»Nein, ich möchte nicht mit Juliana sprechen, sondern mit dir.«

Rosana fällt auf, dass ihre Stimme anders als sonst klingt, sie hört sich ungewohnt ruhig und entschieden an. Die Stimme von jemandem, der es gewohnt ist, Befehle zu erteilen. Valters Verblüffung am anderen Ende der Leitung kann sie sich lebhaft ausmalen – von ihm kommt kein Wort.

»Das Auto ist unterwegs stehengeblieben, in der Avenida Presidente Vargas. Die Pannenhilfe musste kommen. Aber jetzt ist alles wieder in Ordnung. Ich mache mich gleich auf den Heimweg.«

»Was war denn mit dem Auto?«

»Weiß ich nicht genau, irgendwas mit der Elektrik. Der junge Mann von der Werkstatt hat es mir erklärt, aber verstanden habe ich es nicht. Du weißt ja, wie gut ich mich mit solchen Sachen auskenne …«

Wieder Stille am anderen Ende der Leitung. Dann:

»Juliana will wissen, ob du die Porzellantäfelchen abgeholt hast.«

»Nein.«

»Nein, was heißt, nein? Warte, ich geb sie dir mal …«

Kurze Pause.

»Mama, was soll das heißen, du hast sie nicht abgeholt …?«

Rosana drückt auf die Taste mit dem roten Symbol. Gleich
danach schaltet sie das Handy ganz aus. Immer schön ein
Problem nach dem anderen.

Nachdem sie geduscht und ihre Kleidung so gut es geht
wieder in Ordnung gebracht hat, versäumt sie es nicht, sich
die Lippen nachzuziehen und sich zu kämmen. Mit einem
mit Kölnisch Wasser angefeuchteten Taschentuch reibt sie
vorsichtig an dem Blutfleck auf ihrem Kragen. So verrückt
das Ganze ist, eine gewisse Logik steckt trotzdem darin, sagt
sie sich. Irgendetwas hat sich jedenfalls dadurch bei ihr verändert. Was genau weiß sie nicht, sie wird es schon noch
herausfinden. Sie geht zur Rezeption und bezahlt, in bar,
um keine Spuren zu hinterlassen. Dann kehrt sie in die Garage zurück, wo der Italiener zu ihrem Schreck noch genauso daliegt wie zuvor. Sein rechter Arm reicht bis unmittelbar hinter das rechte Vorderrad des Autos. Sie will ihn
von dort wegziehen, aber sein Körper ist schon zu steif.
Unmöglich. In aller Ruhe geht Rosana um das Auto herum,
steigt ein, startet den Motor und legt den Rückwärtsgang
ein. Als das Rad über den Arm hinweg rollt, ist das Geräusch
zum Glück längst nicht so laut, wie Rosana befürchtet hat.
Sie fährt durch die enge Garagenausfahrt, händigt dem
Portier den Schlüssel aus und kehrt wieder in die Außenwelt
zurück. Als sie nach links in die Straße einbiegen will, über-

sieht sie fast einen jungen Mann, der hastig die Straße überquert. Sie macht eine Vollbremsung und drückt energisch auf die Hupe. Um ein Haar, und sie hätte den jungen Mann erwischt. Ihre erschrockenen Blicke kreuzen sich. Rosana ist wie gebannt von seinen grünen Augen. Sie lässt das Fenster herunter und schimpft:

»Beim nächsten Mal passen Sie bitte ein bisschen auf, wenn Sie über die Straße wollen!«

»Entschuldigung, ich war mit den Gedanken woanders!«, antwortet er stotternd.

»Ich möchte schließlich niemanden überfahren. Erst recht nicht, wenn er so hübsche Augen hat.«

Sie lächeln sich verschwörerisch an, wie man es manchmal macht, obwohl man sich gar nicht kennt. Rosana lässt das Fenster wieder hoch und macht sich auf den Weg nach Hause. Der wäre der Richtige für Juliana!

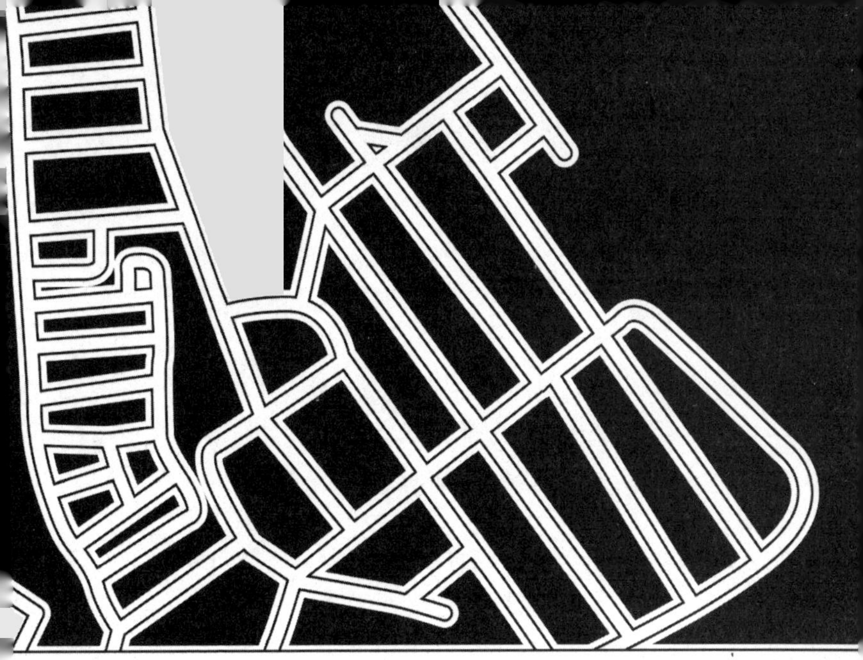

Bel, Jardim Botânico, 41

Vor dem Badezimmerspiegel stehend unterzog Bel ihr Haar einer sorgfältigen Untersuchung. Ob es am Licht lag? Sie schaltete die kleine Lampe neben dem Spiegel an. Nein, am Licht lag es nicht. Eindeutig, es lag nicht am Licht. Trotzdem war irgendetwas anders. Als Kind war sie ganz und gar blond gewesen und hatte Locken wie ein Rauschgoldengel, die manchmal von einer Schleife zusammengehalten wurden, vorzugsweise rot, um das Blond hervorzuheben. Nach und nach war ihr Haar jedoch dunkler geworden. Mit fünf war es dann zum größten Teil hellbraun und glatt, bloß eine – nicht zu knappe – Anzahl gelblicher Strähnen hielt sich dazwischen, die sich an einer Stelle zu einem widerspenstigen Wirbel zusammengetan hatten. Mit zehn waren nur wenige blonde Harre übrig, allerdings immer noch genug, um dafür zu sorgen, dass es hier und da golden schimmerte, wenn ihr ein Sonnenstrahl zärtlich übers Haar glitt. Weil sie sich vom zwölften bis zum achtzehnten Lebensjahr nahezu unaufhörlich dem prallen Sonnenlicht am Strand aussetzte, kam das helle Blond ihrer frühen Kindheit wieder zum Vorschein, wozu auch die Anwendung wohldosierter Mengen Paraffin ihren Teil beitrug. Während dieser Zeit als Surfergirl nannten alle sie – im Unterschied zur »kleinen Bel«, einem anderen Mädchen aus ihrer Clique – »die blonde Bel«, woraus sie ein gewisses, wenngleich niemals offen eingestandenes Überlegenheitsgefühl bezog. Und als sie zu studieren anfing, kam ihre große Zeit als Miss Platinblond. Angetrieben vom rebellischen Geist der Jugend und dem Weckruf aus dem fernen London – »London calling to the faraway towns …« –, gab sie sich für kurze Zeit ganz den Freuden kurzer wasserstoffblonder Haare hin.

Später beließ sie es dann aber endgültig bei einem sanften – und eher dunklen – Kastanienbraun, das an die Farbe von Eukalyptushonig erinnerte, wie ihr Ex-Mann Adriano einmal so schön gesagt hatte, als sie noch frisch verliebt waren. Trotzdem hielt sich, willkürlich über ihren Kopf verstreut, etwa ein Dutzend tapferer blonder Haare, die unauffällig Zeugnis davon ablegten, dass ihr Haupt, was die Farbe seiner Bedeckung anging, einst ganz andere Zeiten gekannt hatte. In den letzten Jahren waren diese wenigen Haare allerdings eines nach dem anderen von dem dunklen Rest geschluckt worden. Und als Bel im vergangenen Jahr vierzig geworden war, hatte sie feststellen müssen, dass nur noch ein einziges übrig war: ein letzter Goldfaden, der vorne links, nahe an ihrer Stirn entsprang und so, wie er herabfiel, mit einer gleichzeitig anmutigen und lässigen Handbewegung hinters Ohr gestrichen werden konnte. Doch jetzt, gerade eben, vor wenigen Sekunden, als sie wie jeden Morgen das Aprikose-Walnuss-Gel von Boots auf ihrer Haut verteilte, war ihr an ihrem Spiegelbild etwas aufgefallen – etwas hatte sich in die Sphäre ihres stets so perfekt gepflegten Gesichtes eingeschlichen. Als sie noch näher an den Spiegel trat, machte sie eine erschütternde Entdeckung: Der letzte Goldfaden hatte sich tatsächlich über Nacht in ihr erstes graues Haar verwandelt.

Sie hielt den Atem an. Fast hätte sie losgeheult, bekam sich jedoch gerade noch in den Griff. Was jetzt? Sorgfältig trennte sie den Eindringling von seiner Umgebung, nahm ihn, als würde sie einen Schmetterling am Flügel berühren, vorsichtig zwischen die Fingerspitzen und betrachtete ihn eine ganze Weile eingehend und nicht frei von Verachtung. Bis sie ihn so nah wie möglich an der Kopfhaut abschnitt – keinesfalls wollte sie ihn mit der Wurzel ausreißen, schließlich würden dann sieben neue an seiner Stelle nachwachsen, wie es laut Sprichwort hieß. Und sie hatte wenig Lust, dessen Wahrheitsgehalt zu überprüfen. Gleich morgen würde sie eine Packung Henna kaufen, in einem Farbton, der dem ihres Haares möglichst nahe kam. Das dürfte fürs Erste genügen. Und später? Würde sie sich die Haare wohl richtig färben lassen. Eigentlich hatte sie das immer voll daneben gefunden, aber inzwischen machten das doch alle. Im erbarmungslosen Schein der Badezimmerlampe setzte Bel ihre Untersuchung fort und musste sich einmal mehr eingestehen, dass das Verstreichen der Zeit unweigerlich Spuren hinterließ, sosehr sie sich dem tagaus, tagein und bis zur Ausschöpfung ihres Dispokredits mit Hilfe der besten Cremes und Lotionen widersetzte. Da waren sie wieder beziehungsweise immer noch, die einsame Falte auf ihrer Stirn, die Krähenfüße an den Augenwinkeln, die Mitesser an der Nasenspitze. Höchste Zeit, einen Termin bei der Kosmetikerin auszumachen.

Nachdem sie das genaue Ausmaß der Schäden festgestellt hatte, betrachtete sie sich erneut aus größerer Distanz. Für ihr Alter machte sie durchaus etwas her. Die üppigen Brüste drohten über den Rand des Handtuchs zu springen, das sie sich umgebunden hatte. Auf der Straße sahen ihr die

Männer immer noch hinterher, daran gab es nichts zu deuteln. Aber wem sehen die Männer schon nicht hinterher? Erst recht die brasilianischen Männer. Um von den Männern aus Rio gar nicht zu reden. Zugegeben, auch ihre Freunde sagten, sie sehe wirklich noch jung aus. Aber ihre Freunde waren Schauspieler, so wie sie. Also zählten sie nicht. In dieser Hinsicht sind Schauspieler niemals ehrlich. Stattdessen kommen sie einem ständig mit »Ach meine Liebe, wie gut du wieder aussiehst!«, selbst wenn man mit einem Bein in der Intensivstation steht. Wie oft hatte sie selbst sich genau diesen Vorwurf anhören müssen! Plötzlich hatte sie eine Idee: Sie zog sich einen Teil der Haare in die Stirn – und wenn sie es mit einem Pony versuchte? Ob sie das nicht jünger machte? Eine Weile musterte sie das Ergebnis, verwarf die Idee dann aber. Nein, besser doch kein Pony. Bloß nicht! Eine vierzigjährige Frau mit Pony ist genauso schlimm wie ein Glatzkopf mit Pferdeschwanz. Deutlicher kann man den anderen nicht zeigen, dass man sich aufgegeben hat. Oder schlichtweg nicht genug Charakter besitzt.

Und was war mit den Schönheitschirurgen, waren die inzwischen nicht zu allem Möglichen imstande? In einer Illustrierten hatte sie einen Artikel gelesen, in dem eine neue Behandlungsmethode vorgestellt wurde, bei der man noch am selben Tag wieder nach Hause gehen konnte. Wie nannte sich das noch mal? Minimalintensiver Eingriff, oder so. Ob das wirklich funktionierte? Und was so was wohl kostete? Sie könnte ja mal Adrianos Cousin fragen, der war schließlich Chirurg. Und wenn ja, würde sie es machen? Sie musterte sorgfältig ihr Spiegelbild und kam zu dem Ergebnis, dass sie den Mut dazu nicht aufbringen würde. Und wenn man ihr den Eingriff hinterher ansah? Angélica Betocchi hatte sich

Botox spritzen lassen und anschließend monatelang ein völlig ausdrucksloses Gesicht gehabt. Deshalb hatte sie auch die Rolle in einem Spielfilm nicht bekommen, nur aus diesem Grund. Das hatten natürlich alle mitbekommen – wer klatscht schon so gerne über seine Kollegen wie Schauspieler? Hinter ihrem Rücken nannten die anderen sie seither Angélica Botoxi! Dabei war Angélica Betocchi nicht irgendwer. Bel stellte sich vor, wie es ihr in solch einer Situation gehen würde. Tagelang kein einziger Anruf, kein Casting, nicht mal für einen Werbefilm. Wobei ihr Telefon sowieso nicht ständig klingelte … Sie warf einen Blick in Richtung Badezimmertür und spitzte die Ohren – nein, nichts, alles ruhig, bis auf das dumpfe Dröhnen eines fernen Presslufthammers.

Fünf Tage war es jetzt her, dass sie Caio Marcos getroffen hatte, auf Fernandinhas Geburtstagsparty. Sie hatte ihn doch tatsächlich gefragt, ob er in seiner neuen Telenovela nicht eine Rolle für sie hätte! Einfach so. Natürlich war das ganz schön dreist, aber warum nicht? Kannte sie ihn etwa nicht gut genug? Jemand, den man schon mal splitternackt vor sich gehabt hatte, ohne selbst was anzuhaben, mit dem konnte man ja wohl ein offenes Wort reden – auch wenn das fünfzehn Jahre her war. Sie sah sich Zustimmung heischend im Spiegel an, ihre Frage blieb aber unbeantwortet. Allerdings hätte sie das wohl besser nicht vor dieser grässlichen Alessandra Regina tun sollen (also wirklich, so viel schlechter Geschmack auf einmal, Herr im Himmel!) – aber die beiden klebten ja die ganze Zeit aneinander. Caio hatte sie bloß geheimnisvoll angelächelt – wie er das immer machte – und gesagt: »Gut, dass du mich darauf ansprichst. Ich ruf dich noch diese Woche an.« Im ersten Augenblick hatte Bel das als Ja verstanden. Kurz darauf, als die Unterhaltung beendet war, war sie sich schon nicht mehr so sicher gewesen. Und eine halbe Stunde später hatte sie gesehen, dass Alessandra und noch so eine Tussi kichernd und tuschelnd zusammen auf einem Sofa saßen. Und es war ihr ganz so vorgekommen, als unterhielten sich die beiden über sie. Dann war Caio dazugekommen, und gleich danach waren sie aufgebrochen. Beim Weggehen hatten sie sich noch einmal gegenseitig Blicke zugeworfen – in Alessandras Gesicht hatte Bel nichts als höhnischen Spott und Triumph ausgemacht, in dem von Caio dagegen leises Bedauern. Obwohl sie geübt darin war, sich nie etwas anmerken zu lassen, hätte Bel nicht sagen können, was für ein Gesicht sie selbst wohl gemacht hatte.

Bedauern, Mitleid – mehr war für sie von den Männern künftig wohl kaum noch zu erwarten, wenigstens von Männern wie Caio; das Einzige, wofür die sich bei einer Frau interessierten, waren eine straffe Haut und festes, junges Fleisch … am liebsten mit einem ebenso hübschen wie hohlen blondgefärbten Köpfchen obendrauf. In den Kreisen, in denen sie verkehrte, hatte »Lebenserfahrung« nicht den geringsten Wert, jedenfalls nicht, solange als Alternative ein knackiger Hintern im Angebot war. An dem Abend hatte sie sich hemmungslos vollaufen lassen und dazu sämtliche Drogen in sich hineingestopft, die zu bekommen waren. Zuletzt fand sie sich koksend im Badezimmer wieder, inmitten von lauter Leuten, die sie kaum kannte. Als das Kokain alle war, waren die anderen nach und nach zu der Party zurückgekehrt, nur sie und irgend so ein DJ waren geblieben. Der Typ hatte ein supermodernes Outfit, dazu allerdings Augen mit einem zärtlich flehenden Hundeblick. Er hieß Leonardo, oder so. Sie fickten noch an Ort und Stelle, sie mit hochgeschobenem Rock auf dem Waschbecken sitzend, er mit bis zu den Füßen runtergelassener Hose. Grauenvoll … würdelos und ohne jede Zärtlichkeit. Der reine Wahnsinn. Genau das, was sie nie mehr hatte tun wollen – so hatte sie es sich an ihrem vierzigsten Geburtstag geschworen. Und sei es bloß, um ihrer Tochter ein Vorbild zu sein. Clarinha war inzwischen dreizehn und beurteilte das Benehmen ihrer Mutter zunehmend kritisch.

Na gut, Schwamm drüber, vorbei ist vorbei. Bloß nicht an die Vergangenheit rühren. Sagte Ângela zumindest immer, die Intellektuelle in ihrer Familie. Bel überlegte, ob sie nicht ihre Schwester anrufen solle. Bei wem hätte sie sich besser ausheulen können? Außerdem konnte die ihr vielleicht ein gutes Haarfärbemittel empfehlen, schließlich kam sie alle paar Tage mit einem neuen Farbton daher, mal blond, mal schwarz, dann wieder kupferrot. Eine Zeitlang war sie sogar mit grünen Haaren herumgelaufen, das war, als sie noch an ihrem Master in Anthropologie arbeitete. In der letzten Zeit hielt sie sich jedoch ein bisschen zurück, genaugenommen beließ sie es seit bald zwei Jahren bei ihrer natürlichen Farbe – seit sie mit Flávio zusammen war, hatte sie sich stark verändert, sie wirkte irgendwie gelassener und selbstsicherer. Inzwischen konnte sie sich angeblich sogar vorstellen, ein Kind in die Welt zu setzen. Davor wolle sie allerdings noch ihre Doktorarbeit fertigschreiben, erklärte sie. Allzu großen Spielraum lasse die biologische Uhr ihr aber nicht mehr, mit 34 habe sie die Grenzen weitgehend ausgereizt – *pushing the envelope*, wie die Engländer sagten. Aber was wollte Ângela mit einer Doktorarbeit? Flávio verdiente genug für zwei, am besten sah sie zu, dass sie schleunigst heirateten. Ihr Zukünftiger hatte es wirklich drauf, er war

Patentanwalt. Etwas Besseres konnte Ângela gar nicht passieren.

Der laute Klingelton ihres Handys unterbrach ihre Überlegungen. Wie immer war sie genervt von der beknackten Elektroversion von »*Fly me to the moon*«. Was hatte sie sich dabei bloß gedacht, als sie sich von Adriano ausgerechnet diesen lächerlichen Klingelton einstellen ließ? Das musste sie unbedingt ändern! Dafür musste sie sich allerdings dazu durchringen, Adriano gegenüber zuzugeben, dass sie keine Ahnung hatte, wie ihr eigenes Gerät funktionierte. Womit er sich wieder einmal in jeder Hinsicht bestätigt sehen würde … Die Nummer auf dem Display kannte sie nicht. Misstrauisch nahm sie den Anruf entgegen.

»Hallo?«

»Bel?«

»Ja.«

»Hey, wie geht's, Süße?«

»Wer ist denn da?«

»Ich bin's, Rafael.«

»Wer?«

»Rafael. Von der Party bei Fernandinha. Sag bloß, du erinnerst dich nicht an mich!«

Bel biss die Zähne zusammen und spürte, wie sich ihre Nackenmuskeln verspannten. Oh Gott, der Typ von der Party, aus dem Badezimmer! Nicht Leonardo, Rafael, genau. Sie versuchte, die Verkrampfung am Hals aufzuhalten. Wie hatte sie ihm bloß ihre Handynummer geben können? Sie musste unbedingt die Trinkerei in den Griff bekommen. Aber schleunigst.

»Ah, du bist's … Hallo … Alles okay?«, stammelte sie.

»Klar, Süße. Und bei dir?«

»A … alles okay.«

»Kannst du grad sprechen?«

»Na ja … mehr oder weniger … im Augenblick eigentlich nicht so gut …«

Als sie an den Tag dachte, der auf diese mehr oder weniger durchgemachte Nacht gefolgt war, fing es an, in ihren Schläfen zu pochen. Das dumpfe Gefühl im Kopf, die schwerfälligen, ungeschickten Bewegungen. Wodka mit Prosecco … ein Teufelszeug. Eigentlich hatte sie ja keine Angst vor einem Kater. Sie hatte ein unfehlbares Rezept dagegen entwickelt: Zwei Engov, ein Paracetamol und ein Glas Tomatensaft. Mit einem Schuss Wodka, natürlich. *Hair of the dog that bit you*, wie die Iren sagen. Bei dem Gedanken daran erschauderte sie. Sie musste endlich vernünftig werden. Außerdem beschleunigte so was die Alterung der Haut. Und man bekam Ringe unter den Augen. Oh mein Gott, worauf hatte sie sich da bloß eingelassen? Nie wieder Koks, das war jedenfalls klar.

»Ich wollte bloß wissen, wann wir uns wiedersehen, deshalb ruf ich an …«

»Wiedersehen?«

»Mhm. Ich sehn mich total nach dir. Ich glaub, ich bin irgendwie wahnsinnig verknallt in dich, Kleine.«

»Kleine« – au weia! Bel war sprachlos. Ekelhaft, diese billige Anmache; und trotzdem irgendwie auch schmeichelhaft. »Verknallt in dich.« Süß! Wie alt er wohl war? 28, 29 vielleicht. Und durchaus hübsch … Stil hatte er auch, keine Frage. Ihre Freundinnen würden umkommen vor Neid, ausnahmslos. Auch wenn er ein Schuft war, einfach so auf ihn verzichten wollte sie trotzdem nicht. Sie war unentschlossen, fühlte sich wie gelähmt. Als wären ihre Selbstachtung und ihre Eitelkeit dabei, eine Partie Schach gegeneinander zu spielen. Und es sah nicht gut aus für ihre Selbstachtung.

»Hey, bist du noch dran?«

»Mhm. Sag mal, kann ich dich später zurückrufen?«

»Klar, Süße. Aber wenn du's nicht machst, ruf ich wieder an. So leicht lass ich mich nicht abwimmeln.«

Während sie noch auf die rote Taste drückte, versuchte sie sich vorzustellen, wie die anderen es wohl aufnehmen würden, wenn sie sich mit ihrem kleinen Schmuckstück in der Öffentlichkeit zeigte. Sie hatte gar kein so schlechtes Gefühl dabei. Ob sie ein bisschen länger mit ihm hätte plaudern sollen? Vielleicht, andererseits war es auch nicht schlecht, ihn ein bisschen zappeln zu lassen. Er sollte bloß nicht glauben, dass sie so einfach zu haben war. Stopp – was hatte sie da gerade gesagt? Was heißt hier, einfach zu haben? Wach auf, Mädchen, du hast es mit ihm auf einer Party gemacht, in einem Badezimmer. Einfacher zu haben geht gar nicht! Bel schämte sich, als sie ihr Verhalten so kühl analysierte. Wenn sie wollte, schaffte sie es noch immer, gnadenlos streng zu sich selbst zu sein, offensichtlich konnte sie nicht anders. Unglaublich! All die Jahre beim Therapeuten, und trotzdem hatte sich an ihrem Urteil nichts geändert – als wäre sie Adriano oder ihr verstorbener Vater. 25 Jahre hatten nicht gereicht, immer noch war es, als stünde er vor ihr und beschimpfte sie als Nutte. Hörte das denn nie auf? Clarinhas altklug-freche Stimme nachahmend sagte sie laut zu sich selbst: »Schon mindestens zwei, drei Jahre nicht mehr so richtig einen auf Nutte gemacht, stimmt's, Mami?«

Sie sah auf die Uhr. Bald würde Clarinha von der Schule kommen. Bel wollte nicht, dass sie sie um zwei Uhr nachmittags bloß in ein Handtuch eingewickelt zu Hause vorfand. Schnell ging sie ins Schlafzimmer, um sich anzuziehen. Sie nahm einen weißen Slip und ein T-Shirt aus der Kommode, das sie erst vor ein paar Tagen gekauft hatte. Dazu zog sie die Jeans vom Tag davor an. Als sie sich im Spiegel betrachtete, kam ihr der Aufzug ein bisschen zu jugendlich vor, vor allem die ausgewaschenen Jeans. Die All Star-Sneaker, die sie dazu anziehen wollte, machten die Sache nicht besser. Und das T-Shirt war viel zu tief ausgeschnitten, Clarinha würde bestimmt wieder sagen, sie wolle ja bloß, dass man ihre Titten zu sehen bekam. Bel stellte plötzlich fest, dass sie Angst vor ihrer Tochter hatte. Warum eigentlich? Nachdenklich ließ sie sich auf der Bettkante nieder. Müsste sie sich künftig auch von ihrer Tochter Vorhaltungen machen lassen? Nicht auszudenken. Außerdem war es nicht ihre Schuld, dass sich die Brüste der Kleinen bislang noch nicht recht entwickeln wollten. Andererseits blieb dafür noch Zeit genug, schließlich war sie erst dreizehn. Bels Brüste waren in diesem Alter zwar schon ziemlich groß gewesen, aber Clarinha kam eben nach Adrianos Familie, sie war ein anderer Typ. Und sie, Bel, brauchte deshalb nicht auf die körperlichen Reize zu verzichten, mit denen Gott sie ausgestattet hatte. Zudem war sie Schauspielerin, ihr Körper war ihr wichtigstes Werkzeug. Entschlossen, sich nicht von der jugendlichen Rebellion ihrer Tochter einschüchtern zu lassen, stand sie auf. Erneut betrachtete sie sich im Spiegel. Und entschied sich dann für eine Bluse statt des T-Shirts – im Zweifelsfall ließ sich die bis oben zuknöpfen.

In den letzten Wochen hatte sich das Verhältnis zwischen ihrer Tochter und ihr stark verschlechtert, genaugenommen, seit die Möglichkeit, dass sie umziehen könnten, konkrete Gestalt angenommen hatte. Als sie und Adriano sich getrennt hatten, hatte Bel gewusst, dass ein Umzug eines Tages anstehen würde. Die jetzige Wohnung gehörte ihrer Schwiegermutter. Oder vielmehr Adrianos Mutter. Wenn eine Schwiegermutter schon keine Verwandte im eigentlichen Sinne ist, gilt das erst recht für eine Ex-Schwiegermutter. Und umso mehr für diese Ex-Schwiegermutter! Zunächst hatte sie sich darauf eingelassen, dass Clarinha und sie in der Wohnung blieben, allerdings vor allem, um ihrem Sohn die Sache zu erleichtern, die Enkelin hatte bei ihren Überlegungen kaum eine Rolle gespielt. Schließlich war der Entschluss zur Trennung von Adriano ausgegangen, er war derjenige gewesen, der seine bisherige Familie gegen eine neue hatte eintauschen wollen. Deshalb hatte er seine Mutter überredet, seiner Exfrau und ihrer gemeinsamen Tochter die Wohnung »vorläufig« zu überlassen, bis eine endgültige Lösung gefunden wäre. Wie immer bei Adriano war aus einer vorläufigen eine dauerhaft vorläufige Lösung geworden. Drei Jahre später hatte selbst Bel, die der Sache anfangs misstraut hatte, sich mit dem Arrangement abgefunden. Doch kaum hatte sie sich das eingestanden, hatte die Lage sich schlagartig geändert. Scheiße, das kommt davon, wenn man unvorsichtig wird! Die Welt ist nun mal großer Mist, wie ihr Vater immer sagte. Urplötzlich, aus heiterem Himmel, hatte die Alte beschlossen, die Wohnung zu verkaufen. Angeblich brauchte sie Geld, um ihren grauen Star operieren zu lassen. Ihr verschwenderischer Sohn sei außerstande, die Kosten zu übernehmen. Letzteres war nicht ganz falsch, schließlich kam es immer wieder vor, dass Adriano das Schulgeld für seine Tochter nicht rechtzeitig überwies. Bel sollte die Wohnung jedenfalls so bald wie möglich freimachen. Das stand seit drei Wochen fest.

Sie sah wieder auf die Uhr. Da fiel ihr ein, dass sie ihre Agentin anrufen sollte, um diese Zeit musste sie bereits im Büro sein. Sie holte tief Luft und wählte ganz langsam, Ziffer für Ziffer – bloß nichts falsch machen. Nicht, dass es schlimm gewesen wäre, wenn sie sich verwählt hätte. Es war purer Aberglaube. Am anderen Ende der Leitung meldete sich Juciara.

»Ju? Hallo, ich bin's, Bel Andrade. Ist Susana da?«

»Hallo Bel. Susana hat gerade einen Termin. Sie kann jetzt nicht.«

»Ach so. Und, was glaubst du, wie lange dauert das ungefähr?«

»Schwer zu sagen. Soll sie dich zurückrufen?«

»Ja, würdest du ihr das bitte ausrichten?«

»Na klar, keine Sorge.«

»Du bist ein Schatz. Und Christian? Ist der jetzt nicht schon drei Monate alt?«

»Vier! Er ist richtig groß geworden, du wirst ihn nicht wiedererkennen.«

»Süß! Mailst du mir ein Foto von ihm?«

»Mach ich, klar. Und keine Sorge, gleich wenn der Termin vorbei ist, geb ich ihr Bescheid.«

»Danke, das ist lieb von dir! Und vergiss das Foto nicht!«

»Keine Sorge.«

Zum Glück war Clarinha nicht in der Nähe gewesen und hatte zugehört. Sonst hätte sie sich jetzt über ihre Mutter lustig gemacht, weil diese sich so bei der Sekretärin eingeschleimt hatte. Was gar nicht stimmte. Das Baby war wirklich süß. Außerdem vergab man sich nichts, wenn man nett zu den Leuten war. Das war eins der Dinge, die man vom Leben lernen konnte, auch ihre Tochter, und je früher, desto besser. Manchmal machte Clarinha, wenn sie schlechte Laune hatte, ein so sauertöpfisches Gesicht, wie Bel es sonst nur von ihrer Mutter kannte.

Hoffentlich rief Susana bald zurück und bot ihr etwas an, egal was, mittlerweile war sie zu allem bereit, und sei es eine winzige Rolle in einem Werbespot für einen Elektrogrill: »Super! Mein Mann sagt immer, meine Schweinekoteletts sind zu trocken – damit ist es jetzt vorbei!« Na und? Sie hatte längst ihr Konto überzogen, inzwischen war sie mit dreitausend Reais im Minus, und bald würde sie auch noch Miete zahlen müssen. Woher sollte sie das Geld nehmen? Dass sie es in ihrem Alter noch einmal so schwer gemacht bekam, war wirklich entmutigend. Nicht mal mehr Theaterkarten konnte sie sich leisten, sie ging bloß noch hin, wenn Freunde sie zu einer Premiere einluden, bei der sie selbst auf der Bühne standen. Werbespots wurden leider fast nur noch in São Paulo gedreht. Und in kultureller Hinsicht war Rio bis auf Globo TV mittlerweile die reinste Wüste. Bel wandte sich wieder der Wohnungsfrage zu. Wohin sollten sie ziehen? Jardim Botánico und Gávea kamen nicht in Frage. Viel zu teuer, die Mieten dort. Für Ipanema und Leblon galt das Gleiche. In Botafogo oder Laranjeiras könnte sie sich mal umsehen, dort war es ein bisschen billiger. Auf der anderen Seite des Tunnels zu wohnen fand sie allerdings eine deprimierende Vorstellung. Bloß nicht allzu weit entfernt vom Südteil der Stadt, sonst bekäme sie nichts mehr mit. In der letzten Zeit waren viele Schauspieler nach Barra gezogen. Klar, da war man näher an den Projac-Studios von Globo TV. Als ob das für sie eine Rolle gespielt hätte! Sie hatte schon fast zwei Jahre nichts mehr für Globo gemacht. Das Letzte war eine Nebenrolle in einer Vorabendserie gewesen, als Sekretärin von Marcos Limeira. Einen winzigen Satz durfte sie aufsagen: »Doktor Menezes ist gerade nicht da, darf ich ihm etwas ausrichten?« Das würde ihr auch nicht weiterhelfen. Nein, Barra war weit weg, und die Mieten dort waren wahrscheinlich genauso teuer wie im Südteil der Stadt. Wie wär's mit Copacabana? Ja, vielleicht. Das Peixoto-Viertel hatte sie immer schon gemocht. Der Platz dort in der Mitte war wirklich reizend! Voll mit spielenden Kindern. Das Peixoto-Viertel lag auf jeden Fall nicht am Ende der Welt, im Gegenteil, von dort war es nirgendwohin übermäßig weit, und zugleich hatte es nichts von der Tristesse, die Copacabana manchmal ausstrahlen konnte. Vielleicht war das tatsächlich die Lösung.

Sie hörte den Schlüssel in der Wohnungstür. Clarinha kam von der Schule zurück. Ihre Tochter tat jedoch, als wäre Bel überhaupt nicht da, obwohl diese im Flur erschien, um sie zu begrüßen. Clarinha ging geradewegs in die Küche, nahm sich einen Kakao aus dem Kühlschrank und machte sich ohne ein Wort zu sagen auf den Weg in ihr Zimmer.

»Na hör mal, sprichst du nicht mehr mit deiner Mutter?«

Als einzige Antwort warf Clarinha ihr einen hasserfüllten Blick durch den Spalt der Zimmertür zu, die sie gleich darauf entschlossen zudrückte. Wenige Sekunden später erfüllten die dumpfen Klänge wild stampfender Musik die Wohnung; sie kamen aus Clarinhas Zimmer. Bel war reglos im Flur stehengeblieben. Zum ersten Mal hatte ihre Tochter sich nicht einmal dazu herabgelassen, sie, ihre Mutter, zu begrüßen. Bel hätte am liebsten losgeheult. Dann fiel ihr das graue Haar wieder ein, woraufhin sie sich erst recht zusammenreißen musste. Clarinha, ihre süße kleine Clarinha, die sie unter solchen Schmerzen zur Welt gebracht hatte.

Für sie hatte sie zugelassen, dass ihr Körper verunstaltet wurde, einen Teil ihres Lebens hatte sie geopfert, damit dieses andere Leben möglich wurde. Ihre Traurigkeit überwältigte sie, verwandelte sich in Wut. Bel stellte sich vor Clarinhas Zimmertür und fing an, laut schreiend dagegen zu hämmern.

»Clara, mach sofort auf! Ich hab was mit dir zu bereden.«

Die Musik wurde lauter, offensichtlich sollte sie das wütende Geschrei der Mutter übertönen.

»Wenn du nicht sofort aufmachst, passiert was, das schwör ich dir!«

Die Musik wurde kein bisschen leiser. Bel drückte ihr Ohr an die Tür. Im Herzen des donnernden Lärms, der das Zimmer erfüllte, war es totenstill wie im Inneren einer düster-feuchten Krypta. Eine finstere Ahnung ließ Bel einen Augenblick innehalten. Angestrengt lauschte sie, ob sich irgendwelche Lebenszeichen vernehmen ließen. Aber da war nur die gleichmäßig dröhnende Musik. Verunsichert ging Bel mit kleinen Schritten im Flur auf und ab und grub sich die Fingernägel in die Wangen. Schließlich blieb sie erneut vor Clarinhas Zimmer stehen und spitzte die Ohren. Dann machte sie sich wieder lautstark bemerkbar, drosch mit aller Kraft auf die Tür ein und rief den Namen ihrer Tochter. Über ihre verzweifelten Bemühungen, den Lärm zu übertönen, hätte sie fast das enervierende Klingelgeräusch ihres Mobiltelefons nicht gehört.

»*Fly me to the moon, and let me play amongst the stars.*« Als sie es irgendwann doch bemerkte, lief sie mit klopfendem Herzen zu der Stelle, wo ihre Handtasche lag. Vielleicht war es ja Adriano oder sonst jemand, der ihr helfen könnte. Dass es sich nicht um Adriano handelte, war eigentlich klar, aber

ihr war jede Ausrede recht, die es ihr erlaubte, die sinnlose Belagerung von Clarinhas Zimmertür aufzugeben. Und
wenn Susana dran war? In diesem Augenblick wäre sie außerstande, mit ihr zu sprechen. Nein, es war nicht Susana.
Ihre Sekretärin Juciara rief immer zuerst auf dem Festnetz
an. Aber wer war es dann? Am Ende schon wieder dieser
dämliche Rafael? Einen weniger passenden Augenblick hätte er sich nicht aussuchen können. Diesmal würde sie ihn
zum Teufel jagen. *»Show me what the weather's like on Ju-
piter and Mars.«* Hektisch durchwühlte sie die Tasche, bis
sie das Handy endlich gefunden hatte. Auf dem Display
stand bloß: »Unbekannter Teilnehmer.« Oje, was sollte das
denn? Zögernd nahm sie den Anruf an:

»Hallo?«

»Hallo – Bel?«

Die Stimme kam ihr bekannt vor, trotzdem dauerte es
eine lange Sekunde, bis sie das dazugehörige Gesicht vor
Augen hatte.

»Caio?«

»Ja, ich bin's. Alles in Ordnung?«

Bei dem Lärm war Caio kaum zu hören. Bels Herz fing
heftig an zu klopfen. Sie warf einen halb besorgten, halb
hasserfüllten Blick zu Clarinhas Zimmertür. Es machte sie
schier verrückt, nicht zu wissen, was dahinter vor sich
ging. Zerrissen zwischen der scheinbaren Abwesenheit ihrer
Tochter und der unbestreitbaren Anwesenheit von Caios
Stimme erstarrte sie reglos, während sich eine kühle Gleich-
gültigkeit in ihr breitmachte.

»Bel? Ist alles in Ordnung bei dir?«

Gerade wollte sie antworten, dass sie im Augenblick nicht
sprechen könne und dass sie zurückrufen werde, da wurde

die Musik plötzlich noch lauter: Jetzt drang sie ungehindert durch die offenstehende Tür. Clarinha trat über die Schwelle und ging durch den Flur ins Bad. Bel stieß unwillkürlich einen erleichterten Seufzer aus, der am anderen Ende der Leitung bestimmt zu hören war.

»Ja … alles in Ordnung.«

»Wenn es gerade nicht passt, kann ich auch später noch mal anrufen …«

»Nein nein, kein Problem. Das ist aber schön, dass du dich meldest!«

Yvete, Barra, 63

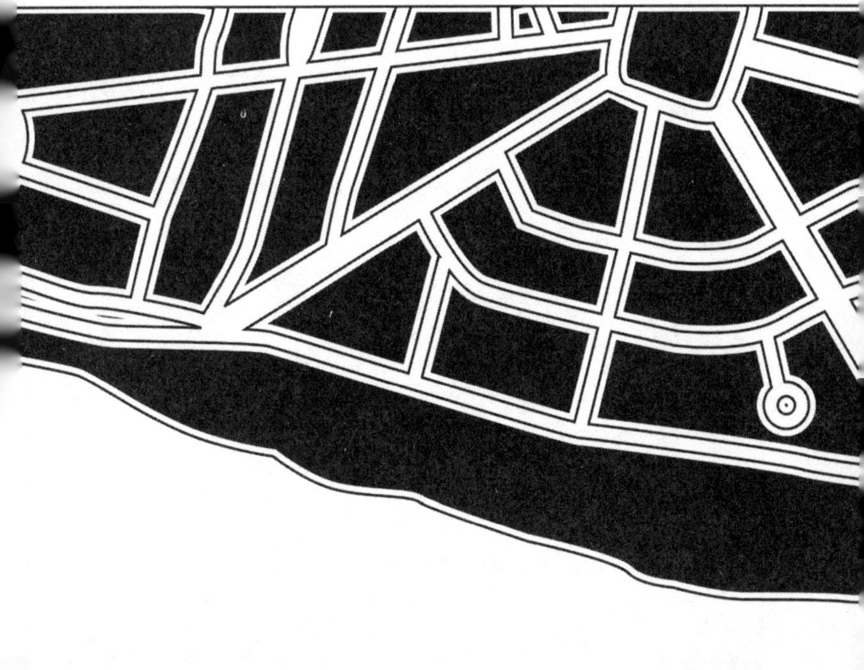

Hastig verließ Yvete den Laden in der Rúa Aníbal de Mendonça. Die gesprächige kleine Verkäuferin hatte sie lange aufgehalten. Schade, dass sie aus der Unterschicht war, sie hätte sie gern ihrem Sohn vorgestellt. Sie würde ihm bestimmt gefallen – unter diesen Umständen würde er sie aber doch bloß als billiges Flittchen ansehen. Sie stieg ein und sagte zu ihrem Fahrer:

»Fahren wir nach Hause, Wilson.«

Zu Hause, das hieß nach Barra, in eine der ältesten bewachten Wohnanlagen von Itanhangá. Im Dezember vor achtzehn Jahren waren sie dorthin gezogen. Ihr Mann Otávio hatte ihr damals als Weihnachts- und Geburtstagsgeschenk in einem – Yvete war nämlich an einem 26. Dezember geboren – das Haus und einen Hund geschenkt. Auf den Hund, einen goldbraunen Labrador, hatte sie sich nur ihrem Mann und ihrem Sohn zuliebe eingelassen. Zum Glück hatte sich der melancholische Bob schon vor Jahren in die Weiten des Hundehimmels verabschiedet. In das Haus dagegen hatte Yvete sich auf Anhieb verliebt. Es hatte zwei Stockwerke, sechs Schlafzimmer (zwei davon geräumige Suiten), drei Badezimmer, drei Wohnzimmer, ein Arbeitszimmer, ein Spielzimmer, alle erforderlichen Nebenräume, eine Sauna, einen Swimmingpool, einen Tennisplatz und einen Garten. Vor allem von dem Garten war sie in den ersten Jahren begeistert, die Hortensien erinnerten sie an ihre Kindheit in Teresópolis.

Sanft glitt das Auto auf der Elevado do Joá dahin. Trotz der Uhrzeit war an diesem Mittwochabend erstaunlich wenig Verkehr. Wilson war ein sicherer Fahrer, mit seinen 54 Jahren hatte er alles jugendliche Ungestüm längst abgelegt. In Vilar dos Teles – oder in welchem Kaff auch immer er wohnte – hatte er sechs Enkel. Yvete glaubte, es war Vilar dos Teles, aber vielleicht auch ein anderer Ort. Nein, stimmt, in Vilar dos Teles wohnte ihre Bügelfrau. Wilson wohnte in Belford Roxo – kaum zu glauben. Belford Roxo. Ihm zufolge war es dort aber kein bisschen gefährlich, i wo! Gefährlich sei der Westen von Rio, sagte Wilson immer. Der Wilde Westen, wie er es nannte. Ihr Wilson war auch so eine Type! Er kannte allerdings Orte im Westteil von Rio, die Yvete nie im Leben betreten hätte – allesamt jenseits von Recreio dos Bandeirantes und Jacarepaguá. »Fahren Sie da bloß nich hin, Dona Yvete! Da gibt's nix wie Dreck, Gauner und alte Schrottkisten.« Yvete amüsierte sich köstlich über Wilsons Art zu sprechen. Oft gab sie ihren Freundinnen beim Dienstagnachmittagtee eine Kostprobe davon. Wilson stellte ihre Verbindung zum einfachen Volk dar. In Barra war zwar wirklich nicht mehr alles so wie noch vor zwanzig Jahren, das musste sie zugeben. Der Stadtteil hatte insgesamt ein wenig an Niveau verloren, aber das war noch lange kein Grund, vom »wilden Westen« zu sprechen … So was konnte nur einem Witzbold wie ihrem Wilson einfallen.

Barra war das große gesellschaftliche Experimentierfeld von Rio. Hier, im Westen, vermischten sich der Nord- und der Südteil der Stadt. Dabei war eine neue Generation von

Cariocas entstanden, die keine Ahnung hatten, wo sich die Avenida Rio Branco befand, was ihnen aber herzlich egal war. Gleichzeitig kam es nach und nach zur Einebnung aller gesellschaftlichen Unterschiede. Auf der Flucht vor ihren konservativ eingestellten Eltern trieben sich picklige Jugendliche aller Rassen lärmend in der Umgebung der Restaurants und Imbisse großer und kleiner Einkaufszentren herum, verschlangen riesige Hamburger, flirteten und träumten von einer Karriere als Model oder Fernsehstar. Ihre Eltern waren noch die typischen Vertreter einer Vorstadt, die im Verschwinden begriffen ist, die Väter trugen die kurzärmeligen Hemden korrekt in die Hose gestopft, da konnte es noch so heiß sein. Ihre eckigen Brillen und pomadeglänzenden Haare wirkten wie eine Kriegserklärung an die – je nachdem, ob es sich um fanatische Surfer oder Jiu-Jitsu-Kämpfer handelte – strubbeligen Mähnen oder kahlgeschorenen Schädel ihrer Sprösslinge. Hier wählte man die christdemokratische PFL und verteidigte noch die Werte der brasilianischen katholischen Familie. Natürlich gab es auch Ausnahmen. Wer sich etwa ein wenig länger an einem der Açaí-Stände aufhielt, dem sollten die mit Edding angebrachten Hilferufe auf den All Star-Sneakers mancher Teenager nicht verborgen bleiben: »Renata. Rock girl« – mit anderen Worten: Holt mich raus aus dieser Hölle auf Erden!

Derlei soziologische Erwägungen lagen Yvete allerdings gänzlich fern; umso typischer waren sie für ihren Sohn.

Als Wilson von der Straße abbog, um die Durchfahrtsperre der Wohnanlage zu passieren, war Yvete gerade damit beschäftigt, nachzurechnen, ob für die Grillparty an Rafaels Geburtstag ausreichend Gläser zur Verfügung standen. Die Bierflaschen hatten zwar einen langen Hals, trotzdem fand sie es schrecklich, dass alle Welt Bier neuerdings offenbar nur noch aus der Flasche trinken wollte. Das war und blieb ordinär. Schön und gut, Rafaels Freunde gaben nun mal nichts auf Benimmregeln, aber trotzdem musste sie doch ein gutes Beispiel geben. Das wäre ja noch schöner – am Ende hieße es unter ihren Bekannten, bei ihr müsse man aus der Flasche trinken, weil nicht genug Gläser da seien. Bei der bloßen Vorstellung verzog sie ärgerlich das Gesicht, nur um sich gleich darauf erschrocken an die mahnenden Worte des Arztes zu erinnern: »In der ersten Zeit nach der Behandlung das Gesicht bitte immer möglichst entspannt lassen. Und bloß nicht weinen! Geschwollene Augen müssen Sie jetzt unbedingt vermeiden.« Wirklich *zu* reizend, dieser Doktor Simões. So jung, und trotzdem hatte er sein Postgraduate schon in der Tasche, aus den USA, Stanford, um genau zu sein. Den hatte ihr wirklich der Himmel geschickt! Sie musste unbedingt noch ein kleines Dankeschön besorgen, für Déa, die ihr den Tipp gegeben hatte.

Endlich waren sie da. Während sie ungeduldig abwartete, bis das elektrische Garagentor aufgegangen war, erblickte sie Danielly, die im Hausflur erschien. Diese Danielly gefiel ihr sehr – noch so ein Geschenk des Himmels. Obwohl sie erst seit vier Monaten bei ihr arbeitete, nahm sie bereits den Spitzenplatz unter den Hausangestellten ein. Sie war flink und intelligent. Nie brauchte man ihr etwas mehr als einmal zu erklären, sie begriff sofort, wie man es haben wollte. Manchmal waren auch gar keine Erklärungen nötig – sie las Yvete jeden Wunsch von den Augen ab. Und wie zurückhaltend sie war, anders als ihre dreisten Kolleginnen. Nie wäre es ihr eingefallen, lauthals singend durchs Haus zu laufen oder stundenlang schwatzend in der Küche herumzustehen. Und mit irgendwelchen Sekten hatten sie auch nichts im Sinn. Sie war rabenschwarz, das schon, sie glänzte wie gewaschene schwarze Bohnen, aber sie war auch hübsch, hatte ein feines Lächeln und ein kräftiges Gebiss. Ein Glück! Hässliche Menschen in ihrer Umgebung, auch wenn es sich bloß um Hauspersonal handelte, konnte Yvete nicht ertragen. Kaum standen sie in der Garage, erschien Daniellys Gesicht am Seitenfenster:

»Guten Tag, Dona Yvete.«

»Gibt's was Neues, Danielly?«

»Ich habe die Gläser durchgezählt – zehn Stück bräuchten wir vielleicht noch dazu. Soll ich das übernehmen? Ich könnte gleich mit Wilson noch einmal losfahren und welche besorgen.«

»Nein, nicht nötig. Ich gehe nachher noch mit meinem Sohn ins Barra Shopping Center und suche selbst welche aus.«

»Brauchen Sie Hilfe mit den Einkäufen?«

»Ja, bitte. Bringen Sie alles in mein Zimmer.«

»Gerne, Dona Yvete.«

Jawohl, so gefiel es ihr. Was für eine wohlerzogene Person! Sie wusste einfach, wie man sich benahm, anders als so mancher, der sich für etwas Besseres hielt. Rafael warf ihr immer vor, sie erwarte von ihrem Personal völlige Unterwerfung. Was gar nicht stimmte, es war bloß eine Frage des Anstands. Behandelte sie ihre Leute etwa nicht auch so, wie es sich gehört? Immer kümmerte sie sich darum, dass alle Papiere in Ordnung waren, sie zahlte Urlaubsgeld und ein dreizehntes Monatsgehalt. Das war keineswegs überall die Regel.

Schon eins! Gleich würde Rafael zum Mittagessen erscheinen. Das heißt, eigentlich kam er ja immer zu spät.

Yvete überlegte: Wann hatte sie zum letzten Mal mit ihrem Sohn zu Mittag gegessen? Das war jetzt mindestens drei Monate her. Na so was – so lange? Wenn nicht noch länger. An dem Tag hatte sie Geburtstag gehabt. Seit der Junge ausgezogen war, war er einfach nicht wiederzuerkennen. Wer kommt auch auf die Idee, das Studium abzubrechen, um von der Musik zu leben? Für Dona Yvete war und blieb das völlig inakzeptabel. Musiker war kein Beruf für anständige Leute. Erst recht nicht, wenn man dann auch noch immerzu nachts arbeitete. Außerdem war er ja nicht einmal ein richtiger Musiker. Welches Instrument beherrschte er denn? Klavier spielen hatte er unbedingt lernen wollen und den Unterricht schon nach einem Monat wieder abgebrochen. Auf der Universität war es das Gleiche gewesen. Insgeheim hoffte sie jedoch, er würde es sich noch einmal überlegen. Es war kein Ding der Unmöglichkeit, sich erneut einzuschreiben. Was war nur mit dem Jungen los? Drei verschiedene Fächer hatte er bereits angefangen. Zuerst Jura, da hatte er immerhin drei Jahre lang durchgehalten, an der katholischen Universität. Danach »Industriedesign«, was auch immer das für ein Quatsch sein sollte. Damit hatte er nochmals eineinhalb Jahre vertan. Danach hatte er eine Zeitlang überhaupt nichts gemacht, war einfach nur rumgehangen – ein Albtraum, Dona Yvete erinnerte sich mit Grauen daran. Sie hatte vor ihrem eigenen Sohn sämtliche alkoholischen Getränke und selbst ihr Geld verstecken müssen, das musste man sich mal vorstellen. Gott sei Dank hatte Otávio ihn da rausgeholt, indem er ihn in die USA geschickt hatte. Bei seiner Rückkehr schien Rafael endlich vernünftig geworden zu sein. Er bestand die Aufnahmeprüfung für Kommunikationswissenschaften an der Bundesuniversität, fand einen Job in der Filmproduktion von dem Sohn von Miranda, verdiente zum ersten Mal sein eigenes Geld. Er schien tatsächlich vernünftig geworden zu sein. Aber dann kam er plötzlich mit dieser verrückten Idee, bei Partys Platten aufzulegen. Sie verstand das nicht, so leid es ihr tat. Ein Junge aus gutem Haus, dreißig Jahre alt – und alles was er will, ist auf Partys Platten auflegen.

Was hatte sie seinetwegen nicht alles durchmachen müssen! Yvete verspürte große Lust, vor dem Essen einen kleinen Aperitif zu sich zu nehmen. Bloß einen, bloß zur Entspannung. Nein, nein und nochmals nein! Sie hatte es Otávio versprochen. Wenigstens heute. Wenigstens an diesem Tag. Na gut, aber irgendwie vorbereiten musste sie sich trotzdem. In ihrem Zustand, nervös und angespannt wie sie war, konnte sie Rafael unmöglich einfach so gegenübertreten. Hatte Doktor José Antônio ihr nicht genau für solche Anlässe dieses Bromazepam verschrieben? Allerdings, so war es. Zumindest eine halbe Tablette. (Die andere Hälfte würde sie sich für später aufsparen, man konnte nie wissen.) Auf der Treppe waren Daniellys Schritte zu hören.

»Dona Yvete?«

»Ja, Danielly, was gibt's?«

»Rafael ist da. Er wartet unten am Swimmingpool auf Sie.«

»Danke. Sagen Sie ihm, dass ich gleich komme.«

»Sehr wohl, Senhora.«

Bei der Glastür, die auf die Terrasse führte, blieb Yvete stehen. Rafael, der an einem der kleinen Tische am Beckenrand saß, ließ sich gerade von Danielly eine Dose Bier reichen. Dabei lächelte er sie vielsagend an, und von weitem machte es den Eindruck, als hielte er Daniellys andere Hand, die ein Glas umfasste; das Glas lehnte er ab, offensichtlich wollt er lieber aus der Dose trinken. Yvete zuckte zusammen. Ihr Sohn begegnete der neuen Hausangestellten zum ersten Mal, wie ihr jetzt bewusst wurde. Konnte es wirklich sein, dass der Junge in diesem Alter anfing, die Hausmädchen anzugrapschen? Nicht mit ihr, das würde sie niemals zulassen! Oder wenn, dann sollte er sein Glück bei einer von denen versuchen, an denen ihr nicht so viel gelegen war. Danielly entwand sich ihm mit einer sanften Bewegung und zog sich in Richtung Küche zurück. Sehr gut, Kleine! Genau so macht man das.

»Hallo, mein lieber Sohn! Schön, dass du da bist. Komm, nimm deine Mama in die Arme!«

Ohne jede Begeisterung erhob sich Rafael von seinem Stuhl, mit einem Ausdruck, als sollte er sich gleich einer Rektaluntersuchung unterziehen. Lustlos ließ er sich von seiner Mutter in die Arme schließen. Yvete reichte ihm kaum bis zu den Schultern, weswegen sie sich auf die Zehenspitzen stellen musste, um ihren Sohn zu küssen. Als sie sich von ihm löste, fuhr sie plötzlich erschrocken zurück. Entgeistert deutete sie auf seine Hand.

»Was ist das denn?«

»Ein Tattoo, Mama. So was siehst du ja wohl nicht zum ersten Mal …«

»Noch eins, Rafinha? Haben dir diese grässlichen Dinger am Arm nicht gereicht?«

»Genau, noch eins. Das hab ich mir zum Geburtstag geschenkt.«

Yvete verzog angewidert das Gesicht: »Mein Junge, du weißt doch, dass so was nie mehr weggeht …«

»Na und?«

»Na und? Bloß ordinäre Leute laufen so herum.«

»Deine Freundin Dora Menezes hat einen Schmetterling auf der Schulter.«

Dora Menezes ihre Freundin? Wie bitte? Man brauchte nicht ihr Sohn zu sein, um ihren Gesichtsausdruck zu verstehen: die rechte Augenbraue leicht hoch- und den linken Mundwinkel hinabgezogen, so als würde sie im nächsten Augenblick verächtlich mit der Zunge schnalzen, was sie dann aber nicht tat. Auch so war unmissverständlich klar, dass sie sich durch die Worte ihres Sohnes erst recht bestätigt fühlte.

»Ich lass mich heute nicht von dir ärgern. Heute ist nämlich unser Einkaufstag, wir zwei gehen jetzt ein bisschen bummeln, nur du und ich.«

»Genau darüber habe ich nachgedacht, Mama, und ich hab's mir anders überlegt: Wir brauchen gar nicht extra ins *Barra Shopping*, ich weiß schon, was ich will, und der Verkäufer hat am Telefon gesagt, dass er es liefern lassen kann. Und bezahlen kann man via Internet.«

»Ach nein, Rafael! Du hast versprochen, dass wir gemeinsam gehen. Wenigstens einmal möchte ich wieder mit dir zusammen in dem Geschäft stehen und das Geschenk für dich aussuchen, so wie früher, als du ein kleiner Junge warst. Du warst jedes Mal so begeistert! Vor Freude bist du immer fast in die Luft gesprungen. Du weißt gar nicht, wie sehr ich mich danach zurücksehne!«

Man brauchte nicht seine Mutter zu sein, um seinen Gesichtsausdruck zu verstehen: Entnervt, um nicht zu sagen verzweifelt, hätte er es offensichtlich vorgezogen, ein Rudel Wölfe wäre über ihn hergefallen.

»Genierst du dich, dich mit deiner Mama sehen zu lassen?«

»Nein, natürlich nicht. Aber ich hasse Einkaufsbummel.«

»Du hast doch selbst vorgeschlagen, dass wir ins *Barra Shopping* gehen, das war nicht meine Idee! Du weißt genau, dass ich hundertmal lieber in Ipanema einkaufe, oder meinetwegen in der *Fashion Mall*.«

»Diesen Computershop gibt es eben nur dort.«

»Mach, was du willst«, erwiderte Yvete und sah zum Himmel auf, so als wollte sie sagen: Weiß Gott, das tust du ja sowieso, das war noch nie anders. »Ich muss auf jeden Fall ins *Barra Shopping*, wir brauchen nämlich noch Biergläser für deine Grillparty am Samstag. Aber keine Sorge, ich kann das auch mit Wilson erledigen. Nicht, dass du dich am Ende noch mit mir langweilen musst.«

Dunkle Wolken zogen am Himmel von Rafaels Mutter auf, jeden Augenblick konnte sich ihr Unmut in einem heftigen Blitz entladen. Rafael überlegte kurz, ob er erwidern solle, für Bier bräuchten sie doch keine Gläser, aber im letzten Augenblick schreckte er vor dem drohenden Gewitter zurück. Er schwor sich, dass er sich, sobald er seinen dreißigsten Geburtstag hinter sich gebracht hätte, von seiner Mutter nie wieder wie ein Kleinkind behandeln lassen würde. Jetzt würde er mit ihr ins *Barra Shopping* gehen und alles genau so machen, wie sie es sich wünschte. Wer weiß, vielleicht machte sie das ja wenigstens ein klein bisschen glücklich.

Der Wagen hielt genau vor dem Haupteingang des Einkaufszentrums.

»Wilson, wenn Sie geparkt haben, gehen Sie bitte zu Lojas Americanas und besorgen ein Dutzend Biergläser. Die besten, die sie dahaben. Hier haben Sie fünfzig Reais. Und heben Sie die Quittung auf, verstanden?«

»Jawohl, Dona Yvete. Wollen Sie ein Dutzend oder zehn Stück? Danielly hat was von zehn gesagt.«

»Das ist egal. Sie sehen ja, wie sie angeboten werden, kann sein, dass sechs in jeder Packung sind, oder sonst eben zehn.«

»Wenn's sechs sind, nehme ich zwei, ja?«

»Ja, Wilson, dann nehmen Sie zwei.«

»Und wenn sie einzeln verkauft werden, soll ich dann zehn nehmen oder zwölf?«

»Zwölf, Gläser kann man nie genug haben.«

Während das Auto davonfuhr, sagte sie – wie zu sich selbst, allerdings laut genug, dass ihr Sohn es hören konnte: »Tut dieser Wilson eigentlich nur so, oder wird der wirklich langsam blöd?«

Rafael setzte sich entnervt schweigend in Bewegung. Kaum hatte er das Shoppingcenter betreten, bog er nach links ab, wurde jedoch sogleich von seiner Mutter zurückgerufen:

»Hier lang, auf dieser Seite, sonst verlaufe ich mich.«

Ihr Sohn wollte schon etwas erwidern, ließ es dann aber gut sein. Brüsk wandte er sich um und ging mit schnellen Schritten nach rechts. Sie umkreisten einmal das gesamte Gebäude, nur um am Ende fast wieder am Ausgangspunkt anzukommen. In dem Computershop war alles im Handumdrehen erledigt. Yvete gab sich große Mühe, nicht dazwischenzureden, sie wollte auf keinen Fall zu erkennen geben, wie ahnungslos sie war, weil das den Ärger ihres Sohnes sicherlich nur verschlimmert hätte. Als es ans Bezahlen ging, fragte er sie jedoch, ob sie gar nicht wissen wolle, wie das Gerät funktioniert.

»Um Himmels willen, davon verstehe ich wirklich überhaupt nichts.«

»Interessiert dich nicht mal, was das für ein Ding ist?«

»Nachher sagst du bloß wieder, ich mische mich in deine Sachen ein und bringe alles durcheinander. Lass es lieber.«

»Das ist ein MP3-Player mit 20 Gigabyte-Speicher und Touchpad.«

»Und was macht man damit?«

»Musik speichern und Stücke auswählen.«

»Ach so. Toll, oder?«

Und *wie* toll, sagte sie sich im Stillen, 1600 Reais für ein dämliches Aufnahmegerät. Aber jetzt hieß es, den Geldbeutel zücken und den Kleinen zufriedenstellen. Wer weiß, vielleicht machte ihn das ja wenigstens ein klein bisschen glücklich.

»Komm, lass uns was trinken, da drüben in dem Café. Ich hab schon ganz schwere Beine.«

»Das auf der anderen Seite ist netter …«, setzte Rafael an, doch so wie seine Mutter ihn daraufhin ansah, ließ er es lieber bleiben, man hätte meinen können, eine sterbenshungrige Person vor sich zu haben, der man soeben erklärt hat, die Soße müsse aber noch mindestens eine halbe Stunde ziehen.

»Wo denn, mein Junge, ganz auf der anderen Seite?«

»Ach nein, das hatte ich ganz vergessen, das hat, glaube ich, zugemacht. Gehen wir ruhig da drüben rein.«

Das Café war randvoll, nirgendwo war ein Tisch frei. Plötzlich merkte Rafael, dass ihnen jemand zuwinkte. Tante Soninha, die jüngere Schwester seines Vaters, und seine zwölfjährige Kusine Joana.

»Schau mal, da ist ja Tante Soninha.«

»Wer?!«

An dem empörten Tonfall, in dem die Frage gestellt wurde, erkannte Rafael, dass die alten Wunden noch längst nicht verheilt waren. Er konnte der grausamen Versuchung nicht widerstehen und sagte noch einmal:

»Tante Soninha.«

»Wer? Die Schwester deines Vaters?«

»Genau, deine Schwägerin. Komm, wir gehen zu ihr.«

Ohne ihre Antwort abzuwarten, setzte Rafael sich in Bewegung und ließ seine Mutter, die sich nicht entschließen konnte, ihm nachzugehen, am Rand des Sitzbereichs stehen wie ein junges Mädchen beim Debütantinnenball, das von niemandem zum Tanz aufgefordert wird. Irgendwann gab sie sich gezwungenermaßen einen Ruck und folgte ihm. Begeistert, ihren geliebten Vetter zu entdecken, der sich sonst immer so rar machte, sprang die kleine Joana vom Stuhl auf, stürzte laut seinen Namen rufend auf ihn zu und warf sich ihm um den Hals. Er nahm sie bereitwillig auf den Arm und legte so das letzte Stück bis zum Tisch der Tante zurück.

»Mensch, bist du groß geworden! Hallo Tante, wie geht's?«

»Setz dich her. Hier ist noch Platz. Und nenn mich nicht Tante, das macht so alt.«

Ohne sich auch nur nach seiner Mutter umzudrehen, nahm Rafael Platz. Yvete ging anfangs mit gesenktem Kopf auf sie zu, doch je näher sie kam, desto höher richtete sie sich auf, und als sie schließlich vor ihnen stand, hielt sie das Kinn hoch erhoben und sah ihre Schwägerin herausfordernd an.

»Hallo Yvete, wie geht's? Alles in Ordnung? Joana kennst du doch noch, oder? Joana, das ist Tante Yvete. Sie ist deine Patentante, aber das weißt du wahrscheinlich gar nicht.«

Joanas Interesse an der Tante, die man ihr gerade vorgestellt hatte, hielt sich in Grenzen, viel lieber wandte sie sich wieder ihrem Vetter zu. Yvete begrüßte die Verwandten reserviert, musste allerdings insgeheim zugeben, dass ihre kleine Nichte zu einem hübschen Mädchen herangewachsen war – was allerdings nicht zwangsläufig Gutes verhieß, wenn man an die Mutter dachte, sagte sich Yvete.

»Hei, Rafa, du bist inzwischen ja richtig erfolgreich, was? Joana schaut jede Woche, ob sie deinen Namen auf den Ausgehseiten in der *Vejinha* entdeckt.«

»Stimmt, die tun wirklich was dafür, dass man bekannt wird.«

Typisch, sagte sich Yvete, etwas anderes war auch nicht zu erwarten, Sônia konnte es einfach nicht lassen, sich auf diese Weise an die Leute ranzuschmeißen. Ihrerseits bemühte sie sich kein bisschen, sich ihre Verärgerung nicht anmerken zu lassen.

»Möchtest du was trinken, Yvete?«

»Nur Wasser, ohne Kohlensäure.«

»Was ist das denn, Yvete? So kenn ich dich ja gar nicht!« Belustigt warf Sônia einen Blick auf die Uhr. »Nicht mal ein Gläschen Wein? Ist doch schon nach sieben.«

Wenn Blicke töten könnten, wäre das *Barra Shopping* zum Zeugen des ersten Gemetzels innerhalb seiner Wände geworden.

»Nein danke, ich trinke keinen Alkohol mehr.«

»Sehr gut, Yvete! Das ist aber schön für dich!«

»Bestellst du mir bitte ein Wasser, Rafa? Ich fühl mich nicht besonders.«

Sobald die Bedienung das Wasser gebracht hatte, holte Yvete das goldene Tablettendöschen aus ihrer Handtasche und nahm hastig die andere Hälfte des Bromazepan ein. Anschließend räusperte sie sich behutsam und starrte dann, offensichtlich ganz mit ihren eigenen Gedanken beschäftigt, auf die Tischplatte.

»Geht's dir nicht gut, Yvete?«

»Doch doch, aber danke, dass du fragst, meine Liebe. Das ist bloß so ein Mittel gegen Bluthochdruck. In der letzten Zeit habe ich es ein bisschen mit dem Herzen.«

»Seit wann denn, Mama?«

»Ach, mein Lieber, mach dir deswegen keine Sorgen.«

Je länger die Unterhaltung andauerte, desto schlechter wurde Yvetes Laune. Nach einer Viertelstunde zog sie ihr Mobiltelefon hervor und wies Wilson an, sie am Eingang des Shoppingcenters abzuholen.

»Ich muss los, mein Lieber. Ich fühl mich nicht so gut. Aber bleib doch noch ein bisschen. Wilson holt mich ab.«

»Nein, Mama, das wäre ja noch schöner! Ich komm mit.«

»Lasst euch nicht stören, ihr habt euch ja offensichtlich eine Menge zu erzählen.«

»Das kann warten, Mama. Wenn es dir nicht gutgeht, lass ich dich doch nicht alleine gehen.«

Mit diesen Worten stand Rafael auf und begleitete seine Mutter hinaus.

Als sie ins Auto eingestiegen waren, ließ Yvete sich in der Hoffnung, die besänftigende Kühle des Leders werde sich auf ihre Seele übertragen, in den Sitz sinken. Ihr Gesicht war mit kleinen Schweißperlen gesprenkelt, was ihr ein müdes und ungesundes Aussehen verlieh. Rafael stellte fest, dass seine Mutter tatsächlich langsam alt wurde. Der Gedanke behagte ihm nicht sonderlich. Zum ersten Mal wurde ihm klar, dass seine stets so schreckliche Mutter, gegen die er sich zeitlebens aufgelehnt hatte, schon bald ein zerbrechliches, auf fremde Hilfe angewiesenes Wesen sein würde. Er dagegen wäre die längste Zeit ihr ewiges Opfer gewesen und sähe sich plötzlich in der Pflicht, sich in ihren Beschützer zu verwandeln … oder auch in ihren Henker, wer weiß. Letzteres wäre um einiges unterhaltsamer. Er betrachtete aufmerksam ihre bleiche, angespannte Haut, die vor allem an der Stirn die ersten Altersflecken aufwies, und die purpurroten Äderchen, die sich rund um ihre Nasenlöcher ausbreiteten. Yvete atmete tief und ruhig und hielt die Augen geschlossen, den Mund dafür leicht geöffnet. Ein leiser Schauder lief Rafael über den Rücken, und er verspürte unbestreitbar – auch wenn er sich dagegen wehrte – so etwas wie Mitleid. Ihr Beschützer – er wäre tatsächlich dazu verdammt, sich in ihren Beschützer zu verwandeln. Da schlug Yvete mit einem Mal die Augen auf, streckte gleich darauf energisch den Arm aus, deutete mit dem Finger auf ihren Chauffeur und herrschte ihn an:

»Wilson, haben Sie an die Gläser gedacht?«

»Ja, Senhora, die sind hier auf dem Beifahrersitz.«

»Lassen Sie mal sehen.«

Während der Wagen sich bereits der Ausfahrt aus dem Einkaufszentrum näherte, reichte Wilson ihr umstandslos eine Tüte mit dem Aufdruck Lojas Americanas. Yvete griff hastig hinein und holte eine von insgesamt drei Packungen mit jeweils vier Duralex-Gläsern heraus. Der Firmenname prangte unübersehbar auf dem billigen Pressglas. Das Ganze machte einen ziemlich schäbigen Eindruck.

»Aber Wilson, das geht doch nicht! Waren das etwa die besten, die sie hatten?«

»Na ja, Dona Yvete, es gab schon noch teurere, aber nur

in Packungen mit zehn Stück. Und wo Sie gesagt haben, Sie wollen zwölf, hab ich drei von denen da genommen.«

»Wie kann man sich nur so ungeschickt anstellen! Fahren Sie sofort zurück, wir tauschen die Dinger um.«

Vor Wut und Erregung überschlug sich ihre Stimme fast. Da unterbrach Rafael das Gezeter und ordnete an:

»Von wegen – Wilson, Sie fahren nach Hause, und zwar jetzt gleich.«

Fassungslos starrte Yvete ihren Sohn an, diesen Befehlston hatte sie noch nie an ihm erlebt.

»Was soll das heißen, Rafael?«

»Mama, dir geht's nicht gut, es kommt überhaupt nicht in Frage, dass wir umkehren und die Gläser umtauschen. Du musst nach Hause und dich ausruhen.«

»Und was ist mit der Grillparty? Woraus sollen die Gäste ihr Bier trinken? Diese Gläser kommen bei mir nicht auf den Tisch, auf keinen Fall.«

Rafael bedachte sie mit einem Blick, der jede Widerrede ausschloss – ein Blick, wie ihn Eltern für Momente bereithalten, wenn ihr Kind es wieder einmal allzu bunt treibt –, und sagte kühl:

»Die Bierflaschen haben alle einen langen Hals, Mama, kein Mensch braucht ein Glas dafür.«

Schwer getroffen wollte Yvete schon in Tränen ausbrechen, doch im letzten Augenblick fiel ihr Doktor Simões' Warnung wieder ein. Neuntausend Reais für eine Schönheitsoperation einfach so zum Fenster hinauszuwerfen, das hätte sie sich nie verziehen. Wütend lehnte sie sich zurück und sagte lieber gar nichts. Zu Hause würde sie sofort einen Whisky trinken, Otávio würde ihr das hoffentlich nachsehen.

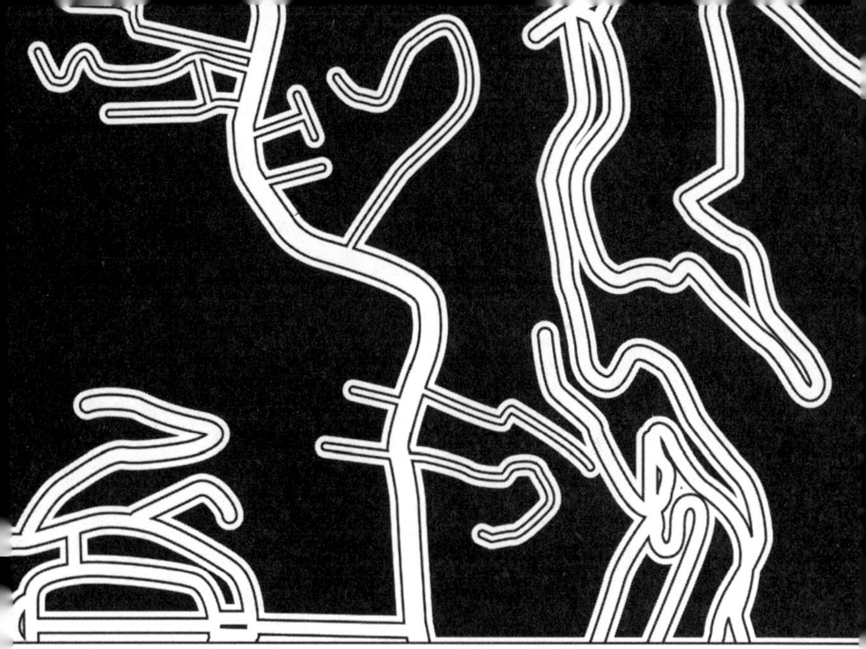

Ana, Laranjeiras, 29

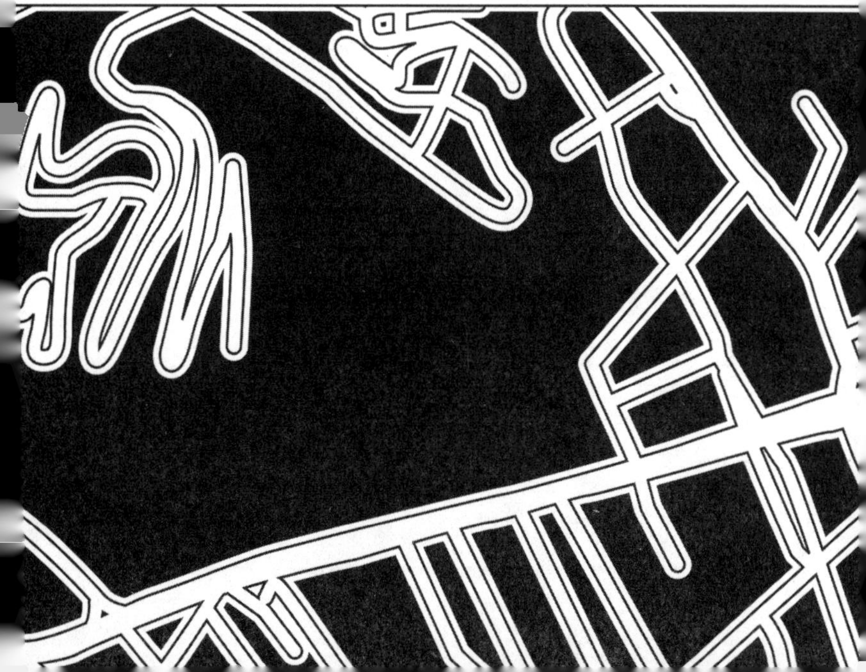

»Eine ungeheuer weibliche Frau, keine Frau ist so weiblich wie sie«, schrieb Álvaro Moreyra 1923 über die Stadt der Cariocas. Moreyra war nicht nur der Chronist des alten Rio, sondern auch der Erste, der die Stadt in seinem gleichnamigen Buch als »Cidade Mulher« bezeichnete, will heißen: als die »Stadt-Frau«, »die Städtin«. Endgültig durchsetzen sollte sich der Name dreizehn Jahre später dank der samtigen Stimme Orlando Silvas, der in Humberto Mauros Film »Cidade Mulher« von 1936 den Karnevalsmarsch singt, der dem Streifen zugleich den Titel gab. Komponiert wurde das Stück von Noel Rosa, der hier zum ersten und einzigen Mal für den Tonfilm arbeitete und im Jahr darauf starb. Das Lied besingt die »Stadt der Liebe und des Glücks / Süßer als die süßeste Hoffnung / Schöner als das schönste Lächeln / Herrlicher als das Paradies / Besser als jede Verlockung / Stadt, der niemand widerstehen kann / in ihrer köstlichen Trauer / eines sanften Samba-Lieds«. Von so vielen berühmten Paten aus der Taufe gehoben, war der Siegeszug der »Städtin« unvermeidlich.

»Cidade Mulher«, »Städtin« – au weia! Heute würde ich eher von Stadt mit prämenstrueller Depression sprechen. Wenn mir noch mal jemand eins von diesen Witzbildchen vor die Nase hält, auf dem die Hügel von Rio de Janeiro zwanghaft an eine Mulatinnenhüfte erinnern sollen, muss ich kotzen, das schwöre ich. Außerdem, jetzt mal im Ernst, diese Geschichte mit der Mulattin ist ja wohl das Allerletzte. Seit wann ist Mulattin ein Beruf? So was gibt's auch bloß hier, in diesem angeblichen Aushängeschild Brasiliens. Aber so ist hier alles – genau wie es nicht sein sollte. Erst recht bei der Scheißzeitung, für die ich arbeite. Die Meldung des Tages ist dort das Foto von einer Fernsehschauspielerin, die bei der Premierenparty von der neuesten Telenovela ihrer Kollegin auf die halb freiliegende Poritze glotzt. Wenn es um gesellschaftliche Themen geht, werden Scherze über Schwule gemacht. Und wenn jemand besonders liebevoll behandelt werden soll, nennt man ihn »mein kleiner Neger«. Ach ja, bevor ich es vergesse – was ist mit dem superpeinlichen Sprichwort, das immer mal wieder auf den Kulturseiten auftaucht? »Der Apfel fällt nicht weit vom Stamm.« Das heißt doch bloß: Wer einen bekannten Papa hat, braucht sich als Künstler um seine Zukunft keine Sorgen zu machen, und wer so jemanden unterstützt, auch nicht. Würg! Aufhören bitte, ich kann nicht mehr! Dafür habe ich nicht Journalismus studiert, dafür habe ich nicht das Traineeprogramm bei der Abril-Mediengruppe gemacht, dafür habe ich nicht das Postgraduiertenkolleg in Kommunikationswissenschaften an der Universidade de São Paulo absolviert. Und wenn ich mich richtig erinnere, wurde an der Uni, als es um »Journalistische Ethik« ging, durchaus auch das Thema »Eigenwerbung« behandelt: Soll das etwa Journalismus sein, wenn man mitten im Heft eine Anzeige platziert, die darauf hinweist, dass man beim Kauf ebendieser Zeitung eine DVD-Sammlung dazubekommt? Heißt das Journalismus, wenn der Kulturteil mit dem Fernsehprogramm des Mutterkonzerns aufmacht? Oder wenn man ein Foto des Eigentümers der Zeitung beim Redaktionsbesuch bringt? Das ist keine Berichterstattung, das ist reines Marketing. Alberto Dines, Sie sind das Gewissen des brasilianischen Journalismus – bitte übernehmen Sie!

Aber was soll ich machen? Meine Redakteurin hat mir aufgetragen, einen Artikel mit 1500 Zeichen über das Thema »cidade mulher« zu verfassen. Die blöde Kuh. Fühlt sich von mir bedroht, nur weil ich einen Master habe und sie nicht. Das heißt, nicht nur deshalb. Sondern weil ich einen Master habe, intelligenter bin als sie und weil ich besser aussehe, vor allem aber, weil ich zwanzig Jahre jünger bin. Das kann sie mir nicht verzeihen, unmöglich. Das heißt, keine von ihnen, keine von diesen frustrierten alten Schachteln über fünfzig … Ich hoffe bloß, dass ich nicht auch so ende. Dauernd muss sie mir irgendwelche Spitznamen geben: »Da kommt ja unsere fleißige Ana aus São Paulo«, »Frau Doktor«, »Ana in Schwarz« – zur Redaktion gehört nämlich noch eine andere Ana. Das heißt, Anas gibt es hier sowieso an jeder Ecke. Aber Ana Nummer zwei, die aus der Redaktion, ist ihr Liebling: Eine dämliche Blondine mit reichen Eltern, außerdem ist sie die Nichte von irgendeinem hohen Tier. Am schlimmsten war es, als ihr jemand mal gesteckt hat, ich würde in »Indie-Kreisen« verkehren: Zwei Monate lang war ich für sie bloß noch die »Indie-Ana«. Gott sei Dank hatte sie irgendwann genug davon; seither nennt sie mich wieder »Frau Doktor«. Umso besser. Elende alte Schachtel, neidisches Miststück! Aber wer weiß, ob sie diesen Einstieg in den Text überhaupt akzeptiert. Todsicher sagt sie wieder: Viel zu literarisch, schreiben Sie das noch mal,

Frau Doktor, aber diesmal auch für Leute, die nicht in was Schöngeistigem promoviert haben.

> *»So eine Stadt gibt es nicht noch einmal / so groß und so schön wie sonst keine / eine Stadt mit so viel Herz, einfach unwiderstehlich / Stadt der Liebe, cidade mulher!« So heißt es im Refrain von Noel Rosas Samba aus dem Jahr 1936. In Gedichten und Prosatexten, Musikstücken und Zeichnungen, Theater, Filmen und Fotos gefeiert, ist Rio de Janeiro heute in der ganzen Welt bekannt für seine elegant geschwungenen Kurven und für die sich sanft wiegenden Hüften der Mädchen, die an seinen Stränden dem Meer entgegengehen ... Mit ihren vielfältigen Düften übt die heißgeliebte Heimatstadt der Cariocas auf Bewohner und Gäste gleichermaßen eine ungeheuer sinnliche Faszination aus.*

»Die heißgeliebte Heimatstadt der Cariocas ...« Großartig, das wird ihr gefallen, eine richtige Bilderbuch-Alliteration – alle mittelmäßigen Redakteurinnen mögen so was, selbst diese missgünstige alte Schachtel. Wenn sie wüsste, wie ich mich hier durchschlage, wäre sie bestimmt nur halb so neidisch auf mich. Bloß wegen einem Mann, der mich, glaube ich, gar nicht liebt, bin ich in dieser Scheißstadt gelandet. Ganz schön lächerlich, was? Wie in einer superprimitiven Telenovela. »Auf der Suche nach Liebe« wäre der entsprechend bescheuerte Titel dafür. Denn ich glaube trotz allem immer noch an die Liebe. Daran, dass man für die Liebe alles aufs Spiel setzt. Vor einem Jahr und fünf Monaten habe ich jedenfalls noch daran geglaubt. Ob jetzt immer noch, weiß ich nicht. Der Mann heißt Rafael. Er ist DJ. Wir haben uns in einer Disco kennengelernt, hier in Rio. Ich war für ein paar Tage hergekommen. Er legte im *Matriz* auf, als Gast-DJ. Er ist der Freund einer Freundin von mir, Fabi, sie hat ihn mir vorgestellt. Er hat mir auf Anhieb gefallen. Ich habe ihm gesagt, er soll bitte *Bizarre love triangle* spielen. Und das hat er auch gemacht, obwohl er *New Order* nicht ausstehen kann, wie ich aber erst später erfahren habe. Seinen Freunden ist es sofort aufgefallen. Es war total romantisch: Er hat sich mir zuliebe zum Affen gemacht. So reizend war er damals zu mir!

Sex und die »cidade mulher«. Für ein offenes Gespräch über alles, was sich in der Heimat der Cariocas im Schutz der eigenen vier Wände abspielt – auch über die weniger süßen Dinge – haben wir vier Freundinnen unserer Zeitschrift zusammengebracht. Im Lauf mehrerer Runden Caipirinha mit Erdbeeren, Himbeeren und Brombeeren – selbstverständlich gönnten wir uns dazu einen herrlichen Blick auf den Strand – unterhielten wir uns über Pierrots und Columbinen, vorhersehbare Missverständnisse und unerwartete Zusammentreffen, über die Liebe zu Zeiten des Karneval und Leidenschaften, die Berge versetzen können, über die allgemeine Bindungsunfähigkeit und die Einsamkeit zu zweit.

Nein, vergiss es. Das mit den »vier Freundinnen unserer Zeitschrift« ist totaler Schrott, und erst recht das mit dem »herrlichen Blick auf den Strand«. Ein Minimum an Niveau muss das schon haben. Und »aus Liebe Berge versetzen«, das verstehen wahrscheinlich nur Leute wie ich, aus São Paulo – Leute aus dem Hochland: Fünf Monate lang sind Rafa und ich ständig mit dem Flugzeug gependelt, bis ich dann endgültig umgezogen bin, runter zu ihm, nach Rio, an die Küste … Damals hatte ich gerade einen Job bei MTV – einfach nur grässlich. Total unerträgliche Leute. Die gehen nicht mal in die Bäckerei um die Ecke, wenn dort kein Spiegel hängt, in dem sie sich bewundern können! Dann habe ich von der Stelle bei der *Ela*, der Zeitungsbeilage für Frauen, gehört. Wie man's nimmt, aber das war schließlich eine Chance, mal wieder was für eine Zeitung zu machen. (Falls man hier überhaupt von Zeitung sprechen kann.) Was hatte ich groß zu verlieren? Ich habe einem Freund von mir, der damals schon bei *O Globo* gearbeitet hat, eine Mail geschickt, und es hat geklappt. Gleichzeitig habe ich die Zulassungsprüfung für eine Promotion an der Bundesuniversität in Rio gemacht, am Institut für Kommunikationswissenschaften, und ich war die Zweitbeste. Und hier sitze ich nun. Schon fast eineinhalb Jahre. In diesem beschissenen fünftklassigen Badeort! Wissen Sie, warum der Christus auf dem Corcovado ein typischer Carioca ist? Weil er ständig die Arme ausbreitet, aber nie mal jemanden in die Arme nimmt! Das finden Sie witzig? Hat mir ein Freund aus dem Süden erzählt, aus Rio Grande do Sul. Ich hasse diese Stadt. So was von oberflächlich, die Leute hier sind ständig nur am Schauspielern, innerlich sind die völlig leer.

Aber was sagen die Frauen aus Rio zu diesen Klischees? Ist es nicht deprimierend, wenn der eigene Hintern ständig mit dem Zuckerhut und die Brüste mit dem Morro Dois Irmãos verglichen werden? Die Felsen haben das Glück, dass sich ihre anmutige Gestalt nie verändert, bei den Frauen dagegen lagern sich mit der Zeit unschöne Fettpolster ab. Das große Schreckgespenst unserer Zeitgenossinnen heißt Zellu-

*litis, sagt die Ärztin und Psychologin Janaína Portogallo, die
in ihrer Klinik für die Behandlung von Nervenleiden, die
durch exzessives Fitnesstraining und zwanghaftes Diäthal-
ten ausgelöst werden, bis Juni keinen einzigen Termin mehr
frei hat. Immer mehr Frauen weisen Symptome einer post-
traumatischen Belastungsstörung auf, die sich auf die über-
mäßige Fixierung auf ihre äußerliche Erscheinung zurück-
führen lässt. Oftmals handelt es sich um attraktive, in Beruf
und Familie erfolgreiche Frauen, die trotzdem nur aus Un-
zufriedenheit damit, wie sie sich selbst sehen, zu erschrecken-
den Mitteln greifen. Eine Frau, die in Doktor Portogallos
Klinik eingeliefert wurde, hat sich bei dem Versuch, ihren
Oberschenkeln eigenhändig eine Lymphdrainage zu verpassen, schwere Verletzungen zugefügt. »Die Lage ist wirklich
alarmierend«, warnt sie, die ihrerseits der Ansicht ist, »dass
ein paar Kilo zu viel der beste Beweis dafür sind, dass man
körperlich und geistig gesund ist.« Gehört die Zukunft also
den Dicken? »Das würde mich nicht wundern«, meint die
einen Meter fünfundsechzig große Psychologin, die sich mit
ihren 58 Kilo Körpergewicht in Topform fühlt.*

Rafa zum Beispiel. Als wir uns kennenlernten, fand ich ihn
einfach nur super. Schon dass er sich so lässig anzog: Jeans,
weißes T-Shirt, schwarze Puma-Turnschuhe. Als er die Brille mit den rosa Gläsern abnahm, traf mich dieser Blick aus
seinen tiefgrünen Augen mit voller Wucht. Dabei hätte ich
da schon misstrauisch werden müssen: Rosa Brillengläser
zu grünen Augen ... also bitte! Diese Farbkombination ist
ja die reinste Schleichwerbung für die Sambaschule Mangueira. Aber glaubst du, ich wäre misstrauisch geworden?
Von wegen. Ich hatte bloß Augen für seine Tom und Jerry-

Tattoos. Er wirkte supernett, ein total cooler Typ … Angeblich hat er in London gelebt. (In Wirklichkeit war er gerade mal zwei Monate dort gewesen und hatte einen Englischkurs absolviert.) Allmählich habe ich dann gemerkt, dass das alles bloß Show ist. Ganz allmählich. Im Grunde ist er noch ganz unreif und bloß in sich selbst verliebt. Und dazu ein Wahnsinnsmacho. Jeden Sonntag muss er unbedingt mit seinen Freunden im Aterro-Park Fußball spielen, und danach geht's ins *Belmonte*, Bier trinken, bis zum Abend. Kann man sich so was vorstellen? Dafür bin ich doch nicht nach Rio gezogen, da hätte ich ja gleich meinen Onkel Arlindo heiraten können! Der Tiefpunkt war, als er mich überreden wollte, zusammen mit ihm bei einer Talkrunde über Fußball im Fernsehen mitzumachen. Na gut. Zuletzt gab ich nach, unserer Liebe wegen.

Andere bekannte Bewohnerinnen Rios verraten, was eine Frau braucht, um sich im täglichen Kampf mit der Waage als würdige Nachfahrin des berühmten Mädchens von Ipanema zu fühlen. Ana Paula Amado, die als Personaltrainerin und Fernsehmoderatorin arbeitet, behauptet, dass sich die Sorge um das eigene Aussehen und geistige Gesundheit sehr wohl unter einen Hut bringen lassen. Als sie 26 Jahre alt geworden war, beschloss sie, das klassische Ideal »Mens sana in corpore sano« in die Tat umzusetzen, und widmete sich von da an dem Studium der Philosophie. »Nur weil man regelmäßig ins Fitnessstudio und in Schönheitssalons geht, heißt das noch lange nicht, dass man in Form bleibt«, meint die hübsche Moderatorin von SporTV, zu deren Kundschaft einige der bekanntesten Gesichter und Hinterteile aus der Welt des Fernsehens gehören. »Man muss

nicht nur seinen Körper fit halten, sondern auch den Ver-
stand«, versichert Ana Paula und fügt abschließend hinzu:
»Auch dafür sollte es eigene Trainingsstätten geben.«

Ich weiß, Rafa hat auch so seine Probleme. Zuallererst ist da
seine Mutter. Das heißt – zuerst, an zweiter Stelle und zuletzt: Bei so einer Mutter wundert es mich nicht, dass er ist,
wie er ist. Obwohl, so schlimm ist er auch wieder nicht. Es
werden jede Menge Lügen über ihn erzählt, lauter erfundenes Zeug. Zum Beispiel die Geschichte, die im Netz kur-
sierte, dass er angeblich Mädchenschlüpfer an irgendwelche verrückten Japaner vertickt, das war totaler Quatsch.
Also echt, auf so was Perverses muss man erst mal kommen.
Die Leute sind einfach neidisch. Der typische Brasilianer ist
supermissgünstig, erst recht die Cariocas. Nichts finden sie
schlimmer, als wenn einer aus derselben Branche vorwärts-
kommt. Ich brauche mir doch bloß anzusehen, was ich hier
in der Redaktion durchmache. Nur weil ich ein bisschen
was von der Sache verstehe, meinen zig Leute, sie müssen
mich runtermachen. Wenn einem der Erfolg in den Schoß
fällt, sind sie nicht neidisch, i wo; was sie nicht ertragen
können, ist, wenn man sich was erarbeitet. Die Reichen,
Schönen und Mächtigen, die brauchen sich hier keine Sorgen zu machen, ihnen will keiner was. Im Grunde ist der
Feudalismus genau das Richtige für die Cariocas. Noch nie
habe ich Leute gesehen, die Könige und Kaiser so toll finden – der »König der Farben«, der »König der Säfte«, der
»König des Mate«, und wie die Läden hier alle heißen. In
Niterói gibt es tatsächlich einen Supermarkt, der heißt »Das
Kaiserreich des Bratfetts«. Nicht zu fassen!
Letzte Woche kam er dann mit dieser dreisten Geschich-

te von wegen, er braucht eine Auszeit. Dass Rafa so mit mir umgeht, also wirklich, ich fasse es nicht! »Ich glaub, wir sollten uns eine Auszeit gönnen«, hat er gesagt. »Ich muss mal eine Weile allein sein und über ein paar Sachen nachdenken.« Es hörte sich an wie in einem absurden Theaterstück. Ich weiß genau, was er mit nachdenken meint. Schon die Art, wie er diese grässliche Priscila Sampaio anstarrt. Neulich haben die anderen erzählt, er sei mit ihr auf der *Maldita-Party* gewesen, als er mal an einem Montagabend ohne mich ausgegangen ist. Er hat natürlich alles abgestritten. Er hat gesagt, die anderen wollen ihm bloß was anhängen. Wortwörtlich. Ich hab sofort gemerkt, dass er lügt. Er würde nie einfach so von »jemandem was anhängen« reden. Dann haben wir schlimm gestritten. Drei Wochen lang haben wir nicht miteinander geschlafen. Und jetzt redet er von Auszeit. Dass er so platt daherkommen könnte, so durchschaubar, hätte ich nie gedacht. Sobald in Sachen Sex auch nur das kleinste Problem auftaucht, zieht er den Schwanz ein. Nach fast zwei Jahren. Weißt du was? Für mich sind das zwei vertane Jahre! Ich bin jetzt fast dreißig, verstehst du? Ab jetzt heißt's für mich bloß noch: Entweder ich treffe den Richtigen, oder ich verschwende meine Zeit.

Bel Andrade, die Marilene aus »Besser spät als nie«, ist 41, sieht aber zehn Jahre jünger aus. »Laut Drehbuch ist Marilene 25. Als sie mich wegen der Rolle angefragt haben, habe ich gesagt, ich bin doch viel zu alt. Da hat Silvio (Silvio de Abranches, der Drehbuchautor) sie einfach fünf Jahre älter gemacht, und da hab ich gesagt, okay, ich mach's«, erzählt die Schauspielerin und gibt zu, dass sie nicht sicher war, ob sie wirklich als jüngere Frau würde überzeugen können.

*Aber wenn man die Masse von Fanpost sieht, die jeden Tag
beim Sender eingeht, braucht Bel sich wohl kaum Sorgen
zu machen. Und ihre männlichen Verehrer können sich
schon mal freuen: Bel schließt nicht aus, dass sie auf das
Angebot einer Männerzeitschrift eingehen wird, sich für
sie auszuziehen: »Zugegeben, ich will nicht so tun, als ob
ich mich nicht über die Anfrage gefreut hätte. In meinem
Alter ist das ein Riesenkompliment. Allerdings bin ich überhaupt nicht wie Marlene. Eigentlich bin ich total schüchtern. Meine Tochter ist jetzt dreizehn – was soll die von mir
denken?«, fragt sich Bel.*

Worüber soll ich mich da noch wundern? So ist alles hier in
Rio, platt, oberflächlich, ohne jede Tiefe. Hauptsache, etwas
sieht gut aus. Das muss irgendwas mit dem Strand zu tun
haben. Keine Ahnung. Kaum ist Freitag, gibt's in der Redaktion nur ein Thema: »Ob man morgen baden kann? Mann
ey, ich muss unbedingt an den Strand. Mist, am Wochenende soll's regnen, hat der Wetterbericht gesagt. Sauerei,
bloß weil ich mal frei hab, Alter!« Au weia, also ob die Leute
in ihrem Leben noch nie die Sonne gesehen hätten. Also ich
verstehe das nicht – was ist denn am Strand so toll? Der
Sand etwa? Ich finde den total überschätzt, das Zeug klebt
einem an den Füßen, in den Haaren, am Bikini, furchtbar.
Und das Meer? Na gut, schön ist es ja, aber auch dreckig.
Neulich schwamm direkt vor mir im Wasser Kacke! Igitt!
Achtung, Hepatitis! Auf jeden Fall, es kann ja noch so schön
sein, aber was ist mit dem Drumherum? Das fängt schon
mit der Parkplatzsuche an – wenn du dir mühsam einen
erkämpft hast, musst du als Nächstes mit dem Parkplatz-
wächter um den Preis feilschen. Danach kannst du zusehen,

ob du irgendwo zwischen den braungebrannten Youngsters, die sich auf einunddemselben Fleckchen Strand um Posto 9 aneinanderquetschen, ein paar Quadratzentimeter Platz ergatterst. Und von da an bist du den Rest des Tages damit beschäftigt, dass dir nicht ständig Sand aufs Badetuch rieselt. Dazu ist alles voller herumrennender Kinder und Imbissverkäufer und Gringos und Hunde und aufdringlicher Muskelprotze, die dich fragen, ob du Feuer hast, dabei wollen sie dich nur anmachen. Die Hölle! Guarujá, der Strand von São Paulo, braucht sich dagegen kein bisschen zu verstecken.

Die Unternehmerin Maria Sílvia Sampaio Toledo, frühere Leiterin der Ponto Frio-Gruppe und des Banco Real, verkörpert Schönheit und Intelligenz in einem, wie es das so wohl nur in Rio gibt. Maria wurde von einer Celebrity-Website dreimal hintereinander zur brasilianischen »Most Sexy Executive« gewählt. Marias Geheimrezept stammt ihren eigenen Worten nach von Vinicius de Moraes und lautet: Sag niemals, wie alt du bist. »Ab dem fünfzigsten ziehst du einfach bei jedem Geburtstag ein Jahr ab«, sagt sie und zwinkert dabei verschwörerisch. Was die Kunst der Verführung angeht, findet Maria – die in Leblon nicht nur geboren und aufgewachsen ist, sondern auch heute noch dort lebt –, haben die Cariocas etwas, was sie von allen anderen Frauen unterscheidet. »Ich weiß nicht, ob es damit zu tun hat, dass wir so nah am Meer leben oder dass hier so oft die Sonne scheint, aber die Unbefangenheit und Heiterkeit von uns Cariocas ist einfach einzigartig.« Verantwortlich dafür, dass Rios Frauen so sind, da ist die Unternehmerin sich sicher, ist die wunderschöne Umgebung, und diese ist auch der Grund für die Lässigkeit und Entspanntheit, die schon

immer das Markenzeichen Rios waren. »Allerdings ändert
sich das seit einiger Zeit«, klagt sie, »durch den Drogenkrieg
wird der Charakter der Stadt immer männlicher und här-
ter.«

Was ich auch nicht verstehen kann, ist, dass man hier ständig
draußen sein muss, immerzu etwas unternehmen, dauernd
in Bewegung sein. Der typische Carioca ist nie zu Hause,
Herr im Himmel. Einfach mal bloß ruhig für sich sein – Rafa
hält das keine zwei Stunden aus. Er wird sofort nervös. Letzten Sonntag zum Beispiel, ich wollte gerade noch etwas zu
Ende schreiben, aber er hat die ganze Zeit genervt: »Komm,
lass uns an den Strand fahren.« Da hab ich zu ihm gesagt:
»Lies doch was, ein Buch.« So wie er mich daraufhin angesehen hat, hätte man meinen können, ich hätte etwas ganz
Schreckliches vorgeschlagen, à la bring doch den Osterha-
sen um und saug ihm mit einem Strohhalm das Hirn aus.
Hektik, Hektik, Hektik verbreiten, das ist alles, was die hier
können. Vom Strand in die Bar, von da zur Sambagruppe,
und dann weiter zur nächsten Disco, nie ist man fest ver-
abredet, ein Carioca kann nämlich bestenfalls eine Viertelstunde vorher irgendetwas zusagen. Ständig heißt es: »Wir
seh'n uns«, »Wir telefonieren«, »Lass uns was ausmachen«.
Und ausmachen tun sie dann drei oder vier Sachen gleichzeitig. Wenn es schließlich so weit ist, entscheiden sie sich
fürs Nächstliegende, für das, was am wenigsten Aufwand
macht. Das Leben hier ist einfach superanstrengend, alle
müssen unbedingt überall dabei sein, bloß keinen Cocktail
auslassen, ja keine Party verpassen, auch wenn man gar nicht
eingeladen ist. Am Ende kommen sie dabei zu gar nichts. Es
ist immer derselbe Scheiß in dieser Stadt, alles ist total ab-

sehbar, genau wie die Themen-Sambas beim Karneval. Die perfekte Verkörperung Rios ist für mich Taz, der tasmanische Teufel aus den Bugs-Bunny-Filmen: Der dreht sich auch nur die ganze Zeit um sich selbst, wie ein Wirbelsturm, und verschlingt alles, was ihm in die Quere kommt. Dabei hält er sich für ein gefährliches Raubtier, und trotzdem tanzt Bugs Bunny ihm dauernd auf der Nase herum – er ist und bleibt ein Vollidiot, der den großen Macker markieren will.

Dass die allgegenwärtige Gewalt die Lebensart der Cariocas verändert, sieht auch Eloísa Margarida de Melo so. Nicht einverstanden ist sie dagegen mit der Behauptung, die viele Sonne hier sei mitverantwortlich für die Schönheit der Frauen aus Rio. Die Dermatologin, die an der Bundesuniversität unterrichtet und Mitglied der Brasilianischen Akademie für Medizin ist, sieht es im Gegenteil als die größte Gefahr für das Wohlbefinden der Bewohnerinnen von Rio de Janeiro, dass diese sich so oft der Sonne aussetzen. Sie geht sogar so weit zu sagen: »Eine Carioca, die etwas auf sich hält, sollte den Strand meiden, zumindest zwischen elf Uhr vormittags und drei Uhr nachmittags.«

Was mir gefällt, ist der Strand bei Nacht. Gefallen ist untertrieben: Ich liebe den Strand bei Nacht. Tagsüber tummelt sich die ganze Stadt dort, aber nachts gehört er mir allein. Wenn ich mich manchmal sehr einsam fühle, fahre ich frühmorgens nach Ipanema und genieße das Meer, ganz für mich allein. Das ist herrlich! So wie wenn man bei einer Einladung am Ende nur mit dem Gastgeber zurückbleibt – alle anderen sind gegangen, und auf einmal kann man sich über die persönlichsten Dinge unterhalten. Ich liebe es, den kräftigen

Geruch des Meeres einzuatmen, die Ausdünstungen seiner vielen Bewohner, die bei Ebbe am Strand liegen bleiben. Tagsüber komme ich fast nie dazu, an den Strand zu gehen. Ich arbeite im Zentrum, wohne aber in Laranjeiras. Eigentlich sehe ich das Meer so gut wie nie. Ein Scheißleben, genau! Was bringt es, in einem Badeort zu wohnen, wenn man das einzig Gute daran überhaupt nicht nutzen kann? Weißt du was? Ich glaube, ich lasse jetzt einfach alles stehen und liegen und gehe an den Strand. Genau, heute bin ich mal dran. Das wäre nicht schlecht, was? Ich denk mir irgendwas aus, eine Ausrede – »Ich fühle mich nicht gut« –, und haue ab. Und dann fahre ich zum Posto 9 und sehe mir den Sonnenuntergang an. Das wäre super! Das Problem ist, ich kann nicht lügen. Alle würden sofort merken, dass ich ihnen was vormache. Mist! Jetzt jammere ich hier schon seit einer halben Stunde herum. Höchste Zeit anzufangen, los, an die Arbeit. 1500 Zeichen über die »cidade mulher« beziehungsweise darüber, was die Schönheit dieser Stadt mit den Problemen ihrer heutigen Bewohnerinnen zu tun hat. Nicht zu fassen! Und das Schlimmste ist: Im Titel muss irgendwas mit »Sex« vorkommen. Ausdrückliche Anordnung der alten Schachtel von Redakteurin: »Ein Titel, der mit Sex zu tun hat.« So ein Scheiß! Weißt du was? Ich schreibe einfach, wozu ich Lust habe. Ich schreibe genau das, was ich hier gerade von mir gebe. Die kann mich mal. Und er auch. Die können mich alle mal. Die ganzen Cariocas können sich meinetwegen ins Knie ficken! Fickt euch doch, Cariocas! Mir reicht's. Ich schreib einfach, was mir gefällt, egal wie bescheuert es ist, und dann steig ich ins nächste Flugzeug Richtung Glück. »Cidade mulher«, »Stadt der Frauen« – ich scheiß drauf! Wenn schon, dann »Stadt der Transvestiten«.

Die Frauen Rio de Janeiros scheinen dazu berufen, die ganze Welt an ihrem Stil, ihrem Charme, der unglaublichen Sinnlichkeit der »cidade mulher« teilhaben zu lassen. Was die Mode angeht, trat der brasilianische Bikini vom Strand von Ipanemanus seinen Siegeszug durch alle Kontinente an. Und vom lasziven Hüftschwung der Sambatänzerinnen bis zum Brazilian wax: die Exportschlager Brasilien sind heutzutage ein rausgestreckter Hintern und eine sorgfältig epilierte Bikinizone. Die Rolle der Puffmutter übernimmt dabei Rio de Janeiro. Wie sollte es auch anders sein: Während ihre Berge – ihre Hüften – die große verseuchte Gebärmutter der Guanabara-Bucht einrahmen, macht die Stadt für alle, die von auswärts kommen, die Beine breit. Einfallstor sämtlicher Moden und Unarten. Magnetischer Anziehungspunkt und Sammelbecken jeder Art von Schwachsinn, den die Brasilianer sich einfallen lassen. Von Maden zerfressenes Herz des Landes. Anfangs eine unschuldige junge Frau, die über Nacht den Status der Bundeshauptstadt erlangte, hat sie sich mittlerweile in eine alte syphiliskranke Hure verwandelt. Einst die Kokotte von Abgeordneten und Provinzfürsten, Kaisern und Präsidenten, schmeißt sie sich heute dem erstbesten Typen an den Hals, der ihr für eine mickrige Summe die Stimme abkauft und ihr das Blaue vom Himmel verspricht.

Ja, super, so gefällt mir der Text! Das mit der »großen verseuchten Gebärmutter« ist vielleicht ein bisschen übertrieben, aber gut ist es trotzdem, sehr gut sogar. Mann, hab ich Lust, das erstbeste Flugzeug zu besteigen! Irgendwohin, wo es schön kalt ist. Amsterdam im Winter, das wär's doch jetzt! Darf ich was gestehen? Versprichst du, dass du mich nicht auslachst? Als Kind wollte ich Stewardess werden. Ganz ehrlich! Seit ich neun Jahre alt war, habe ich davon geträumt. Ich war einfach zur Stewardess berufen. Damals habe ich den ganzen Tag unseren kleinen Teewagen durch die Wohnung geschoben, mit lauter Essenskram und Getränken darauf. Es gibt sogar ein Foto von mir, da bin ich zehn Jahre alt, perfekt geschminkt und trage einen Hut meiner Mutter auf dem Kopf und um den Hals ein blaues Tuch mit weißen Punkten, fertig rausgeputzt, um auf ein märchenhaftes Fest zu gehen. Warum hält man nicht an seinen Träumen fest? Weil man Angst hat zu versagen? Oder weil man Angst hat, sie tatsächlich zu leben? Ein Mädchen aus einer Mittelschichtfamilie wird nicht Stewardess. So ein Mädchen studiert. Macht einen ordentlichen Abschluss. Sucht sich einen Beruf. Begibt sich auf den Arbeitsmarkt und verdient am Ende weniger als ein Taxifahrer – oder eine Fluggastbetreuerin. So ein Mist! Warum muss ich etwas Besonderes sein? Beziehungsweise, was ist so besonders an dem, was ich mache? Was soll ich mir von einem Beruf erhoffen, der allgemeines Ansehen genießt, wenn ich trotzdem nichts als Verachtung darin erfahre? Würde die alte Schachtel von Redakteurin einen Text mit 1500 Zeichen akzeptieren, der zeigt, welche Unterdrückungsmechanismen Frauen dazu bringen, auf dem Altar irgendwelcher dämlicher Klischeevorstellungen von angeblich weiblicher Sensibilität ihr Leben zu opfern? Nur, um brave Mädchen zu sein? Eine Überschrift, in der »Sex« vorkommt? Keine Sorge, wird gemacht. Wie wär's mit: »Das andere Geschlecht. Wie Engel wirklich lieben«? Na ja, vergiss es, vielleicht bei der nächsten Inkarnation.

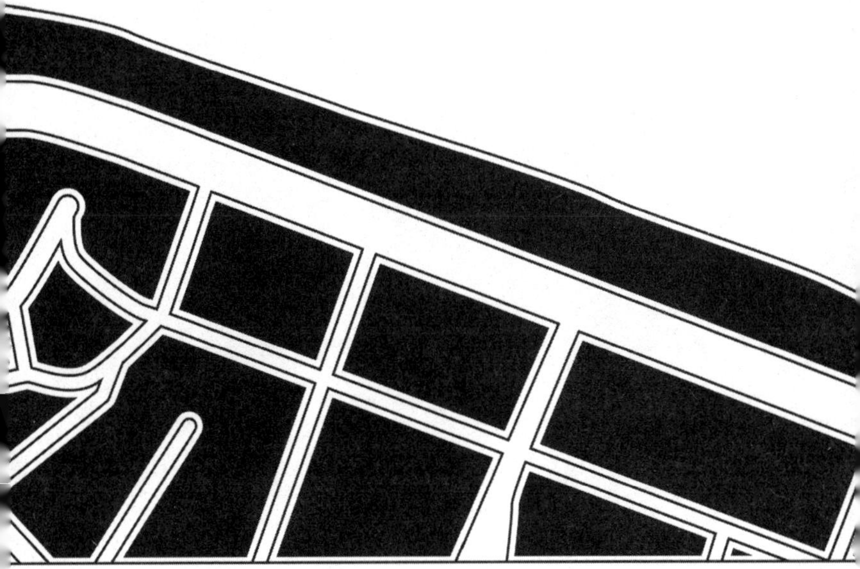

Conceição, Saúde, 72

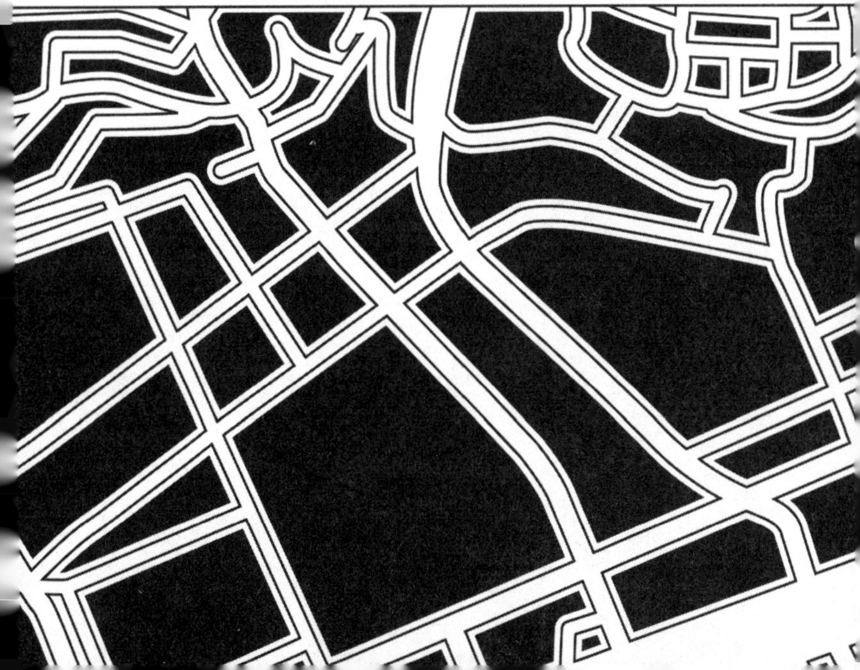

Die junge Frau blieb vor der braunen Fassade stehen. Als sie bemerkte, dass die Fensterläden einen Spalt weit offen standen, konnte sie nicht widerstehen und spähte durch die Gitterstangen ins Innere des Hauses. Alles, was sie darin erahnen konnte, waren dunkle Möbel und eine düstere Atmosphäre, die in seltsamem Gegensatz zu der kräftigen Sonne stand, die auf die Rua do Jogo da Bola niederbrannte. Sie stellte die schwarze Aktentasche an der Türschwelle ab, durchwühlte ihren *Cantão*-Leinenbeutel und zog schließlich einen – für ihre Zwecke viel zu großen – Spiralblock daraus hervor. Sie blätterte ihn durch, bis sie bei der gesuchten Seite ankam, las noch einmal, was dort stand, sah dann erneut zur Fassade und gleich danach wieder auf ihren Block. Unhörbar bildeten ihre Lippen die Silben »ein-hundert-vier«, die Hausnummer stimmte. Immer noch zögernd blickte sie sich um. Bis auf ein Kind, das ein kleines Stück weiter im spärlichen Schatten eines Flamboyant saß, war in der glühenden Hitze des Januarnachmittags weit und breit niemand auf der Straße zu sehen.

»He, Kleiner, wohnt hier Dona Ceiça?«

Der Junge unterbrach sein einsames Spiel und betrachtete den Neuankömmling. Er wirkte gleichermaßen erschrocken und erstaunt, als sähe er zum ersten Mal einen Menschen, der nicht aus dieser Ecke stammte. Dann nickte er bestätigend, sagte jedoch kein Wort. Dass es in Rio dermaßen beschränkte menschliche Wesen geben kann, nicht zu fassen, sagte sich die junge Frau. Meine Nichte ist genauso alt und spricht bereits zwei Sprachen, und den *Fänger im Roggen* hat sie auch schon gelesen, natürlich im Original. Sie drückte auf den Klingelknopf, aber niemand antwortete. Sie versuchte es noch einmal und wartete. Wieder nichts. Nach kurzem Zögern beschloss sie, zu klopfen. Sie hämmerte so heftig gegen die Tür, dass es durchs ganze Haus hallte. Daraufhin ließ sich müde und gereizt eine Stimme vernehmen: »Ich komm ja schon.«

Die Stimme gehörte einer gut siebzigjährigen, eher hellhäutigen, leicht untersetzten Frau. Sie öffnete die Tür und sah mit strengem Gesicht auf ihre Besucherin hinab, obwohl sie fast kleiner als diese war. Sie trug ein elegantes, schlichtes marineblaues Kleid, das mit kleinen gelben Blumen bedruckt war und weder einen Kragen noch Ärmel aufwies, so dass ihre schweren, fleischigen Arme unbedeckt blieben. Wie aus einer anderen Zeit, sagte sich die junge Frau, bei deren Anblick die Hausherrin nun lächelnd eine perfekte Zahnreihe entblößte, bei der es sich unmöglich um etwas anderes als ein Gebiss handeln konnte.

»Du bist bestimmt das Mädchen vom Film, stimmt's?«

»Genau. Ich heiße Ângela Simões.« Mit diesen Worten streckte sie ihr die Hand entgegen. »Und Sie sind Dona Ceiça, ja?«

»Wer sollte ich sonst sein, meine Liebe? Komm rein, bitte. Und stör dich nicht an dem Durcheinander.«

Die junge Frau war froh, der Hitze zu entrinnen. Im Inneren des Hauses war es gleich mehrere Grad kühler.

»Entschuldigen Sie, dass ich so spät komme. Auf dem Morro da Conceição war ich noch nie, und ich hab mich ein bisschen verlaufen.«

»Hab ich nicht gesagt, du sollst die Rua Sacadura Cabral entlanggehen und dann in die Rua do Escorrega einbiegen? Dann hättest du immer nur geradeaus bergauf gehen müssen.«

»Ja, stimmt schon, aber ich hab aus Versehen die Ladeira do João Homem genommen – da geht es vielleicht steil hinauf!«

»Weiß ich doch, meine Liebe! Ich habe selbst achtundzwanzig Jahre bis hier rauf gebraucht.«

Ângela ging auf die rätselhafte Antwort nicht weiter ein. Eigentlich hörte sie so gut wie nie auf das, was die anderen sagten. Zudem war sie in diesem Augenblick damit beschäftigt, den Schauplatz, den sie soeben betreten hatte, mit Hilfe ihres frisch erworbenen Cineasten-Blickes in allen Einzelheiten unter die Lupe zu nehmen. Nachdem ihre Augen sich an die Dunkelheit gewöhnt hatten, unterzog sie den Raum einer raschen Musterung. Was ihr auffiel, waren mehrere alte Stühle aus dunklem Holz, ein billiger Kleiderschrank vom Möbelhaus *Casas Bahia*, ein kleiner Elefant mit erhobenem Rüssel, der auf einer mit chinesischen Motiven verzierten Anrichte thronte, und, natürlich, eine Darstellung des Letzten Abendmahls, in diesem Fall als bunter Wandteppich. Dort wo die Tür zur Küche abging, ragte der Rand eines Tisches aus rotem Kunststoff hervor. Lauter alte Gegenstände, wenn auch makellos sauber und in gutem Zustand, wie sie im Geiste notierte – auch wenn sie falsch lag, Hauptsache war doch, ihre geradezu volkskundliche Perspektive wurde bestätigt.

»Du bist ja ganz verschwitzt, meine Liebe. Möchtest du etwas trinken? Eine Limonade?«

»Nur ein Glas Wasser, bitte. Machen Sie sich meinetwegen keine Umstände.«

»Aber ich bitte dich, das macht doch nichts.«

Dona Ceiça verschwand in der Küche und kam kurz darauf mit einem Tablett zurück, auf dem zwei Gläser, ein Krug mit Kaschusaft und eine bauchige Wasserflasche mit grüner Plastiktülle standen. Als sie wieder ins Zimmer trat, sah sie, dass Ângela ein Foto in einem Metallrahmen in der Hand hielt, das, in Schwarzweiß, einen etwa vierzig Jahre alten Mann in Uniform zeigte. Offensichtlich störte es die junge Frau nicht im Geringsten, dabei überrascht zu werden, wie sie in anderer Leute Sachen herumschnüffelte, so wenig, wie sie auf den Gedanken gekommen war, um Erlaubnis zu fragen. Dona Ceiça beschloss, es ihr nicht übelzunehmen. Heutzutage waren die Leute eben so, ohne jede Erziehung. Erst recht die aus dem Südteil der Stadt, die glaubten, sie können sich alles erlauben.

»Das ist mein verstorbener Mann, Antenor.«

»War er Soldat?«

»Oberfeldwebel bei der Marine.«

»Und wie lange ist er schon tot?«

»Im April sind es zwölf Jahre. Möchtest du wirklich keinen Kaschusaft? Ich habe ihn frisch gemacht.«

»Ist schon Zucker drin?« Ângela runzelte die Stirn.

»Ja.«

»Dann bitte bloß Wasser, Zucker nehme ich nie.«

»Nie? Auch nicht zum Kaffee?« Dona Ceiça sah sie mit großen Augen an.

»Nein, auch nicht zum Kaffee.«

»Ach herrje, das Leben ist doch so schon bitter genug!«

›Manche Leute stellen sich vielleicht an …‹, sagte sich Dona Ceiça, während sie sich von der gelblichen Flüssigkeit einschenkte. ›Warum müssen die überall Zucker reintun?‹, fragte sich Ângela, während sie gierig von dem Wasser trank.

In der daraufhin eintretenden Stille nahm die Hausherrin kleine Schlucke von ihrem Saft, Ângela dagegen öffnete die schwarze Aktentasche und holte eine Unmenge Papiere, einen Bleistift, einen Kugelschreiber und ein kleines Aufnahmegerät hervor. Dona Ceiça erschrak, als der Apparat zum Vorschein kam.

»Willst du unsere Unterhaltung etwa aufnehmen?«

»Wenn Sie nicht möchten, lass ich es ausgeschaltet.«

»Nein, das ist es nicht. Aber so wichtige Sachen habe ich nicht zu erzählen. Außerdem mag ich meine Stimme auf Tonband nicht.«

»Für uns ist alles wichtig, was Sie zu sagen haben. Und wenn dann gedreht wird, wird auch alles aufgenommen. Das ist Ihnen doch klar, oder?«

»Ja, meine Liebe, aber wenn ich was Dummes sage, schaltet ihr aus, stimmt's?«

»Natürlich, Dona Ceiça. Wir bringen nur das, womit Sie auch einverstanden sind.«

Über den Rand ihres beschlagenen Glases hinweg verfolgte Dona Ceiça, wie die junge Frau mit irgendwie hilflosen Gesten – so selbstverständlich schien ihr der Umgang mit alldem, was sie vor sich aufgebaut hatte, nicht zu sein – ihre Tasche durchwühlte, als fehlte noch etwas Wichtiges. Schließlich gab sie die Suche auf und wandte sich mit einem Ausdruck, der offensichtlich vertrauenerweckend wirken sollte, wieder Dona Ceiça zu. Sie lächelte und sah ihr dabei tief in die Augen, genau wie man es ihr an der Fachhochschule für Sozialarbeit beigebracht hatte.

»Sie wissen, dass das jetzt bloß ein Vorbereitungsgespräch ist, oder? Das soll dem Regisseur helfen, bevor er kommt und die Filmaufnahmen macht.«

»Der Regisseur, ist das der nette junge Mann, der letzte Woche hier war?«

»Genau, Rogério.«

»Seu Rogério, ja, so hieß er. Und da war noch so ein junger Mann, ein ziemlich hübscher Kerl. Den Namen habe ich aber vergessen …«

Während Dona Ceiça sich den Namen ins Gedächtnis zu rufen versuchte, war Ângela damit beschäftigt, festzulegen, in welcher Reihenfolge sie die Fragen stellen würde. Sie wusste, das hatte man ihr gesagt, dass sie in dieser Hinsicht freie Hand hatte, aber die Gewohnheit war einfach stärker – neun Jahre bei der Stadtverwaltung hatten ihre Spuren hinterlassen, und insgeheim genoss Ângela es, festzustellen, dass sie sich, obwohl sie schon lange arbeitslos war, immer noch an so viel von den fast vergessen geglaubten Befragungstechniken erinnerte. Ärgerlich nur, dass sie so aufgeregt war. Umso stärker war sie darauf angewiesen, sich jetzt, wo sie endlich wieder etwas zu tun hatte, ihre früheren Erfahrungen zunutze zu machen, nach elf langen Monaten – sie hatte es ihrer Schwester Bel zu verdanken, die mit Rogério befreundet war, dass sie diese Arbeit gefunden hatte. Andernfalls säße sie immer noch unbeschäftigt zu Hause herum, da war sie sich sicher.

Sie sah wieder zu Dona Ceiça und lächelte sie mit der gleichen gespielten Aufrichtigkeit an wie zuvor. Dona Ceiça lächelte liebenswürdig zurück, und erwies sich als deutlich erfahrenere Schauspielerin.

»Wie lange wohnen Sie jetzt schon hier?«

»Auf dem Morro da Conceição oder in der Rua do Jogo da Bola?«

»Sowohl als auch.«

»In diesem Haus wohne ich seit 22 Jahren. Aber auf dem Berg hier noch viel länger. Ich bin 1954 nach Rio gekommen, im September, und zuerst habe ich in einer Pension gewohnt, in der Ladeira do João Homem. Warten Sie mal, also jetzt haben wir 2005 …, das heißt, ich wohne schon über 50 Jahre hier!«

»50 Jahre, na so was. Und woher kommen Sie eigentlich?«

»Aus Campos.«

Ângela notierte sich etwas in ihrem Spiralblock, in Wirklichkeit, um Zeit zu gewinnen, bevor sie die nächste Frage stellte.

»Sind Sie damals einfach so hierher gezogen, oder kannten Sie jemanden?«

»Meine Schwester Aparecida arbeitete damals schon an der Praça Mauá.«

Wieder machte Ângela sich Notizen, und ließ sich dabei noch mehr Zeit. Wie Dona Ceiça feststellte, biss ihre Interviewerin sich beim Schreiben auf die Zunge. Eine nervöse Angewohnheit, sie konnte sich besser konzentrieren, wenn sie langsam auf ihrem Essmuskel herumkaute. Was zum Teufel machten zwei junge Mädchen aus Campos 1954 mitten an der Praça Mauá? Um der Antwort, die nur zu offensichtlich war, auszuweichen, fragte Ângela jetzt:

»Und was für eine Arbeit war das?«

Dona Ceiça bedachte sie mit einem langen, halb ungläubigen, halb mitleidigen Blick. Dann lächelte sie geradezu feierlich und sagte:

»Sie ist in einem Kabarett aufgetreten, als Tänzerin.«

»Und Sie waren auch Tänzerin?«

»Tanzen konnte ich damals noch nicht, aber ich habe alles Nötige gelernt.«

Wieder machte sich Ângela Notizen. ›Wie meint die das?‹, fragte sie sich verunsichert und kritzelte weiter, um Zeit zu gewinnen. ›Was schreibt die bloß die ganze Zeit?‹, rätselte die Alte. So kompliziert war die Sache schließlich auch nicht. Ângela überlegte, ob sie ihre Gastgeberin einfach direkt fragen solle, ohne lange um den heißen Brei herumzureden, aber vielleicht wäre sie dann beleidigt. Verflixt, eine ganz schön heikle Angelegenheit! Auf der Suche nach einem Ausweg überflog sie die Liste mit Fragen, die sie vorbereitet hatte. Schließlich stieß sie auf das rettende Wort.

»Haben Sie vielleicht ein Foto von damals?«

»Ein Foto? Ja, und nicht bloß eins.«

Dona Ceiça erhob sich überraschend leichtfüßig von ihrem Stuhl und verschwand in dem dunklen Flur. Das Geräusch ihrer Schritte auf dem abgetretenen Holzboden drang aus immer größerer Entfernung zu Ângela, bis es nach einem Türquietschen verstummte. Eine ganze Weile – wie lange genau, hätte sie nicht sagen können – saß Ângela allein im Raum und hörte nichts als das metallische Ticktack der Wanduhr, das in gleichmäßigen Abständen die tiefe Stille unterbrach. Aus Sekunden wurden Minuten, und die Minuten schienen sich irgendwann zu Stunden zu dehnen. Als verstriche die Zeit im düsteren Inneren dieses Hauses langsamer, hier, wo sie vor der Sonne und dem hektischen

Treiben der Stadt durch dicke Steinmauern geschützt war. Ângelas Blick wanderte über drei alte Kinderfotos, die ihr gegenüber an der Wand hingen. Die Abzüge waren auf Laminatplatten geklebt und unter einem Bild der Heiligen Jungfrau von Fatima treppenartig angeordnet worden. Von dort folgten ihre Augen mehreren kleinen Rissen in der Wand, die aufwärtsstrebten, bis zu einer Stelle knapp unterhalb der Decke, wo sie auf ein paar alte Wasserflecken trafen, an deren Rändern die abbröckelnde Farbe eine Art Rahmen gebildet hatte. Darüber hinaus störte nichts die glatte Nüchternheit der ungewöhnlich hohen Zimmerwände, zwischen denen der Vergangenheit reichlich Platz zum Atmen blieb. Ângela war noch damit beschäftigt, inmitten der Ruhe, die nach und nach Besitz von ihr ergriff, einen Platz für ihre eigene Aufgewühltheit zu finden, als sich erneut Dona Ceiças Schritte im Flur vernehmen ließen. Dann erschien die Gestalt der alten Frau im Türrahmen; in den Armen hielt sie einen offensichtlich bis an den Rand mit Fotos gefüllten Schuhkarton.

»Hier.«

Als sie sich wieder am Esstisch niedergelassen hatte, fing Dona Ceiça an, die Fotos eines nach dem anderen herauszunehmen. Sie unterzog jedes einer raschen Musterung und legte es daraufhin auf einen der beiden Stapel, die allmählich zu ihrer Rechten in die Höhe wuchsen. Ângela sah ihr schweigend zu und bemühte sich herauszufinden, welches geheime Kriterium bei der Entscheidung den Ausschlag gab. Als ein erster Packen Bilder auf diese Weise sortiert war, nahm Dona Ceiça einen der beiden Stapel, deponierte ihn links von sich und reichte die Fotos anschließend einzeln an Ângela weiter.

»Was sind das für Leute?«

»Warte, ich muss erst meine Brille aufsetzen.«

Dona Ceiça nahm sorgfältig das erste Bild in Augenschein, zu sehen war darauf das Rio de Janeiro ihrer Jugendzeit. Die Gebäude hatten sich eigentlich gar nicht so sehr verändert, die Autos allerdings schon, und wie, und die Kleidung auch. Wie gut angezogen die Menschen damals waren! Selbst auf der Praça Mauá, keineswegs eine Reiche-Leute-Gegend, bemühte man sich offensichtlich um eine elegante Erscheinung.

»Also, was für Leute?«

»Die hier.«

Ângela deutete auf eine Gruppe von Personen, die in einer leeren Bar – an den Tischen ringsum war außer ihnen niemand zu sehen – für den Fotografen Aufstellung genommen hatten. Die Gruppe bestand aus einem Dutzend Männern mit weißen Jacken, schwarzen Hosen und Fliegen – nur einer trug einen dunklen Anzug – und einem halben Dutzend junger Frauen, die sichtlich herausgeputzt waren. Laut Dona Ceiça handelte es sich um das einstige Tanzlokal *Calèche*, wo sie nach ihrer Ankunft in Rio zuerst gearbeitet hatte.

»Erkennen Sie noch jemanden von den Leuten?«

»Ach, meine Liebe, das ist so lang her. Ich hab die alle gekannt. Aber an ihre Namen kann ich mich deswegen noch lange nicht erinnern. Die Blonde hier hieß Dalza, und das da ist ihre Schwester Deise, wenn ich mich nicht irre. Die da heißt Aurora, sie war aus Bahia, wir haben uns lange ein Zimmer geteilt. Der Mann da, im Anzug, ist Seu Netto, er war der Geschäftsführer, ein schrecklicher Portugiese, sehr, sehr streng.«

Während Dona Ceiça Namen um Namen preisgab, deutete ihr faltiger Finger auf Gestalten, die in den verschiedensten Haltungen und Posen eingefangen waren – manche wirkten linkisch und verlegen, andere fröhlich, wieder andere trumpften geradezu auf. Doch obwohl sie sich hier gezwungenermaßen für einen kurzen Augenblick als Gruppe zur Schau stellten, blieb ihr wirkliches Leben hinter ihrem Gesichtsausdruck verborgen, in einem Jenseits, das für immer unerreichbar der Vergangenheit angehörte. Beim Anblick der traurigen abgezehrten Gestalt der kleinen Blondine Dalza – die es nur Dona Ceiças erklärenden Worten zu verdanken hatte, dass sie überhaupt einen Namen zugewiesen bekam – empfand Ângela zum ersten Mal im Leben die Gewissheit, dass ein Foto mehr verbirgt, als es zeigt, dass es sich einen winzigen Teil der Gegenwart nimmt, um ihn später, in der Zukunft, als dunkle Spur zurückzugeben. Was genau sie damit meinte, hätte Ângela selbst nicht sagen können. Es war kaum mehr als eine dumpfe Ahnung, so wie wenn man manchmal plötzlich ein flaues Gefühl im Magen verspürt.

»Und die da, das sind Sie, oder?«

»Natürlich, das bin ich.«

Entschlossen setzte Dona Ceiça den krummen Finger auf eine kleine Mädchengestalt, die sich am linken Bildrand im Halbdunkel auflöste. Ihre Augen wurden fast völlig von der dichten schwarzen Mähne verdeckt, die sich von rechts vor ihr Gesicht schob, ganz im Stil einer Veronica Lake. Auffällig hübsch war sie nicht, aber offenkundig voller Lebenslust, die sinnliche Ausstrahlung ihres Körpers war selbst auf der verblassten Aufnahme deutlich zu spüren. Ângela sah voll Bewunderung zwischen dem Foto und Dona Ceiça hin und her.

»Das sind also Sie?«

»Das bin ich«, bestätigte Dona Ceiça stolz, »oder vielmehr, das war ich. Heute bin ich bloß noch die alte Schachtel, die du vor dir siehst.«

Dona Ceiças Geschichte war weder schwierig zu verstehen noch besonders überraschend. Als sie nach Rio kam, war sie 21. Sie begann als Prostituierte zu arbeiten. Nachdem sie sich zunächst mit den Umständen ihrer neuen Tätigkeit ziemlich schwergetan hatte, lernte sie mit der Zeit, den Weg des geringsten Widerstands zu gehen. Sieben Jahre brachte sie auf diese Weise zu. 1961 lernte sie dann einen Matrosen kennen, er hieß Antenor, war fünfzehn Jahre älter und verliebte sich Hals über Kopf in sie. Er befreite sie aus ihren schwierigen Lebensumständen und mietete für sie beide eine Wohnung, gleich neben der Pension, wo sie bis dahin untergebracht gewesen war, am Beginn der Ladeira do João Homem. Allerdings war Antenor verheiratet. Er hatte eine Frau in Bahia, genauer gesagt in Itabuna, wo er sich normalerweise aufhielt, wenn er nicht mit dem Schiff unterwegs war. Alle drei Monate kam er nach Rio de Janeiro. Meistens gelang es ihm, wenigstens drei Tage am Stück zu bleiben, manchmal eine ganze Woche, davon abgesehen, schickte er regelmäßig Geld für die Miete und die sonstigen Ausgaben.

Allmählich gewöhnte sie sich an dieses Leben. Nach einem Jahr war sie schwanger. Sie ließ den künftigen Vater wissen, dass sie das Kind abtreiben lassen und wieder als Prostituierte arbeiten werde, es sei denn, er ziehe ganz mit ihr zusammen. Alleinerziehende Mutter wollte sie auf keinen Fall sein. Antenor kam fast um vor Eifersucht auf seine »Kleine« (wie er sie nannte) und sagte, er werde alles tun, damit sie ihren früheren Broterwerb nicht wieder aufnehmen müsse, gestand aber gleichzeitig, dass er seine kranke Frau nicht verlassen könne. Ceiça überlegte sich das mit der Abtreibung noch einmal und brachte schließlich ihr erstes Kind zur Welt, den kleinen Jacinto. Davon abgesehen blieb alles beim Alten, nur die monatlichen Geldzuwendungen wurden etwas üppiger. Im Jahr darauf wurde sie erneut schwanger und brachte die Zwillinge Lúcia und Francisca zur Welt. Als Jacinto vier Jahre alt geworden war, starb Antenors Frau. Es gelang ihm, sich nach Rio de Janeiro versetzen zu lassen, wo sie nun eine größere Wohnung bezogen, ein Stück weiter die Straße hinauf, fast schon an der Praça Major Valô. Ein Jahr nach dem Tod seiner Frau heiratete Antenor seine Kleine ganz offiziell. So verbrachten sie weitere fünfzehn Jahre, bis Antenor mit 64 an einem Herzinfarkt starb.

Wie sich herausstellte, hinterließ Antenor seiner Frau nicht nur die Witwenrente der Marine, sondern darüber hinaus eine ansehnliche Geldsumme auf einem geheimen Sparkonto der Caixa Econômica Federal, das er zwanzig Jahre zuvor angelegt hatte. So vorausschauend war er gewesen, wer hätte das gedacht! Dona Ceiça nutzte den unerwarteten Segen, um ihren großen Traum zu verwirklichen: Sie erwarb das Haus in der Rua do Jogo da Bola. 1983 unterzeichnete sie am Vorabend ihres 50. Geburtstages den Kaufvertrag. Wenige Wochen später bezog sie mit den Kindern ihren neuen – und endgültigen – Wohnsitz. Es war nicht einfach, sich an die Umgebung zu gewöhnen: Obwohl gerade einmal drei Minuten Fußweg von ihrer bisherigen Wohnung entfernt, war die Welt auf der anderen Seite des Hügels ein Kosmos für sich. Die Aufnahme durch die Nachbarn verlief alles andere als herzlich. Der Grund dafür offenbarte sich schon bald, an dem Tag, als Dona Ceiças Tochter Francisca die amourösen Avancen eines Jungen aus dem Haus gegenüber zurückwies, woraufhin der verschmähte Bewerber trotzig verkündete, seine Mutter sei jedenfalls keine Nutte von der Praça Mauá. Offenkundig wurde Dona Ceiça ihre Vergangenheit nicht so einfach los, wodurch sie sich jedoch weniger enttäuscht als vielmehr bestätigt fühlte – hatte sie es nicht genau so kommen sehen? Wie auch immer, entmutigen ließ sie sich dadurch nicht, im Gegenteil: Sie hatte als Prostituierte gearbeitet, jawohl, aber sie schämte sich nicht dafür. Schämen mussten sich die, die raubten und mordeten, wie sie ihren Kindern zu sagen pflegte.

Dona Ceiças Geschichte war weder schwierig zu verstehen noch besonders überraschend. Unter den Händen eines Balzac wäre ein Roman daraus geworden. Unter den Händen Rogérios würde sie vielleicht eine Reihe schöner Aussprüche ergeben. Was Ângela überraschte, war, dass die alte Dame so bereitwillig – und mit solcher Gelassenheit – über intimste Dinge sprach. Der Nachmittag verging, Foto folgte auf Foto, und währenddessen tauchten die beiden Frauen immer tiefer in die einstige Welt der Tanzlokale und Kabaretts ein. Entsprechend überrascht waren sie, als auf einmal aus den Lautsprechern einer benachbarten Kapelle das »Ave Maria« erklang.

»Was ist das denn für eine Musik?«

»Die spielen sie jeden Tag um sechs. Herr im Himmel, so spät ist es schon! Gleich kommt meine Enkelin vom Englischunterricht.«

Mit diesen Worten erhob Dona Ceiça sich aus ihrem Stuhl und erklärte das Interview damit für beendet. Ângela blieb noch einen Augenblick reglos sitzen, sie fühlte sich wie gelähmt. Seit vier Stunden war sie schon in diesem Haus, und sie verspürte nicht die geringste Lust, aufzubrechen. Wie schnell die Zeit vergangen war! Blitzartig kam ihr der Gedanke, zu fragen, ob sie noch ein Weilchen bleiben könne. Gleich anschließend überlegte sie, was es wohl zum Abendessen gäbe. Dona Ceiça betrachtete sie erstaunt. Ob die Kleine vergessen hatte, wo es zur Tür ging? Sie konnte ihr ansehen, dass sie in Gedanken auf der Suche nach etwas war – ob es sich um dieselbe Sache handelte, deretwegen sie vorhin – erfolglos – ihre Tasche durchwühlt hatte?

»Alles in Ordnung, meine Liebe?«

»Ja, natürlich, alles in Ordnung ...«

Ângela stand hastig auf und stieß dabei einen der Fotostapel um. Sie kniete sich auf den Boden, um die Bilder aufzusammeln.

»Lass gut sein, meine Liebe, das mache ich später«, sagte die alte Dame und legte der jungen Frau sanft eine Hand auf den Kopf.

Unwillkürlich gab Ângela sich der zärtlichen Geste hin. »Meine Liebe.« Bei diesen Worten war es, als rührte etwas an ihr Herz, das ihre Aufgewühltheit zur Ruhe kommen ließ. Sie sammelte die Fotos ein und legte den Packen vorsichtig zurück auf den Tisch. Dona Ceiça merkte, wie behutsam Ângela vorging, und lächelte still in sich hinein. Für einen kurzen Moment trafen sich die Blicke der beiden Frauen, und ein geheimes Einverständnis leuchtete darin auf. Die letzten Akkorde des »Ave Maria« verklangen, woraufhin sich erneut wohltuende Stille im Inneren des Hauses ausbreitete.

»Dona Ceiça ...«

»Ja, meine Liebe?«

»Macht es Ihnen etwas aus, wenn ich diese Woche noch einmal vorbeikomme?«

»Sind wir noch nicht fertig mit dem Interview?«

»Das auch …«, antwortete Ângela zögernd, um sich sogleich zu korrigieren: »Vor allem wollte ich mir gern den Rest der Bilder ansehen.«

Auf einmal wirkte sie schüchtern, von dem anfänglichen Hochmut war nichts mehr übrig. Dona Ceiça stand das Lächeln jetzt ins Gesicht geschrieben, und wie eine liebevolle Mutter wehrte sie sich nicht dagegen.

»Komm, wann du willst. Ich mache dann wieder Kaschusaft. Aber ohne Zucker.«

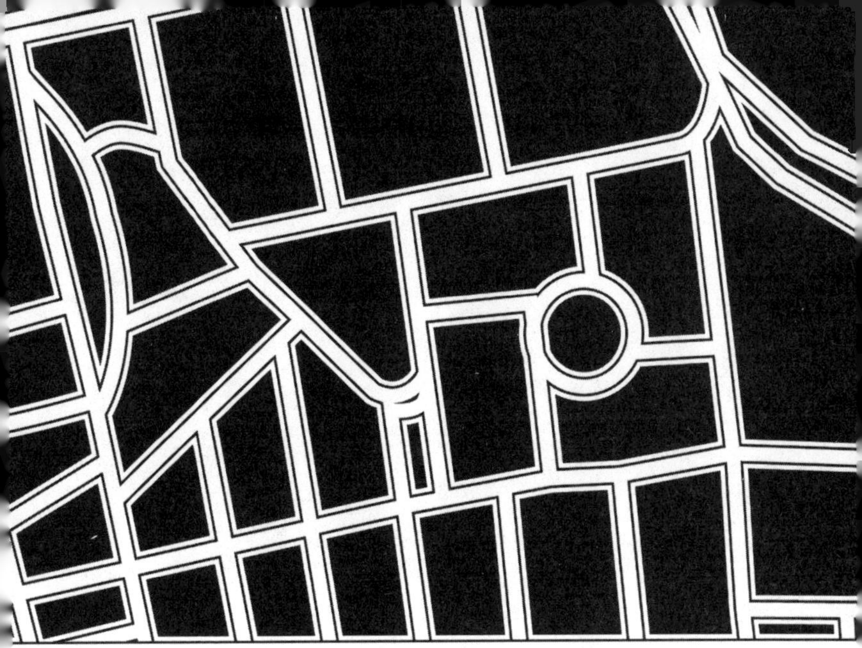

Regina, Leblon, 59

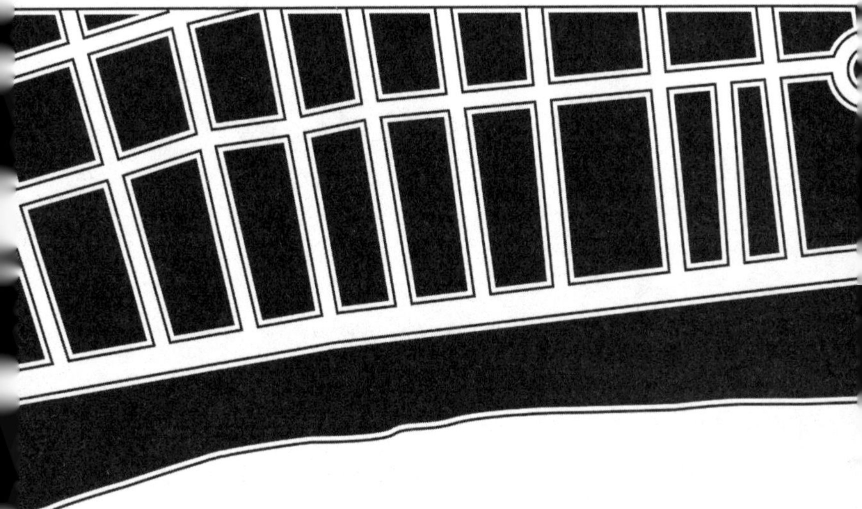

Wollen Sie wissen, welche Werte heutzutage zählen? Soll ich Ihnen ein Beispiel geben? Also gut. Lassen Sie in Anwesenheit anderer Leute eine Münze fallen. Werfen Sie einen kurzen Blick auf die Münze, die anderen sollen merken, dass Sie mitbekommen haben, dass sie zu Boden gefallen ist, aber unternehmen Sie nichts, um sie wieder in Ihren Besitz zu bringen. Lassen Sie mehrere Sekunden verstreichen, und geben Sie sich gleichgültig, als hätten Sie es kein bisschen eilig. Höchstwahrscheinlich wird einer der Umstehenden Ihre Untätigkeit nicht ertragen können, die Münze aufheben und sie Ihnen übergeben. Überaus liebenswürdig. Jetzt kommt der zweite Teil unseres Experiments. Suchen Sie sich einen Mann mittleren Alters, vorzugsweise nicht gutaussehend und schlecht gekleidet. Sagen Sie ihm, er soll sich mitten auf dem Bürgersteig niederlassen, verloren dreinblicken, nirgendwohin. Was glauben Sie, wie viele Minuten es dauern wird, bis jemand stehenbleibt und den Mann fragt, ob alles in Ordnung ist? Denken Sie daran, einen Stuhl für sich bereitzustellen, je nachdem, wo das Experiment durchgeführt wird, kann es Stunden, ja Tage dauern … Daran können Sie sehen, wie pervers und verdorben das System ist, in dem wir leben: der Verlust einer Münze erregt viel größere Anteilnahme als der eines Menschen.

Sollte dieser Mensch weiblichen Geschlechts sein, brauchen wir gar nicht erst weiter nachzudenken. Ich habe eine Freundin, die ich schon seit über fünfzig Jahren kenne. Nennen wir sie Regina. Sie war immer ein ganz normaler, durchschnittlicher Mensch. Nein, nicht durchschnittlich – vorbildlich. Aus bester Familie. Eine gute Ehefrau. Eine großartige Mutter. Drei wohlerzogene Kinder, die erfolgreich ihren Weg machten. Immer sehr gut angezogen. Ein tipptopp gepflegtes Heim. Eine hervorragende Gastgeberin. Ihr Coq au vin war in der ganzen Siedlung berühmt. Neben alldem war sie auch noch für kirchliche Wohlfahrtsdienste tätig. Kurz, eine Dame vom alten Schlag. Eine, die zu uns gehörte, zweifellos. Weshalb niemand sich hätte vorstellen können, dass sie zu so etwas imstande sein könnte. Zu so etwas Abartigem. Einen Hund zerstückeln. Nicht töten, nein – in Stücke schneiden! Aber nicht irgendeinen Straßenköter. Ihren eigenen Pudel, Luluca. Ich würde es selbst kaum glauben, wenn ich es erzählt bekäme. Aber ich habe sie ja damals so vorgefunden: Sie kniete auf dem weißen Plüschteppich, und um sie herum lagen lauter Teile von dem armen Tierchen – symmetrisch angeordnet, als handelte es sich um eine Art perverses Opferritual! Den Anblick werde ich so schnell nicht vergessen: Lulucas schwarzes Fell und dazu das rote Blut und der schneeweiße Teppich. Wie eine Komposition von Malewitsch, aber keine suprematistische, sondern eine diabolische. Wenn ich heute irgendwo das Auswärtstrikot vom FC Flamengo sehe, dreht sich mir der Magen um …

Na gut, das ist aber schon der Schlusspunkt unserer Geschichte. Fangen wir noch mal von vorne an. Was für ein Typ war Regina? Blond, groß gewachsen, blaue Augen, so war sie mit gut zwanzig – bildschön. Eben deshalb war ihr zu der Zeit auch alles erlaubt: Sie konnte andere Leute rüde zurückweisen, sie brauchte sich nicht darum zu kümmern, worüber in einer Unterhaltung gerade gesprochen wurde, wie sie auch keinen Gedanken darauf verschwendete, sich in sonst irgendeiner Hinsicht weiterzuentwickeln – alles, was sie konnte und wollte, war gut aussehen. Wer wollte ihr vorwerfen, dass sie sich den Schönheitskult unserer Zeit zunutze machte? Sie war jung und dazu erzogen, die Rolle der Muse zu übernehmen, als wäre es die natürlichste Sache der Welt. Bis weit über die dreißig gelang ihr das auch ohne größere Schwierigkeiten. Sie legte einfach mehr Make-up auf, trug einen immer tieferen Ausschnitt, immer höhere Absätze und schaffte es so weiterhin, die Verkehrspolizisten dazu zu bringen, ihr keinen Strafzettel zu verpassen, obwohl sie in zweiter Reihe parkte und den Verkehr blockierte. Und ein Lächeln von ihr war immer noch heißbegehrt, zwar nicht mehr von den heftig umworbenen Junggesellen der High Society, dafür aber von den Heerscharen von Männern, die von einer Frau wie Regina kaum zu träumen wagen. Machen Sie sich nichts vor, meine Herren – Frauen, die von früh auf einzig und allein zum Nichtstun und Schönsein erzogen worden sind, umgibt eine geradezu mystische Ausstrahlung. Wie Orchideen oder edle Vollblüter können sie noch so kapriziös in ihren Ansprüchen sein, es wird immer jemanden geben, der sie hingebungsvoll und nicht weniger kapriziös verwöhnt.

Nicht dass Regina inmitten all dieser kostbaren Gewächse keine Triumphe gefeiert hätte – auf dem Höhepunkt ihres Ruhmes wies sie gleich mehrere Heiratsanträge zurück, die egal welche andere junge Frau ihrer Generation mit Kusshand angenommen hätte: Baby Nabuco de Araújo lag ihr jahrelang zu Füßen. Miguelzinho Lamounier machte ihr wild entschlossen den Hof, bis er es irgendwann aufgab und mit Patsy (die ihrer Rivalin trotzdem niemals verzieh) vor den Altar trat. Selbst der große Vinícius Bandeira de Mello widmete ihr im Jahr, bevor er starb, ein leidenschaftliches Gedicht. Einer wie der andere wurden sie von Regina abgewiesen. Unendlich verwöhnt, wie sie war, verwandelte sich ihr maßloses Selbstgefühl irgendwann in blinde Selbstüberschätzung. Gegen alle Übel der Welt abgesichert, konnte sie sich den Luxus erlauben, sich ihre kindliche Einfalt zu bewahren. So setzte sie es sich in den Kopf, wenn, dann nur aus Liebe zu heiraten. Als sie einmal einige Zeit in Paris verbrachte, lernte sie den Fotografen Raoul Gautier kennen, den Vater ihres ältesten Sohns; drei Jahre hielt sie es mit ihm aus, ertrug selbst seine schlimmsten Laster, opferte ihre Jugend auf dem Altar seiner tyrannischen Raserei, bis ihr schließlich die Freiheit wiedergeschenkt wurde: auf einem Flug von Bukarest nach Arad stürzte die einmotorige Maschine mit ihrem Mann an Bord ab. Von dessen Körper blieb nichts übrig, was man hätte aufsammeln können. Trotzdem reiste Regina nach Rumänien, weil sie den Unfallort in Augenschein nehmen wollte, was ihr jedoch – zu Zeiten des Kalten Krieges – von den Behörden verweigert wurde. Damals tat sich ein Riss in ihrem Inneren auf, ein Riss zwischen der, die wir kannten, und einer anderen, so neuen wie überraschenden Regina. Ein Riss, dem sie insgeheim den Namen Arad gab.

Als sie nach Brasilien zurückkehrte, war sie immer noch sehr verwirrt. Anfangs gestand man ihr das noch zu, schließlich trauerte sie. Dass eine junge Frau, die gerade erst Witwe geworden war, ihre Gefühle nicht vollkommen im Griff hatte, schien nur normal. Eine Weile lebte sie bei ihrer Mutter, die sie und ihren kleinen Sohn in dieser schwierigen Zeit unter die Fittiche nahm. Alle anderen Menschen, mich eingeschlossen, hielt sie sich damals möglichst vom Leib. Nach mehreren Monaten stellte sie sich jedoch der neuen Lage. Sie war jetzt 29, immer noch auf dem Höhepunkt ihrer stolzen Schönheit, und es dauerte nicht lange, bis sich die ersten neuen Bewerber einstellten. Auch wenn ihre jugendliche Frische ein wenig welk geworden war, hatte sie durch die an der Seite des launischen Raoul zugebrachte Zeit eine geheimnisvoll-leidende Ausstrahlung hinzugewonnen, die sie nur umso anziehender machte. Zur kalten Vollkommenheit ihrer geradezu nordischen Gesichtszüge trat nun eine Zerbrechlichkeit, die in ihrem Gegenüber Beschützerinstinkte weckte und sie endgültig unwiderstehlich machte. Sie war nicht mehr das eigensinnige kleine Mädchen von früher. Sie ließ sich von einer ansehnlichen Auswahl der besten auf dem Heiratsmarkt verfügbaren Männer umschwärmen, bis sie schließlich Sérgio Castro de Almeida den Vorzug gab. Er war der Besitzer des gleichnamigen Baukonzerns und sechzehn Jahre älter als sie. Dieses Mal war es keine Liebesheirat, was den Ausschlag gab, waren moralische und materielle Gründe, Sérgio schien am ehesten geeignet, ihr und ihrem Sohn stabile Verhältnisse zu bieten, er war geduldig und liebevoll, und Regina hielt es nicht für ausgeschlossen, dass sie lernen könnte, ihn wenigstens ein bisschen zu lieben.

Ihre zweite Ehe verlief in vorbildlicher Normalität. Während der folgenden fünfzehn Jahre bestätigte Regina stets aufs Neue das Erscheinungsbild, das ganz Rio von ihr kennen und schätzen gelernt hatte. Sie nahm aktiv am Gesellschaftsleben teil, war ebenso häufig Gastgeberin wie bei

anderen zu Gast, drückte dem ausgewählten Bekannten-
kreis, der unser Milieu auszeichnet, ihren eigenen, eleganten
Stempel auf. Sie bekam noch zwei Kinder, die sie, zusammen
mit ihrem Sohn aus erster Ehe, gemeinsam mit Sérgio groß-
zog und auf einen guten Weg brachte. Den Ältesten, Theo,
führte seine Ausbildung nach Europa, wo er an der Londo-
ner Royal Academy of Dramatic Arts studierte; er hatte die
künstlerische Ader des Vaters geerbt. 1992 kam es jedoch
zur zweiten Katastrophe in Reginas Leben. Es begann mit
dem Skandal um die Firma ihres Mannes, der die Titelseiten
sämtlicher Tageszeitungen füllte und mit dem Zusammen-
bruch des Unternehmens endete. Die Vorwürfe, es habe
geheime Absprachen mit der staatlichen Entwicklungsbank
gegeben – das Land wurde damals von Fernando Collor de
Mello regiert –, wurden nie endgültig aufgeklärt, die Aufregung war jedoch groß genug, um Sérgio in den Selbstmord
zu treiben. Das war das Startsignal für die politischen Fein-
de ihres Mannes, die umgehend in Aktion traten. Regina
musste hilflos mit ansehen, wie der gesamte Besitz der Familie gepfändet wurde. Das Einzige, was ihr blieb, war die
Wohnung, in der sie damals lebte, und die Rente ihres Vaters. Natürlich konnte sie auf die Unterstützung ihrer Freunde zählen, und das waren nicht wenige, so viele allerdings
auch wieder nicht, wenn man allein die Unmengen von Leuten bedenkt, die die riesigen Feste besucht hatten, die beinahe ständig in dem berühmten Penthouse an der Ecke
Delfim Moreira und Cupertino Durão gefeiert wurden.

Die Leute zeigten durchaus Verständnis für Reginas Lage. Erfreulicherweise kann ich sagen, dass niemand so ge-
schmacklos war, sie nur wegen der hässlichen Geschichten,
die mit ihrem verstorbenen Mann zu tun hatten, aus seinem

Adressbuch zu streichen. Zumindest anfangs. Aber als immer schlimmere Details ans Licht kamen, wurde es allmählich still um sie. Immer weniger Freundinnen riefen jetzt noch an. Und es kam kaum mehr vor, dass der Briefträger Einladungen bei ihr ablieferte. Als ein Jahr vergangen war, war nur noch ich übrig, niemand sonst. Regina schaffte es nicht, so viele so plötzlich auftretende Veränderungen zu verarbeiten. All die Jahre, die sie nur damit beschäftigt gewesen war, sich um die Kinder und die Verpflichtungen ihres intensiven gesellschaftlichen Lebens zu kümmern, hatte sie gar nicht bemerkt, wie die Zeit vergangen war. Als sie irgendwann ohne Geld, ohne eine angesehene Stellung, vor allem aber – was am schlimmsten war – ohne ihre frühere Schönheit dastand, verfiel sie in eine tiefe Depression. Ihr Benehmen wurde immer seltsamer. Manchmal schloss sie sich tagelang in ihrer Wohnung ein. Sie vergaß, sich um die grundlegenden Bedürfnisse der Kinder zu kümmern. Trotz meiner Bemühungen zogen beide schon bald zur Großmutter. Alicinha war damals 14, Serginho 12. Sie hätten unmöglich in dieser bedrückenden Umgebung bleiben können. Mit dem Auszug der Kinder aus der gemeinsamen Wohnung verschlechterte sich Reginas Zustand dramatisch. Irgendwann schien sich der Riss, der sich schon zuvor in ihrer Seele aufgetan hatte, in einen unüberwindlichen Abgrund verwandelt zu haben.

Eines Tages traf ich sie zu Hause dabei an, wie sie eine Collage aus Fotos an einer Kork-Pinnwand anbrachte. Es handelte sich um Polaroid-Aufnahmen von Unbekannten, die offenbar in den siebziger Jahren in Rumänien entstanden waren. Ohne irgendwelche Fragen zu stellen, sah ich zu, wie sie mit aberwitziger Präzision zu Werk ging, wobei sie einer für sie offensichtlich sonnenklaren, für jeden anderen jedoch nicht nachvollziehbaren Vorgehensweise folgte. Ihr Sternzeichen war übrigens Jungfrau, wie ich noch nachtragen muss. Nach einiger Zeit schien sie mit dem Ergebnis ihres Tuns zufrieden, es handelte sich um ein Mosaik aus Gestalten, die auf tragikomische Weise zusammengefügt waren, manche waren horizontal, andere sogar mit dem Kopf nach unten befestigt. Bis auf ein kleines Quadrat in der rechten unteren Ecke war die gesamte Korkfläche mit Fotos bedeckt. Als ich fragte, warum sie ausgerechnet diese Stelle freigelassen habe, lächelte sie, gab mir durch eine Handbewegung zu verstehen, ich solle einen Augenblick warten, und verschwand im dunklen Wohnungsflur. Als sie wiederkam, hielt sie ein kleines Stück Pappe in der Hand, genau in der Größe der noch unbedeckten Stelle, wo sie die Pappe nun einfügte. Dann nahm sie die Korktafel von dem Tisch, auf dem sie bis dahin gelegen hatte, und hielt sie mir triumphierend entgegen, allerdings ohne ein Wort zu sagen. Auf der Pappe stand, feinsäuberlich geschrieben, nur das Wort Arad. Von da an kümmerte ich mich täglich um Regina, und wir waren uns nie so nah wie innerhalb des Niemandslands, das sich damals zwischen ihr und ihr selbst auftat. Diejenigen, die an dieser Geschichte nicht persönlich Anteil hatten, bekamen von alldem eigentlich nur die Sache mit den Drogen mit. Regina wusste selbst, dass sich alle, sogar Mitglieder ihrer Familie, hinter vorgehaltener Hand erzählten, das Kokain trage die Schuld an ihrer Zerrüttung. Was für eine dumme Lüge! Kokain hat sie nie genommen. Was irgendwelche chemischen Substanzen angeht, so kann ich, die ich die ganze Zeit dabei war, sagen, dass sie eine viel kleinere Rolle gespielt haben, als die anderen sich einbilden.

Heutzutage hat man sich seltsamerweise angewöhnt, die Drogen für alles Unheil dieser Welt verantwortlich zu machen – das ist so, als würde man einer Waffe die Schuld an einem Mord geben wollen.

Dabei lag es nicht an irgendwelchen Drogen oder Medikamenten, dass es immer wieder zu Krisen kam. Im Gegenteil, die sich häufenden Krisen machten ein medizinisches Eingreifen nötig. Zunächst erfolgten diese Krisen nur nachts. Beim ersten Mal erinnerte Regina sich hinterher, dass sie von einer Skulptur geträumt hatte. Genauer gesagt, von einer Skulpturengruppe. Noch genauer, vom Grabmal eines französischen Königs aus dem Mittelalter, aus der Zeit des 13. Jahrhunderts. Es handelte sich um ein Königspaar, das von Engeln, mehreren Truhen und von Hunden umgeben war. Aus einem Marmor, der mit der Zeit eine gelbliche Färbung angenommen hatte. Im Traum war Regina eine Kunsthistorikerin gewesen, die man beauftragt hatte, das Geheimnis dieser gerade erst in den Ruinen einer verlassenen Kapelle entdeckten Komposition zu enträtseln. Jedes Mal war Regina in diesen Träumen eine unangefochtene Autorität auf einem Gebiet, das mit verborgenem Wissen zu tun hatte: Archäologie, Kunstgeschichte, Religionswissenschaft. Eine unangefochtene, vor allem aber weltberühmte Autorität. Eine Heldin wie aus einem »Indiana Jones«-Film: gutaussehend, eine Meisterin ihres Fachs, imstande, auch härteste Schläge wegzustecken, dabei aber doch gerade so verletzlich, dass es den entsprechenden Menschen nicht entgeht. Sie wusste noch, dass sie vor einer Gruppe von Gelehrten und Schatzsuchern gestanden hatte, die, wenngleich in tiefes Nachdenken versunken, doch kurz davor waren, ihr Urteil über die vier Truhen abzugeben, die das Königspaar umgaben – als ihr plötzlich bewusst geworden war, dass sie sich alle zusammen im Inneren einer Krypta befanden. Eine dieser plötzlichen Erkenntnisse, wie sie typisch für das Erleben im Traum sind. Natürlich waren sie in einer Krypta, wo sonst sollte ein derartiges Grabmal zu finden sein? Trotzdem hatte die bis dahin nur vage umrissene Vorstellung unversehens feste Formen angenommen und die traumhafte Szenerie sich mit der beklemmenden Dichte und erstickenden Unmittelbarkeit eines Stücks Urwald erfüllt, in dem es von Lianen, Schlangen und Fröschen wimmelt.

Regina war erschrocken aus dem Schlaf gefahren. Unter dem dicken Federbett und der Überdecke war sie völlig verschwitzt. Heftig strampelnd hatte sie die Decken abgeschüttelt und am Fußende des Bettes zu einem Knäuel zusammengeschoben, das ihr dann wie ein riesiger Sandhaufen vorgekommen war, der noch eben auf ihrem Sarg gelastet hatte. Ihre Todesstunde war gekommen. Sie hatte einen heftigen Druck auf der Brust verspürt, genauer an den Stellen, wo die Arme in den Leib eingefügt sind. Als ob eine unsichtbare Kraft im Begriff gewesen wäre, genau dort ebenso zielgerichtet wie überwältigend Druck auszuüben, eine Art mechanischer Presse, die auf Gewichte bis zu 1000 Tonnen ausgelegt war und ihren Angriffspunkt so exakt ins Visier nahm wie eine Chirurgennadel. Der Schweiß war ihr in Strömen hinuntergelaufen, weshalb sie begonnen hatte, Stück für Stück die Kleider auszuziehen, zunächst das Schlafanzugoberteil, dann die Strümpfe, dann die Schlafanzughose. Als sie bloß noch den Slip angehabt hatte, war ihr klargeworden, dass ihr auf diesem Weg nicht kühler werden würde. Die Hitze drang von außen auf sie ein, wie sie irgendwann begriff. Woraufhin sie sich im Bett aufgesetzt, das Licht angemacht und sich umgesehen hatte. Und tatsächlich, dort drüben loderte die Glut von Raouls verkohltem Körper, umringt von winzigen rumänischen Bauern, die den besiegten Riesen in ihre Mitte genommen hatten und einen Kreistanz aufführten, bei dem sie immer wieder kleine Stücke von ihm abbissen wie kannibalische Liliputaner bei einem gigantischen Grillfest. In diesem Augenblick hatte sie begriffen, dass sie immer noch träumte beziehungsweise dass sie, aus einem Traum erwacht, sogleich in den nächsten geraten war.

Da war sie wirklich aufgewacht. Doch kaum hatte sie ermessen, welche Panik sie bei dem vorausgegangenen Anblick erfasst hatte, war es mit dem kurzen Moment der Klarheit auch schon wieder vorbei; an deren Stelle verspürte sie nun den unwiderstehlichen Drang, sich zu bewegen. Wie eine Katze in einem Zeichentrickfilm, die erst mit grotesker Verspätung bemerkt, dass ihr Schwanz in Flammen steht, war sie aus dem Bett gesprungen und aufgeregt im dunklen Zimmer hin und her gelaufen. Dabei wich sie mit schmerzhafter Anspannung den Möbeln und sonstigen Gegenständen aus, deren Verteilung im Raum sie blind hätte beschreiben können, so vertraut war sie ihr. Plötzlich hatte sie das Gefühl gehabt, unbedingt frische Luft atmen zu müssen, weshalb sie die Klimaanlage ausgestellt und das Fenster geöffnet hatte, was aber nicht reichte, wie sie bald hatte feststellen müssen. Also war sie durch die ganze Wohnung galoppiert und hatte überall – trotz der Hektik völlig geräuschlos – Fenster und Türen aufgerissen. Doch auch das hatte nicht gereicht. Also war sie in den Aufzug gestiegen und, unten angekommen, an der Portiersloge vorbei und auf die Straße hinausgelaufen. Als man sie aufgriff, war sie splitternackt mitten auf der Rua General San Martin unterwegs. Damals wurde sie zum ersten Mal in die Psychiatrie eingewiesen.

Sobald der behandelnde Arzt die Möglichkeit in Aussicht stellte, sie könne entlassen werden, erklärte ich ohne Zögern meine Bereitschaft, mich um sie zu kümmern. Seither waren wir unzertrennlich. Wer unser Zusammenleben beobachtet hätte, hätte meinen können, Regina und ich seien ein und dieselbe Person. Ich zog mit all meinen Sachen bei ihr ein, darauf eingestellt, eine lange Zeit dort zu bleiben. Was wäre ohne mich aus ihr geworden? Meinerseits fühlte ich mich inzwischen nur noch dann sorgenfrei und ganz bei mir, wenn ich in ihrer Nähe war. Die Rückkehr nach Hause und die Tatsache, dass ich ihr von nun an nicht mehr von der Seite wich, bewirkten zunächst eine Verbesserung ihres Zustands. Mehrere Wochen kam es zu keiner neuen Krise. Es ging ihr sichtlich besser. Sie achtete wieder auf ihr Äußeres, ließ sich die Haare schneiden, kaufte neue Kleidung. Nach zwei krisenfreien Monaten besuchte sie die Kinder im Haus ihrer Mutter. Alle zeigten sich begeistert davon, wie gut sie sich erholt hatte. Sogar ich glaubte, dass ich sie schon bald wieder sich selbst würde überlassen können und dass sie dann imstande wäre, ein normales Leben zu führen.

Damals stand sie kurz vor ihrem 50. Geburtstag. Sie beschloss, ihn groß zu feiern, auch weil nun ein neues Leben beginnen sollte. Ich war mir nicht sicher, ob das tatsächlich eine gute Idee war, aber sie war so begeistert, dass ich nicht wagte, ihr zu widersprechen. Wir machten eine Gästeliste, gleich darauf eine zweite, gaben ein Buffet in Auftrag, und sie organisierte sogar einen DJ, den Neffen einer Freundin von ihr, wenn ich mich richtig erinnere. Genauer gesagt, fast hätte sie einen DJ organisiert. Die Sache passierte, während ich beim Einkaufen im Supermarkt war. Als ich zurückkam, hörte ich laute Hilferufe, offensichtlich stammten sie von einem Mann, der wie wild auf die Küchentür einhämmerte. Während ich tief erschrocken davorstand, dachte ich zuerst, es handele sich um einen Einbrecher. Jemand hatte den Türriegel zugeschoben und einen anderen Menschen in der Küche eingesperrt. Ich wollte schon die Polizei oder wenigstens den Hausmeister holen, doch dann sagte ich mir, ein Einbrecher würde sich wohl kaum selbst in der Küche einschließen und dann lautstark um Hilfe rufen. Also schob ich den Riegel zurück und öffnete die Tür. Daraufhin erschien ein gut zwanzigjähriger Mann mit einem Ausdruck der Verzweiflung im Gesicht, wie ich ihn noch nie gesehen hatte. Offenbar war er schon seit Stunden dort eingeschlossen. Er warf mir einen vernichtenden Blick zu, schnappte sich seinen kleinen quadratischen Koffer, der auf dem Boden lag, ging zur Wohnungstür und drückte, als er schließlich auf dem Gang stand, auf den Aufzugsknopf. Während er auf die Ankunft des Fahrstuhls wartete, sagte er böse:

»Eigentlich müsste ich Sie anzeigen, aber Sie tun mir einfach nur leid …«

Dann betrat er die Aufzugkabine und verschwand. Ich habe nie erfahren, wie er hieß. Von Regina war während alldem nichts zu sehen. Sie hatte sich irgendwo so gut versteckt, dass man hätte meinen können, es gebe sie gar nicht mehr. Als sie schließlich wieder auftauchte, bekam sie sich schier nicht ein vor Lachen. Dass sie den armen Kerl eingesperrt hatte, empfand sie als einen unglaublich gelungenen Streich.

Natürlich erklärte ich die Geburtstagsvorbereitungen für beendet. Regina bekam einen Wutanfall, sie sagte, das sei ihr Fest, sie werde machen, was sie wolle, und ich hätte nicht über sie zu bestimmen. Sie benahm sich wie ein trotziges Kind. Sie schrie, heulte, stampfte mit dem Fuß auf und hüpfte zuletzt eine geschlagene Viertelstunde auf dem Sofa auf und ab und sang dabei unaufhörlich: *»It's my party, and I'll cry if I want to. You'd cry too if it happened to you.«* Man hätte darüber lachen können, wäre es nicht so peinlich gewesen. Ich ließ sie sich ein Weilchen austoben, sagte ihr aber, wenn sie sich weiter so benehme, zwinge sie mich, den Psychiater anzurufen. Ich gab ihr zu verstehen, dass dieser eine erneute Einweisung anordnen werde. Angesichts dieser Drohung gab sie nach. Wortlos verschwand sie in ihrem Zimmer, aus dem sie während der nächsten zwei Tage bloß wieder herauskam, um auf die Toilette oder in die Küche zu gehen. Danach spitzte sich die Lage immer mehr zu. Jedes Mal, wenn ich von einer Besorgung nach Hause zurückkehrte, hatte sie irgendetwas Verrücktes angestellt. Einmal hatte sie sämtliche Gardinen in der Wohnung ausgetauscht. Ein anderes Mal hatte sie die Obstschale, die immer auf dem Esstisch stand, mit Kot von Luluca gefüllt. Ein drittes Mal hatte sie alle Gläser zerschmettert. Meine größte Sorge war in diesem Fall, sie könne sich verletzen, denn die ganze Wohnung war voller Scherben und Glassplitter. Nichts von alldem hätte mich jedoch auf den grausigen Anblick vorbereiten können, den ich zu Beginn dieser Erzählung geschildert habe. Unsere liebe Regina, einst Ballkönigin im Copacabana Palace, mit blutverschmierten Händen – vom Blut ihres eigenen Hundes – und einem irren Flackern im Blick. Als sie mich zur Tür hereinkommen sah, schreckte sie nicht einmal davor zurück, mich zur Begrüßung anzubellen: »Wau wau!«

Ihr zweiter Aufenthalt in der Psychiatrie dauerte wesentlich länger, insgesamt fast zwei Jahre brachte sie diesmal dort zu. Um das Geld für die Behandlung aufzubringen, musste das Penthouse samt einem Großteil des Mobiliars verkauft werden. Als Ersatz erwarb man eine kleinere Wohnung in der Rua Rainha Guilhermina, für die Zeit nach ihrer Entlassung. Vorsichtshalber wurde diese jedoch Reginas Kindern überschrieben. Am Ende der Behandlung war sie weitgehend wiederhergestellt. Die Möglichkeiten der modernen Medizin wurden damals von Tag zu Tag umfangreicher – man konnte jedenfalls behaupten, dass man in ihrem Fall die Sache durchaus im Griff hatte. Oder wie ihr behandelnder Arzt sagte: Heilbar ist ihre Erkrankung nicht, aber bei sorgfältiger Kontrolle wird sie doch ein weitgehend normales Leben führen können. Ich blieb die ganze Zeit an ihrer Seite, dass sie niemals wieder ganz allein würde leben können, nahm ich hin. Solange sie, was die Einnahme von Medikamenten anging, richtig »eingestellt« war, machte sie kaum Schwierigkeiten. Sie war allerdings bloß noch ein Schatten ihrer selbst – der Freundin, die ich so geliebt hatte. Die anfängliche Begeisterung darüber, dass sie wieder außerhalb der Klinik leben konnte, wich schon bald dem Gefühl, ihren neuen Anblick nicht ertragen zu können: Sie wirkte innerlich gebrochen, ohne jeden Antrieb. Nach sechs, vielleicht sieben Monaten hörte sie auf, ihre Medikamente zu nehmen. Natürlich entging mir das nicht, ich wagte aber nicht, ihr deshalb Vorwürfe zu machen. Mit all diesen Medikamenten konnte man ihr Leben nicht als Leben bezeichnen, so viel war klar. Wir kamen gewissermaßen zu einer stillschweigenden Übereinkunft, schlossen einen geheimen, weitreichenden Pakt, der unser beider

Schicksal für immer verbinden sollte. Das geschah ohne alles Reden, wir brauchten darüber kein Wort zu verlieren. Wir verstanden uns auf einer anderen Ebene, die mit dem üblichen Sprechen nichts zu tun hatte.

Nach kaum einer Woche waren die Folgen ihres Entschlusses unübersehbar: Sie war hypernervös, und in ihrem Blick flackerte erneut der wilde Wahn wie auf dem Höhepunkt der letzten großen Krise. Etwas Schlimmes lag in der Luft, etwas, was erneut zur Einweisung in die Klinik führen würde, diesmal vielleicht für immer. Da nahm ich meine ganze Kraft zusammen und tat, was getan werden musste. Ich löschte Regina aus, ich nahm all meine Liebe zu ihr zusammen und erstickte sie. Sie leistete keinerlei Widerstand, nicht im Geringsten. Sie ließ es einfach geschehen, ja half geradezu mit, es zu Ende zu bringen. Seither ruht sie sanft. Sieben Jahre sind mittlerweile vergangen. Ihre Kinder kommen regelmäßig zu Besuch, sie nennen mich Mama und behandeln mich so liebevoll und zärtlich, wie es ihnen mit Regina nie möglich war. Der Älteste, Theo, ist Filmproduzent geworden. Er ist seinem Vater wie aus dem Gesicht geschnitten – seinem Vater als jungem Mann. Alicia arbeitet in der Modebranche. Sie ist verheiratet und hat ein Töchterchen, Júlia – meine Enkelin, wie die anderen sagen. Und auch der kleine Sérgio ist inzwischen erwachsen. Er arbeitet als Anwalt in einer der wichtigsten Kanzleien von Rio. Ich weiß, Regina wäre stolz auf sie, so stolz wie ich auf sie bin. Ich weiß, dass viele sich fragen, ob ich sie nach all den Jahren, in denen wir so eng zusammengelebt haben, nicht vermisse. Natürlich vermisse ich sie! Manchmal glaube ich beim Blick in den Spiegel ihr Gesicht zu sehen. Regina wird immer ein Teil von mir sein.

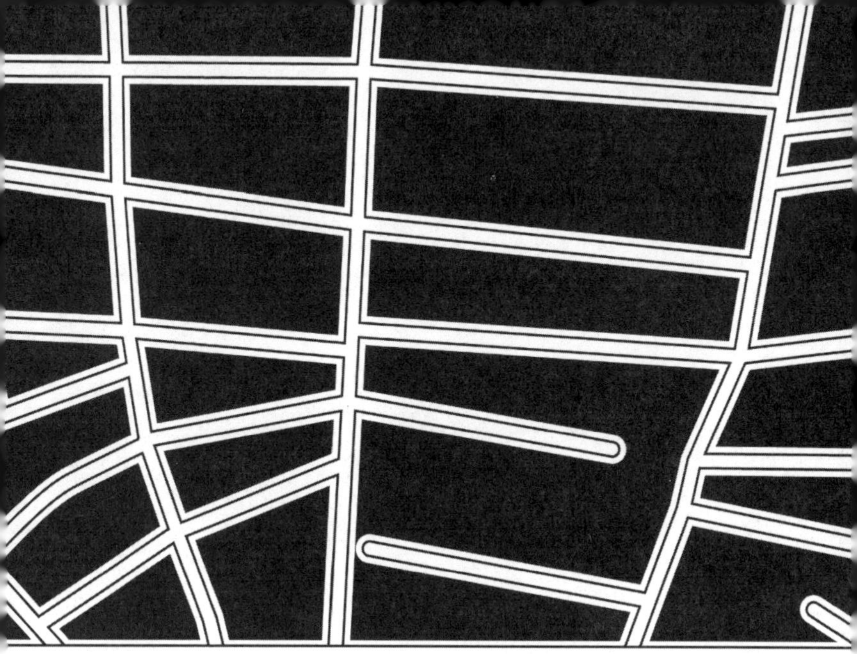

Carmem, Botafogo, 47

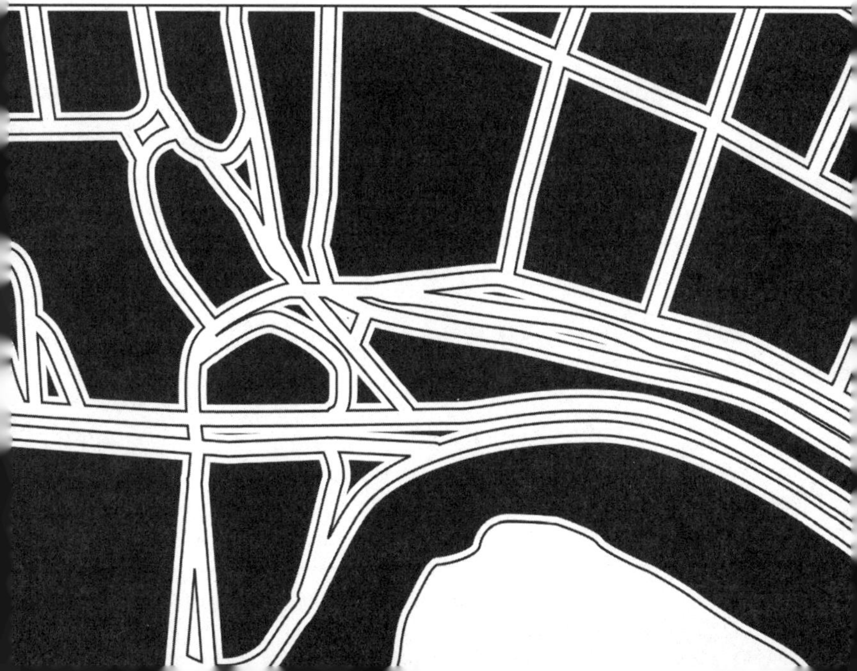

Bei der Hitze kann doch kein Mensch schlafen. Da schmelzen einem ja die Kaugummis in der Tasche. Und wo wir gerade von Kaugummis sprechen: Wusstest du, dass die mit Maracuja-Geschmack, von Trident, nicht mehr hergestellt werden? Tja ja, auf einmal gab's die, und Kaugummifans wie ich waren begeistert! Und ebenso plötzlich waren sie wieder verschwunden, einfach so, ohne Vorwarnung. So ein Schwachsinn – erst machen sie einem eine Freude, schenken einem was Schönes, bis man es immer wieder haben will, und dann lassen sie dich im Regen stehen. Genau wie die Männer. Hahahahaha! Ob da vielleicht eine geheime Lehre drinsteckt? Oder wenigstens ein Witz? Mal sehen, vielleicht lässt sich das anders sagen, so dass was Lustiges dabei rauskommt: »Männer sind wie Kaugummis, wenn du anfängst, drauf rumzukauen, sind sie superlecker, aber irgendwann sind sie bloß noch zum Kotzen.« Nee, so nicht. Ich versuch's noch mal: »Männer sind wie Kaugummis, wenn du einen willst, ist keiner da, und wenn du keinen willst, klebt er dir an der Schuhsohle.« Nee, so erst recht nicht. Ich hab einfach kein Talent für so was. Aber neulich hab ich einen super Spruch im Internet gelesen: »Männer sind wie Pappbecher, du brauchst nur Bier reintun, und schon kannst du sie abschleppen.« Der ist cool, oder?!

Upps, ich hab mich gar nicht vorgestellt: Freut mich, ich heiße Carmen. Ich bin 47 (aber mit dem Körper einer 46-Jährigen … hahahahaha!) Ich bin Handelsvertreterin. Besser gesagt, ich war Handelsvertreterin. Bis letzte Woche. Jetzt bin ich ne erstklassige Arbeitslose. Ich hab bei einer Firma gearbeitet, die Knabberzeug vertreibt, für Supermärkte, Bars, Imbissstände – Erdnüsse, Chips, Oliven, lauter so Sachen, in diesen kleinen Tütchen, die normalerweise gleich neben der Kasse liegen. Die meisten können sich das gar nicht vorstellen, aber das ist ein heiß umkämpfter Markt. Mit zigtausend Verkaufsstellen, die Firmen tun alles, damit da bloß ihre Sachen liegen, exklusiv, verstehst du? Das war genau die Aufgabe meiner Firma: Die vertritt hier in Rio zwei Hersteller aus São Paulo. Du glaubst gar nicht, um wie viel Kohle es dabei geht. Der Besitzer, Doktor Otávio, ist schwerreich! Also, der hat natürlich auch noch bei jeder Menge anderer Geschäfte die Finger im Spiel. Der Mensch lebt nicht von Snacks allein … hahahahaha! Und wie alle Reichen ist er auch ein ganz schöner Gauner. Irgendwann ist dann was schiefgegangen, und er musste drei Leute entlassen. Hatte irgendwas mit der Steuer zu tun. Er hat sich einen Monat Aufschub erbeten, angeblich um das mit den Auflösungsverträgen hinzukriegen, soll heißen: Bis jetzt hat keiner sein Urlaubsgeld bekommen, und die Abfindungen stehen auch noch aus, aber wir schauen ihm genau auf die Finger. Die Mühlen der Justiz mahlen langsam, aber sie mahlen … Falls nötig, jagen wir dem ne Untersuchungskommission auf den Hals!

Obwohl – eigentlich hab ich gern da gearbeitet. Manchmal musste ich mich selbst aufmachen und vor Ort irgendwelche Probleme mit den Verkäufern regeln, das hab ich gehasst, aber die meiste Zeit bin ich im Büro gesessen und hab telefoniert, und telefonieren tu ich für mein Leben gern. Das Büro ist in einem Gebäude an der Avenida Copa, im zweiten Stock, über dem Siqueira-Campos-Einkaufszentrum. Da bin ich normalerweise den ganzen Tag am Fenster gesessen und hab den Leuten zugesehen, die unten vorbeilaufen. Das war wirklich schön. Und Doktor Otávio ist auch sehr anständig, trotz allem. Am Jahresende hat er immer alle Angestellten zu sich nach Hause eingeladen, zur Grillparty bei ihm in Itanhangá. Das Haus hättest du sehen sollen, ein richtiger Palast! Seine Frau ist ein bisschen nervig, so eine aufgebrezelte Tussi, weißt du. Sie heißt Yvete. Aber mir macht die nichts vor mit ihrem eleganten Getue. Außerdem – die zieht ganz schön was weg, uiuiui. Eine Säuferin vor dem Herrn. Und um die Nase rum sieht man bei ihr schon lauter Äderchen. Das kenn ich von mir selbst nur zu gut. Dagegen hilft auch die beste Operation nicht. Und der Sohn von den beiden, oje, der ist ein Kapitel für sich. Meine Kollegin hat immer gesagt, der ist ein totaler Aufreißer. Ich selber hab ihn nie kennengelernt. Aber wozu über andere reden? Das alles ist jetzt Vergangenheit. Aus und vorbei, Schnee von gestern.

Heute hat meine Kusine angerufen und gefragt, ob ich sehr deprimiert bin, weil ich den Job nicht mehr hab. Natürlich bin ich nicht gerade begeistert, aber falls du glaubst, das haut mich um, hast du dich gründlich getäuscht. Ich bin nicht der Typ Frau, der so schnell aufgibt. Weg mit dem Frust! Meine Kusine, die Ärmste, ist das genaue Gegenteil von mir. Die ist wirklich eine komplizierte Frau. Sie nimmt immer alles wahnsinnig ernst, verstehst du, was ich meine? Zurzeit ist mal wieder Krise mit ihrem Mann angesagt, sie bildet sich nämlich ein, dass er sie betrügt. Sie sagt, sie hat in seiner Hosentasche die Telefonnummer von einer Frau gefunden. Warum betrügst du ihn nicht einfach auch?, hab ich sie gefragt. Und ich bin mir sicher, dass sie genau das am Ende machen wird. So sind nun mal Skorpione, mein Lieber ... Vorsicht, giftiger Stachel! Dabei sollte sie sich lieber aufraffen und sich von ihm trennen, die Ehe von den beiden hat doch überhaupt keinen Sinn mehr. Mir gefällt ihr Mann sogar. Er ist ein netter Typ, aber man sieht den beiden an, dass sie schon ewig nicht mehr miteinander geschlafen haben. Sie sollten endlich aufhören mit dem Theater. Aber so ist sie eben: Bloß nicht den Dingen ins Auge sehen. Da kann sie noch so unglücklich sein, nie würde sie von sich aus etwas an ihrem Leben ändern. Stattdessen stopft sie sich mit Süßigkeiten voll. Neulich hab ich zu ihr gesagt: »Renata, allmählich wirst du ein bisschen dick!« Sie wär fast tot umgefallen.

Huch, wie spät ist es eigentlich? Ich vertreib mir hier bloß die Zeit, bis ich nach Haus gehen und den Fernseher einschalten kann. Ja klar, die Parade! Die fängt immer dermaßen spät an, ist doch wahr. Aber ich liebe es, wenn die ganzen Sambaschulen aufmarschieren. Das lass ich mir nicht entgehen. Manche Leute gehen ja lieber ins Sambodrom, mir egal, mir gefällt es viel besser von zu Hause aus. Brauch ich das, dieses Gedränge? Lauter verschwitzte Leute, die sich um einen Stehplatz in der Gluthitze prügeln, und dann fährt dir ein Bierverkäufer mit seinem Karren über den Fuß – und schreit dabei »Skol, Skol, Skol, Skol, Skol!« Hahahahaha! Und dieser Gestank nach Pisse rund ums Sambodrom? Das braucht sich wirklich niemand antun! Ein paar Mal bin ich mit einer Sambaschule mitgelaufen, zweimal mit der São Clemente, einmal mit den Caprichosos und dreimal mit der Portela. Blau-weiß sind meine Farben, für immer und ewig. Los Leute, und jetzt alle zusammen: »Mein Leben, das hat der Fluss erfasst, und mein Herz ist auf und davon.« Das isses! Jawohl! Ich bin verrückt danach. Um nichts in der Welt lass ich mir das entgehen. Trotzdem mach ich es mir heute lieber zu Hause gemütlich. Hier hab ich mein Sofa, meinen Kühlschrank und meine saubere Toilette – und das soll ich eintauschen gegen eine Sitzbank aus Beton, einen Pappbecher voll dreckigem Wasser, und wenn ich mal muss, heißt es Schlange stehen vor einem Plastikklo? Dafür bin ich zu alt!

Das heißt aber nicht, dass ich mir die Parade nicht mehr ansehen würde, das wäre ja noch schöner! Wenn eine Sambaschule nach der anderen ins Sambodrom einzieht, das finde ich jedes Mal dermaßen toll! Für mich ist das das Schönste am ganzen Karneval. Komisch, aber selber bei einem Karnevalsblock mitlaufen, dazu habe ich nie so richtig Lust. Dieses Jahr war ich mal bei den Escravos da Mauá, letzten Donnerstag, es war okay, allerdings supervoll. Du glaubst nicht, was ich da zu sehen bekommen hab! Total irre! Wie es halt so geht beim Karneval: Ist bei einem Paar die Krise erst mal da, gibt's keinen besseren Augenblick, um sich zu trennen, du weißt schon … Also, ich stand jedenfalls vor der einzigen Kneipe mit Toilette an dem kleinen Platz, wo die von dem Block zusammenkommen, in der Nähe von der Praça Mauá. Die Schlange vor dem Frauenklo zog sich raus bis auf den Bürgersteig, und ich hab brav gewartet, dass ich an die Reihe komme. Auf einmal kam so eine Kleine angelaufen, sie hat geheult und sie hat ein bisschen so ausgesehen wie früher diese Charlestontänzerinnen, mit kurzer Perücke und einer

Perlenkette; die ging ihr ein paar Mal um den Hals. An einer Stelle war die Kette gerissen, und die Perlen saßen schon ganz locker, so als ob sie ihr gleich in den Ausschnitt fallen. Hinter ihr kam noch eine Kleine, die hat versucht, sie zu trösten; und dahinter ein Typ, der war schuld an dem Ganzen. Er hat scheinheilig gelächelt und ein Gesicht gemacht, als würde er sagen wollen: »Das ist doch nicht dein Ernst, das glaubst du doch selber nicht.« Was auch immer er gemacht hat, was Gutes war's bestimmt nicht. Und wenn er bloß ihre Freundin angegrapscht hat, nach dem Motto: »Yepa, beim Karneval ist alles erlaubt.« Die Kleine hat gar nicht mehr aufgehört mit Heulen, sie hat sich an ihre Freundin geklammert und sich überhaupt nicht mehr eingekriegt. Aber auf einmal hat sie die Freundin losgelassen und ist zu dem Typ und hat ihm eine geknallt, mitten ins Gesicht. Rumms! Mit aller Kraft. Mit dem scheinheiligen Gelächle war es jedenfalls vorbei. Aber nur kurz, denn gleich darauf hat der Typ schon wieder so ein Gesicht gemacht, also ob er sagen wollte: »Was hab ich denn gemacht? Na los, sag doch.« Und da hat sie noch mal versucht, ihm eine zu knallen, aber diesmal hat sie nicht richtig getroffen, es waren bloß so ein paar leichte Tapser an die Brust, und dann hat ihre Freundin sie weggezerrt und zu dem Typen hat sie gesagt, er soll abhauen.

Verrückt, was? Tja, Karneval eben. Am nächsten Tag hat mein Freund Valdir mich mitgenommen, zu einer Probevorführung von den Carmelitas. Und wozu das Ganze? Es war die reinste Hölle! Es gab nicht mal so viel Platz, dass man auf den Fußspitzen stehen konnte, hin und her springen und hüpfen ging schon gar nicht. Gerade einmal dreihundert Meter hab ich mich mitschleifen lassen, eingequetscht zwischen lauter Besoffenen, dann habe ich es zum Glück geschafft, da rauszukommen. Du weißt ja, wie das läuft bei diesen Karnevalblocks: einmal hier grapschen, einmal da – zuletzt bin ich mir vorgekommen wie eine Melone am Obststand, so haben die mich angegrabbelt. Eben deshalb mag ich keine Karnevalsgruppen. Und hinterher, als ich dann wieder runter in die Stadt wollte? Valdir hatte ich da natürlich längst aus den Augen verloren, und wer nimmt auf diesen verfluchten Morro de Santa Teresa schon sein Handy mit? Malerisch ist es ja dort oben, aber wohnen kann man da nicht. Nur Gringos fällt so was ein, aber die sind sowieso verrückt und ziehen wirklich lieber dahin als in den Südteil der Stadt. Am Ende musste ich zu Fuß bis runter nach Glória, da hab ich dann ein Taxi bekommen, das mich zurück in die zivilisierte Welt gebracht hat.

Ach, dieser Valdir … Du willst bestimmt wissen, wer Valdir ist, oder etwa nicht? Du bist ganz schön neugierig – war nur ein Witz, hahaha! Egal, wird sind bloß Freunde. Ich weiß, viele Leute sagen, Männer und Frauen können nicht befreundet sein. Und meistens stimmt das. Bei mir ist es ja auch so, wenn ich einen Mann irgendwie attraktiv finde, will ich auf jeden Fall mehr als nur Freundschaft. Nicht mal mit meinem Ex funktioniert das. Unmöglich. Mit dem schon gar nicht! Außer mit Bernardinho, aber das ist eine andere Geschichte. Und die ist ewig her – er war meine erste Liebe, kannst du dir das vorstellen? Aber richtige Freunde sind Valdir und ich auch nicht, also in dem Sinn, dass wir ständig zusammen unterwegs wären und so. Wir treffen uns bloß ab und zu und unterhalten uns, aber ich weiß, wenn ich ihn irgendwann mal brauchen sollte, kann ich mich auf ihn verlassen. Er ist fast so was wie ein Bruder für mich. Mit Valdir ist es einfach was anderes. Ich kenn ihn jetzt seit ungefähr zehn Jahren, zwischen uns ist noch nie was gelaufen, nicht mal ein Küsschen. Er ist einfach ein Freund, so wie ich es sage. Ich glaub, das ist so gekommen, weil wir uns kennengelernt haben, als wir beide schon in einer anderen Lebensphase waren, irgendwie reifer. Warte mal, also ich bin jetzt 47, dann muss ich so um die 37 oder 38 gewesen sein, als ich Valdir kennengelernt hab. Für ihn war es auch eine besondere Zeit, er war damals mit einer Freundin von mir verheiratet. Später haben sie sich getrennt, und ich war irgendwann mehr mit ihm als mit ihr befreundet. Wie das Leben so spielt.

Ob ich einen Freund habe? Rate mal! So was ist echt Mangelware. In meinem Alter ist es nicht so einfach, in dieser Stadt einen Mann zu finden. Einen richtigen Mann, mit zwei N, meine ich, Aufreißertypen gibt es hier mehr als genug. Dafür brauch ich bloß runter auf die Straße gehen, und sofort kommt einer und quatscht mich an. Also ich verstehe diese Typen nicht, hängen an der Straßenecke rum und rufen dir hinterher: »Hey, Süße.« Ob das wirklich funktioniert? Ob die auf die Art wirklich schon mal eine aufgerissen haben? Oh Gott! Richtige Männer findet man dagegen in Rio kaum. Erstens: Die eine Hälfte ist verheiratet, und ich gehör nicht zu den Frauen, die sich mit verheirateten Männern einlassen. Und die andere Hälfte rennt nur den jungen Dingern hinterher. Hast du schon mal einen 40-jährigen oder 50-jährigen Mann mit was anderem gesehen als einer 20- oder 25-Jährigen? Sobald eine Frau die 30 hinter sich gelassen hat, hat sie nichts mehr zu melden. Es sei denn, sie ist eine Luma de Oliveira. Aber da wird die Sache ein bisschen kompliziert, stimmt's? Ich seh nicht schlecht aus, für mein Alter bin ich echt nicht übel, finde ich. Sag du doch mal: Hab ich recht oder nicht? Aber gegen all diese knackigen Hintern und schlanken glatten Beine habe ich keine Chance. Und die Männer wollen schließlich nichts anderes. Warum ich nicht auch mit jüngeren Männern ausgehe? Ach, ich weiß nicht. Gefällt mir nicht. Doch, ich hab's schon mal ausprobiert, ein Mal. Es funktioniert nicht. Für mich muss ein Mann Erfahrung haben, ich muss ihn achten können.

Tja ja, das ist wirklich nicht so einfach, neulich habe ich mich zum ersten Mal auf ein Blind Date eingelassen, kannst du dir das vorstellen? Ehrlich! Ich war im Büro und hab gearbeitet, und auf einmal ist eine supersympathische junge Frau gekommen. Sie wollte zu Doktor Otávio. Der war gerade nicht da, und da hat sie gesagt, sie möchte auf ihn warten. Na ja, und dann haben wir angefangen uns zu unterhalten, sie hat von ihrem Job erzählt, sie hat auch im Vertrieb gearbeitet, und wir haben uns supergut verstanden. Sie sah total süß aus und hatte wahnsinnig viel Energie – ich war hin und weg. Vielleicht ist sie deshalb ein bisschen misstrauisch geworden, wie es halt so geht. Keine Ahnung, am Ende hat sie sogar gedacht, ich bin vom anderen Ufer. Irgendwann habe ich jedenfalls gesagt – für alle Fälle: »Weißt du, ich find dich total süß, aber nimm's mir bitte nicht übel, ich steh trotzdem auf Männer.« Da haben wir beide laut gelacht. Und dann haben wir uns weiter unterhalten, über alles Mögliche, bis sie irgendwann von ihrem Vater angefangen hat. Sie hat erzählt, dass er 56 ist, Anwalt, und dass er seit zwei Jahren verwitwet ist. Schließlich hab ich begriffen, dass sie mich mit ihm verkuppeln wollte. Da hab ich mir gesagt: Warum nicht? Wenn er so eine nette Tochter hat, ist er selbst vielleicht auch nicht übel. Ich hab ihr meine Telefonnummer aufgeschrieben, und sie hat sie an ihren Vater weitergegeben. Ob du's glaubst oder nicht, der Typ hat gleich am nächsten Tag angerufen. Und dann? Ja, wir haben uns getroffen, wir sind zusammen essen gegangen und haben uns eigentlich ganz gut verstanden, aber richtig gefunkt hat es nicht. Ich glaub, er war ein bisschen zu alt für mich. Er ist 56, aber er kam mir wie ein älterer Herr vor. Ganz anders als ich. Seit einiger Zeit werde ich immer jünger, finde ich, zumindest im Kopf. Schade, dass es mit meinem Körper nicht genauso geht …

Also wenn du 47 bist und allein lebst, hast du es als Frau echt nicht leicht in Rio. Aber trotzdem, auch wenn ich ne Menge auszusetzen habe, mich kriegen keine zehn Pferde von hier weg. Nirgends lebt man so gut wie in Rio! Okay, im Ausland habe ich noch nicht gelebt, aber in Brasilien ist es nirgendwo besser, ganz bestimmt nicht. Ich hab mal ein Jahr in Recife gewohnt – kein Vergleich! Ich liebe Rio! Trotz allem, trotz der Gewalt, trotz dem Dreck, trotz der Armut. Manchmal kann man als Frau hier schon das Gefühl haben, man lebt mit einem richtigen Gauner zusammen. Ein Bekannter von mir sagt immer, wer Rio liebt, dem geht's wie einem, der mit einer wunderschönen Frau verheiratet ist, die aber total gewissenlos ist: Sie kann ihn noch so fertigmachen, er ist so verliebt, dass er sie nie verlassen würde. Hahahahaha! Der Typ, der das gesagt hat, ist echt witzig. Er ist ein Freund von Valdir und schreibt Romane. Aber im Ernst, am schlimmsten ist das mit der Gewalt. Manche Leute trauen sich inzwischen gar nicht mehr aus dem Haus. Die Großmutter von der Freundin von einer Freundin von mir – sie ist 93 – ist von drei bewaffneten Kerlen zu Hause überfallen worden. Sie haben sie sogar geknebelt. Die haben wirklich vor niemand mehr Respekt. Aber fangen wir lieber gar nicht erst mit diesen ganzen Überfallgeschichten an, sonst sitzen wir morgen früh noch hier und ich verpasse meine Parade.

Am schlimmsten sind nicht die, die stehlen und rauben, um ihre Familien über Wasser zu halten, das hat's schon immer gegeben. Viel schlimmer sind die, die rauben, um reich zu werden und aufzusteigen. Und der Drogenhandel – puh, der ist wirklich schrecklich! Lauter Kinder, die von nichts ne Ahnung haben und sich von der Konsumgesellschaft verführen lassen. Man würde sie am liebsten packen und so lange schütteln, bis sie kapiert haben, dass Geld nicht glücklich macht. Aber würde es was nützen, wenn man denen das erklärt? Die sehen doch ständig genau das Gegenteil, im Fernsehen, in *Caras* und all den anderen Klatschblättern, bei den Politikern: Alles rennt hinter der Kohle her, und wer Kohle hat, lässt sich's gutgehen. So ist es doch überall. Alle wollen bloß immer mehr und mehr, und wenn es sein muss, nimmt man es eben den anderen weg. Jeder denkt nur an sich selbst, alle haben sie nichts anderes als Kohle im Sinn. Ich hab nichts gegen Geld, verstehst du, aber alles hat seine Grenzen. Was den Drogenhandel angeht, also bei Drogenhändlern bin ich für die Todesstrafe.

Verdammt, bei meiner eigenen Familie war es irgendwann auch so weit, alle haben sich wegen dem Geld fast umgebracht, ehrlich! In meiner eigenen Familie – und keiner von uns wohnt in einer Favela, oder es geht ihm sonst irgendwie schlecht. Letztes Jahr ist meine Großtante gestorben, Tante Gilda, die Tante von meiner Mutter. Am Ende war sie ein bisschen durcheinander, verstehst du, in ihren letzten Lebensjahren. Die Ärzte haben gesagt, es war Alzheimer. Wie auch immer, es ging jedenfalls ungefähr fünf Jahre lang so mit ihr, sie hat fast nur noch wirres Zeug geredet. Am Anfang, als es ihr noch besserging, hat sie jedes Mal, wenn jemand sie besucht hat, gesagt: Wenn ich tot bin, gehört das Bild da dir. Oder das Möbelstück da. Oder der Schmuck. Allen, die sie besucht haben, hat sie irgendwas versprochen, egal, ob es eine Nichte von ihr war oder eine Freundin oder wer auch immer. Sie hat es versprochen und gleich wieder vergessen. Und dann hat sie dieselbe Sache jemand anderem versprochen, die Ärmste. Du verstehst schon, oder? Irgendwann hatte sie dann alles, was in ihrer Wohnung war, mindestens fünf verschiedenen Leuten versprochen. Anfangs war das kein Problem. Alle haben das so akzeptiert. Irgendwann haben wir Rätselraten gespielt – wer hat was von Tante Gilda versprochen bekommen? Das war natürlich bloß ein Scherz, innerhalb der Familie.

Mit der Zeit ging es Tante Gilda immer schlechter. Am Ende war sie völlig abgemeldet. Sie hat niemanden mehr erkannt und so gut wie nichts mehr gesagt. Nach und nach sind deshalb auch immer weniger Leute zu ihr zu Besuch gekommen. Irgendwann hat es keiner mehr aushalten können, stundenlang neben einem Menschen zu sitzen, der überhaupt nicht anwesend ist. Bloß ihr Körper war noch da. Sie hat reglos auf ihrem Stuhl gesessen und in die Leere gestarrt. Die meiste Zeit war nur eine Betreuerin bei ihr, die wir angestellt hatten. Ich hab sehr an meiner Großtante gehangen, aber ich hab sie auch bloß noch einmal die Woche besucht, immer am Samstag.

Einmal kam ich zu ihr und hab gemerkt, dass bei ihr im Wohnzimmer eine Glasvase verschwunden war. Ich hab die Betreuerin gefragt, ob die Vase kaputtgegangen ist. Sie hat nein gesagt. Und dann hat sie in aller Unschuld erzählt, dass ein paar Tage davor eine Kusine von mir Tante Gilda besucht hätte, und als sie wieder weg war, sei auch die Vase nicht mehr dagewesen. So verschüchtert wie die Kleine war, war klar, dass sie die Wahrheit gesagt hatte. Ich hab gleich meine Kusine angerufen und gefragt, ob sie die Vase mitgenommen hat. Sie hat ja gesagt, völlig ungeniert. Und dann hat sie gesagt, dass Tante Gilde ihr die Vase versprochen hätte und dass sie sie jetzt mitgenommen hat, bevor sie jemand anders nimmt. Kannst du dir das vorstellen? Ich bin jedenfalls ausgerastet und hab sie beschimpft und gesagt, sie ist ein Aasgeier. Seitdem haben wir nie mehr miteinander gesprochen. Ich hab aber noch allen aus der Familie Bescheid gegeben, damit sie so was Dreistes nicht noch mal macht.

Du glaubst gar nicht, was dann passiert ist, mein Lieber! Das war bloß das Startzeichen gewesen. Keine zwei Wochen später ging es erst richtig los. Jedes Mal, wenn ich wieder an einem Samstag zu meiner Tante gekommen bin, war was anderes verschwunden. Zuerst das Besteck, dann das Geschirr, später andere Sachen aus der Wohnung. Irgendwann ist das Ganze dann völlig aus dem Ruder gelaufen. Ich konnte niemandem verbieten, die Wohnung zu betreten, ich war ja nur eine von vielen Verwandten. Weil Tante Gilda keine eigenen Kinder gehabt hatte, war niemand da, der in diesem Augenblick das Sagen gehabt hätte. Ich hab mich aber mit den drei Vettern zusammengetan, die gemeinsam das Geld für die Betreuerin bezahlt haben, und wir haben dann das Türschloss auswechseln lassen, mehrere Leute hatten nämlich einen Schlüssel für die Wohnung. Der Betreuerin haben wir gesagt, sie darf niemanden reinlassen, außer einer von uns hat es ausdrücklich erlaubt. Trotzdem ist kurz danach noch ein Bild verschwunden. Ich weiß bis heute nicht, wie das passiert ist.

Na ja, um es kurz zu machen, Tante Gilda ist schließlich gestorben, und in der Nacht nach der Beerdigung ist jemand in die Wohnung eingebrochen. Ein-ge-bro-chen, so wie ich es sage! Durchs Küchenfenster. Sie haben alles mitgenommen, wie richtige Diebe. Hinterher war die Wohnung völlig leer. Kannst du dir das vorstellen? Unglaublich, oder? Aber das waren keine Diebe, das waren lauter liebe Verwandte. Vier, genauer gesagt, ein Quartett. Da bin ich mir ganz sicher. Zur Polizei zu gehen und sie anzuzeigen, den Mumm hatte ich allerdings nicht. Jedenfalls, wenn eine Gruppe von Leuten aus der Mittelschicht so was macht, Leute mit Arbeit und allem, was dazugehört, was soll man dann von einem armen Kerl ohne Job und Ausbildung erwarten? Was denn, he? Ich erwarte mir seither von niemandem mehr was. Wenn mir ein anständiger Mensch über den Weg läuft, bin ich echt dankbar, verstehst du? Neulich hab ich in der Zeitung von einem Straßenkehrer gelesen, der hat eine Brieftasche mit zwanzigtausend Reais auf der Straße gefunden, Bargeld, und er hat alles dem Besitzer wiedergegeben. Das hat mich echt berührt. Das heißt, es gibt doch noch solche Leute auf der Welt, Leute mit Werten. Deshalb verlier ich auch meinen Glauben an die Menschheit nicht.

Wie spät ist es denn? Ach so, dann ist ja gut. Ich will bloß die Parade nicht verpassen. Trinkst du noch was? Na dann – he, Chico, noch mal zwei. Kommst du oft in diese Bar? Komisch, hab dich noch nie gesehen. Nicht, dass ich ständig hier am Tresen rumhängen würde, aber ich komm schon ziemlich häufig. Ich wohne gleich um die Ecke, in der Rua Álvaro Ramos. Kannst du dir das vorstellen, ich wohn bald fünfundzwanzig Jahre in der Gegend. Fünfundzwanzig Jahre! Sind schnell genug rum, weißt du? Botafogo hat sich sehr verändert. Heute gibt's hier bloß noch Schönheitschirurgen und Automechaniker. Mein Nachbar meint, sämtliche Cariocas lassen sich bei uns die Karosserie aufmöbeln: Hier ein bisschen was flexen, da was absaugen ... für jeden die passende Behandlung, stimmt's? Was sagst du? Ausschlachten? Wegen dem São João Batista? Hahahahaha! Da hast du recht, der São João Batista-Friedhof ist praktischerweise gleich nebenan – wem nicht zu helfen ist, der landet da. Hahahahaha! Mein Bruder sagt immer, er versteht gar nicht, wieso alle sich dermaßen abrackern, nur um eine Wohnung gleich beim Strand zu ergattern – später liegen wir hier in Botafogo auf dem São João Batista sowieso für alle Ewigkeit ganz nah am Meer. Hahahahaha! Außerdem – viele landen stattdessen am Ende auf dem Friedhof in Caju, und da ist dann wirklich der Spaß vorbei. Hahahahaha! Hahahahaha! Was sagst du? Ja genau, ich weiß, das steht über dem Eingang vom São João Batista: *Revertere ad locum tuum* – kehre an deinen Platz zurück. Hahahahaha! Du bist wirklich ein Scherzkeks!

Weißt du was? Du gefällst mir! Du bist echt in Ordnung. Es macht wirklich Spaß, mit dir zusammen zu sein. Aber ich rede und rede die ganze Zeit – jetzt bist du mal dran. Was machst du eigentlich so? Echt? Sag bloß – DJ, ja? Cool, ich war schon seit Jahren nicht mehr tanzen. Mal sehen, vielleicht können wir ja wann anders wieder mal zusammen ein Bierchen trinken. Und dann erzählst du mir, was gerade so los ist im Nachtleben. Nee, jetzt nicht, jetzt muss ich gehen, gleich fängt die Parade an. Chico, schreib alles auf meine Rechnung!

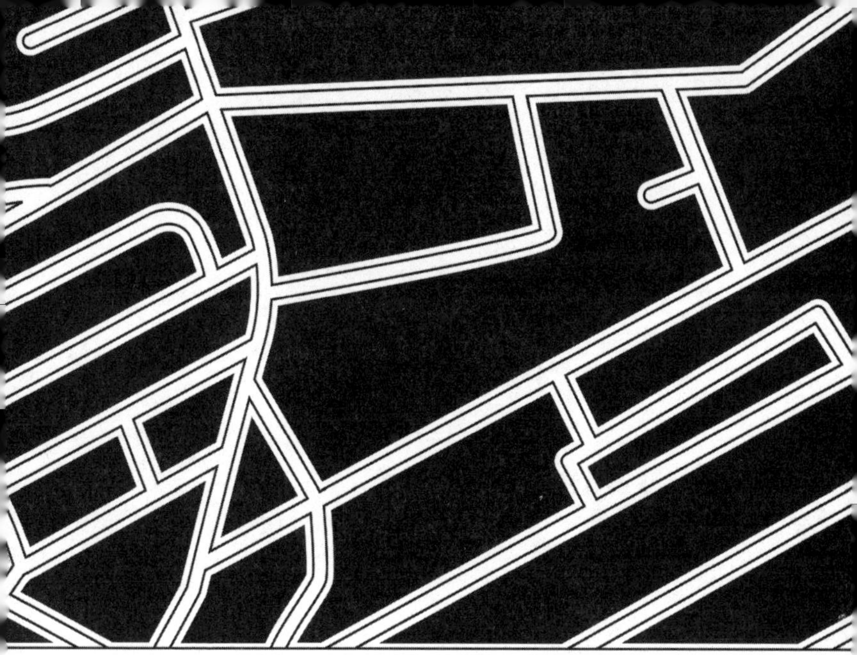

Mariellen, Jacarepaguá, 24

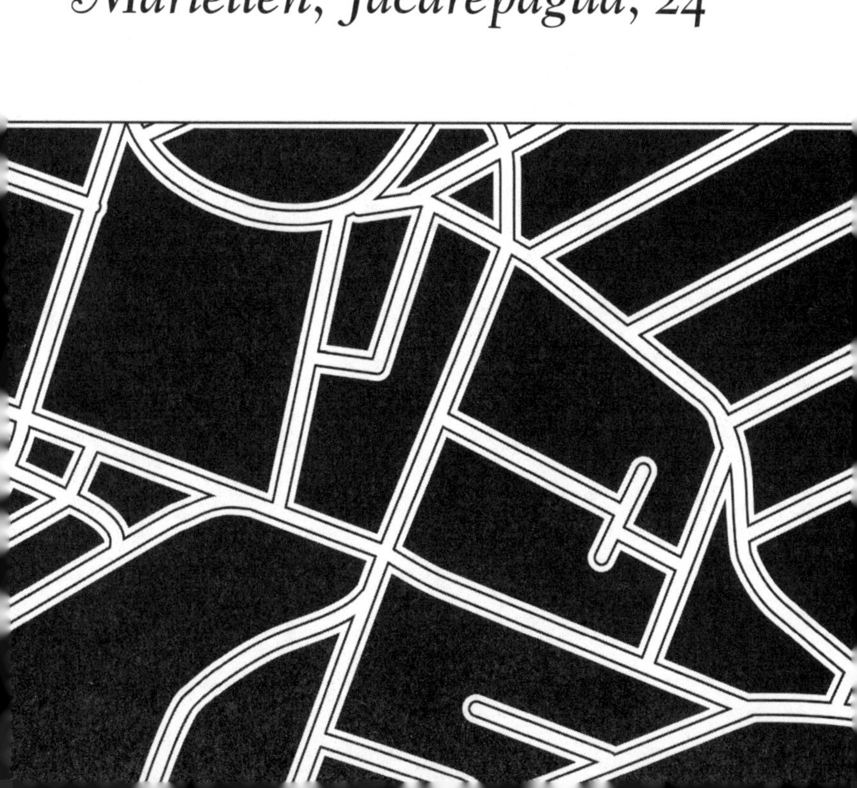

Niemand ist immer nur nichts. Normalerweise bin ich ein braves Mädchen. Manchmal mag ich sogar meine Mama. Ab und zu. Oder vielmehr, hin und wieder, also eher ziemlich selten … Meistens sind wir wie Katze und Hund und streiten. Andererseits – haben Sie schon mal eine Katze und einen Hund streiten sehen? Ich nicht. Wir haben zu Hause drei Hunde und zwei Katzen, aber ich habe sie noch nie streiten sehen. Im Gegenteil, mein kleiner Kater Nirvana schläft am liebsten auf der Hündin von meiner Mama, auf Pituca. (»Hündin von meiner Mama« habe ich gerade geschrieben – nicht schlecht. Freud wüsste warum, stimmt's?) Nirvana ist jetzt neun Jahre alt. Ich hab ihn so genannt, weil ich mit 15 Nirvana-Fan war, damals war ich dauernd im *Garage* in der Rua Ceará. Als ich angefangen habe, Kurt Cobain toll zu finden, war er schon tot, aber das war mir damals egal. Jetzt nicht mehr, die Zeit ist inzwischen vorbei. Heute finden Leute wie Caetano Veloso Nirvana toll – würg, schlimmer geht's kaum.

Aber zurück zu dem, worum es mir eigentlich geht: Ich verstehe mich nicht mit meiner Mutter. Ständig hat sie was an mir auszusetzen. Dass ich nichts lerne. Dass ich nicht arbeite. Dass ich nie zu Hause bin. Neulich hat sie mich Schlampe genannt, bloß weil ich bei einer Freundin übernachtet habe. Geht's noch? Und wer hat eigentlich gesagt, dass man in Jacarepaguá wohnen muss? Manchmal steht man hier eineinhalb Stunden und wartet, dass der Bus kommt, und am Ende kommt er einfach nicht. Früh am Morgen ist es noch schlimmer. An dem Tag, als wir gestritten haben, war ich im *Loud* gewesen. Es war Freitag. Als wir rauskamen, war es schon vier Uhr morgens. Um zehn hätte ich in der Uni sein müssen, um mich für Englisch einzuschreiben. Wenn ich nach Jacarepaguá gefahren wäre und später wieder zurück in die Stadt, hätte ich nicht mal zwei Stunden schlafen können. Da hat Ana, eine Freundin von mir, gesagt: »Schlaf doch bei mir, Mari.« Ana ist Journalistin und wohnt in Laranjeiras. Ihr geht's zurzeit ziemlich schlecht, wegen ihrem dämlichen Freund, diesem Rafael – der ist DJ. Ein total blöder Typ. Das sag ich aber nicht aus Eifersucht. Ich habe Ana sehr gern, aber wir sind bloß so miteinander befreundet. Na ja, also ich habe ihre Einladung natürlich angenommen. Später bin ich um neun bei ihr aufgebrochen und war schon um Viertel vor in Maracanã … das ist eben der Vorteil, wenn man keinen so weiten Weg hat.

»Schlampe«, hat meine Mutter damals gesagt: »Eine Schlampe bist du, nichts anderes« – wortwörtlich, können Sie sich das vorstellen? Im Grunde kommt meine Mutter bloß mit meiner sexuellen Orientierung nicht klar. »Vor Gott ist das eine Schande!« Eine Schande – geht's noch? Als ich achtzehn wurde, habe ich es ihr gesagt. Da hat sie erst mal fast fünf Monate nicht mehr mit mir gesprochen. Dafür hat sie jedes Mal, wenn sie mich gesehen hat, angefangen, leise zu beten. Immerhin hat sie mich nicht rausgeschmissen – Flávia, ein Mädchen, mit dem ich mal zusammen war, wurde von ihrem Vater zuerst verprügelt und dann aus der Wohnung geschmissen. Kein Wunder, der Typ stammt aus dem tiefsten Paraná. Aber ich kenne noch ganz andere Geschichten. Einmal war ich mit einer älteren Frau zusammen, sie hieß Leslei und war aus Bahia. Ich war damals neunzehn, sie Anfang dreißig, glaube ich. Sie hat mir erzählt, dass ihre Brüder seinerzeit versucht haben, sie zu »heilen«. Als sie gemerkt haben, dass sie auf Frauen steht, hat einer von ihnen sogar versucht, sie zu vergewaltigen. Er macht das nur für sie, hat er gesagt, damit sie weiß, was gut ist, und aufhört, so eine eklige Lesbe zu sein. Im Vergleich dazu bin ich mit meiner Mutter fast noch gut bedient.

Als ich noch in die Schule gegangen bin und mich mit Mädchen aus unserem Viertel traf, hat sie immer so getan, als würde sie nichts merken. Sie muss es aber gewusst haben, ist doch klar. Alle aus der Nachbarschaft haben es gewusst. Sie hat es gewusst, aber sie hat es nicht zugeben wollen. So ist es doch eigentlich immer: Die Leute glauben nur an das, woran sie glauben wollen. Seu Dantas, zum Beispiel, der Drogeriebesitzer. Jeder wusste, dass seine Frau ihn betrügt, und das am laufenden Band; trotzdem hat er immer so getan, als wäre sie eine Heilige. Er hat ihr jeden Wunsch erfüllt: Geld, Kleider, sogar ein Haus in Araruama hat er ihr zuliebe gekauft. Als er starb, war er überzeugt, dass seine Kinder tatsächlich von ihm stammten. Aber wer weiß, vielleicht war er im Grunde glücklich so. Hinter seinem Rücken haben ihn alle als Schlappschwanz bezeichnet, ein Typ, der sich ständig die Hörner aufsetzen lässt, aber ihm gegenüber haben sie ehrfürchtig und untertänig getan. Sonntags ist er immer mit geschwellter Brust umherstolziert: Der alte Knacker mit der jungen Frau und zwei kleinen Kindern im Schlepptau. Am Vatertag muss er jedes Mal ordentlich Geschenke eingesackt haben. Ist doch besser als nichts. Hier im Viertel machen das außerdem alle so: Die einen spielen die Unschuldigen, die anderen tun so, als bekommen sie nichts mit, und alle tun so, als würden sie niemals ein böses Wort über jemand anderen verlieren. Alles eine einzige große Show.

Irgendwann habe ich es selbst nicht mehr ausgehalten und bin mit der Wahrheit rausgerückt. Meine Mutter nervte mich damals schon seit zwei Monaten, immer wieder hat sie gesagt, ich soll mich doch mal mit dem Sohn von einer Freundin von ihr treffen – Nélio hieß der. Ständig kam sie mir mit der Geschichte, egal ob wir beim Frühstück saßen, beim Mittagessen oder beim Abendessen: »Nélio ist so ein intelligenter Bursche. Gerade hat er die Aufnahmeprüfung bei der Polizei bestanden, als Kriminaltechniker. Er ist so ein fleißiger Kerl. Bald leitet er seine eigene Abteilung bei den Gerichtsmedizinern. Und immer denkt er an alles – jetzt kauft er seiner Mutter eine kleine Wohnung in Pechincha.« Zwei Monate lang ging das so, von früh bis spät. Nélio, Nélio, Nélio. Bis ich es nicht mehr ausgehalten habe. »Hast du Nélio schon mal gefragt, ob er überhaupt Lust hat, sich mit mir zu treffen? Nélio ist schwul, Mama!« Nélio war von früh an die größte Schwuchtel im ganzen Viertel. Alle Jungs haben gewusst, dass er jedem, der Lust dazu hat, auf dem unbebauten Gelände hinter dem Sendas-Supermarkt den Hintern hinhält. Eigentlich war damit alles klar, aber sie hat immer weitergemacht und gesagt, nein, Nélio ist nicht schwul, er ist ein wirklich guter Junge, und er ist pflichtbewusst und liebt seine Mama über alles. Als ob ausgerechnet Schwule ihre Mütter nicht lieben würden! Herr im Himmel! Wenn Schwulen etwas wichtig ist, dann ihre Mama. Da wurde mir auf einmal alles zu viel, im Grunde wollte sie mich sowieso bloß schlechtmachen, in Wirklichkeit wollte sie sagen, dass ich zu nichts tauge und dass Homosexuelle keine anständigen Menschen sein können. Und da habe ich ihr alles erzählt, alles, und noch einen Haufen erfundenes Zeug dazu.

Ja, auch lauter erfundene Geschichten, schließlich ist *niemand immer nur nichts*, wie ich vorhin schon gesagt habe. Ich habe meiner Mutter also erklärt, dass ich »lesbisch« bin. Und ich habe extra »lesbisch« gesagt, weil ich gewusst habe, dass sie das noch härter treffen würde. Dass ich mich gerne mit Mädchen getroffen habe, stimmte, aber ob ich wirklich lesbisch war, wusste ich eigentlich gar nicht, schließlich habe ich mich damals auch mit Jungs getroffen, das tue ich auch heute manchmal noch. Wenn mir auf einer Party ein interessanter Typ über den Weg läuft, kann es durchaus sein, dass ich später die Nacht mit ihm verbringe. Warum nicht? Ich hab da keinerlei Vorurteile. Ich habe mich sogar einmal richtig in einen Mann verliebt, aber am Ende blieb es bei einer platonischen Beziehung. Er heißt Antônio und unterrichtet Geschichte an der Bundesuniversität. Er war Tutor von einer Freundin von mir – von Crica. Crica ist bi, so wie ich, aber mit ihr habe ich nie was gehabt. Wir sind bloß Freundinnen. Na gut, einmal haben wir ein bisschen geknutscht, aber das zählt nicht. Vor einiger Zeit war Crica dann plötzlich mit diesem Antônio zusammen. Ich war natürlich total neugierig, als sie es mir erzählt hat. Geschichte studieren ist nämlich mein großer Traum. Mich mit der brasilianischen Geschichte richtig auszukennen, fände ich total toll. Ich lese gerade ein super Buch über die Geschichte von Rio de Janeiro, aber gut, das ist etwas anderes. Sie haben sicher schon gemerkt, dass ich gern von einem Thema zum nächsten springe. Ehrlich gesagt, die anderen behaupten immer, in der Beziehung sei ich unerträglich. Und wenn ich was geraucht habe, ist es noch schlimmer. Das können Sie sich gar nicht vorstellen! Irgendwann blicke ich dann selbst nicht mehr durch.

Aber zurück zu Antônio. Irgendwann hat Crica angerufen und gefragt, ob ich Lust habe, mich mit ihnen zu treffen. Sie waren damals schon drei Monate zusammen, aber noch nicht »offiziell«, und Crica wollte Antônio endlich ihren Freunden vorstellen, zuerst mir. Wir sind zu dritt in eine Bar gegangen, in Jardim Botânico, und haben ein paar Bier getrunken. Es war super. Zuerst fand ich schon mal, dass Antônio total gut aussieht. Ich finde, Crica war noch nie mit einem so hübschen Mann zusammen. Er muss um die vierzig sein, aber er wirkt total jung. Und er hat ein ganz sanftes Lächeln und richtig durchdringende Augen. Du glaubst echt, sein Blick geht ganz tief in dich rein! Und sein Körper ist auch wunderschön, er ist total durchtrainiert und kaum behaart. Männer mit stark behaartem Körper kann ich nicht ausstehen! Er ist wahnsinnig zärtlich zu Crica gewesen. Sie haben die ganze Zeit Händchen gehalten, und er hat sie verträumt angeschaut und ihr alle fünf Minuten einen Kuss gegeben. Ganz anders als die Typen, mit denen Crica sonst zusammen war, die haben immer den harten Macker markiert, und meistens waren sie sofort wegen irgendwas beleidigt, vor allem der letzte Freund davor, dieser grässliche Álvaro. Keine Ahnung, wie Crica es so lange mit dem ausgehalten hat. Ich habe mich jedenfalls echt gefreut, als ich sie zusammen mit Antônio gesehen habe. Sie waren ein richtig schönes Paar. Außerdem kennt er sich total gut in Geschichte aus, und das finde ich natürlich super.

An dem Abend haben wir ganz schön viel getrunken. Antônio ist sehr intelligent, und er kann total gut mit Leuten umgehen, wir haben uns wahnsinnig gut verstanden. Er hat sich die ganze Zeit auf Augenhöhe mit mir unterhalten, auch als es um Geschichte ging. Meistens haben wir allerdings über Leute geredet, die er gar nicht kannte, aber er hat sich trotzdem beteiligt – zuletzt hat er mir lauter Ratschläge gegeben, was ich machen soll, wenn ich mich verliebe oder bei Jobs oder in Bezug auf meine Mutter. Es war einfach die totale Synergie zwischen uns – das Wort habe ich von ihm: Synergie. Das heißt: Wenn zwei Sachen zusammenkommen, ist das Ergebnis mehr als die Summe der Teile. Man hätte uns glatt für eine Familie halten können, mit mir als ihrer Tochter, natürlich. Als die Bar zugemacht hat, haben wir beschlossen, zu ihm nach Hause zu gehen und noch einen Joint zu rauchen. Ich war ganz schön abgefüllt und hab sofort ja gesagt. Ehrlich gesagt, war ich ziemlich fertig und habe sogar überlegt: Wer weiß, vielleicht wird ja auch ein flotter Dreier draus. Wie gesagt, zwischen mir und Crica war nie was gelaufen, aber eine sexuelle Anziehung war schon immer zu spüren, außerdem wusste ich, dass sie solche Sachen mochte oder auch einfach bloß anderen gerne zusah. Na gut, irgendwann waren wir also bei ihm in der Wohnung und haben erst mal was geraucht und noch ein bisschen was getrunken. Während ich mich mit Antônio unterhalten habe, ist Crica immer steifer und abwesender geworden. Sie hat sich in die Hängematte gelegt, und wir haben uns neben ihr auf den Boden gesetzt. Ich war ziemlich erregt, und ich weiß noch, dass ich eine ganze Weile meinen Fuß auf seinem Bein habe liegen lassen. Ihm hat das irgendwann auch gefallen, glaube ich. Ich hab die ganze Zeit geglaubt, gleich macht er sich über mich her. Er hat auch dauernd zu Crica rüber-geschaut, wahrscheinlich wollte er wissen, wie sie darauf reagiert. Aber von ihr kam nichts. So als würde sie das alles nichts angehen. Sie hat nirgendwohin geschaut oder einfach bloß so in die Luft. Da hat er die Sache abgebrochen. Ich glaube, er hatte kein gutes Gefühl mehr dabei, so als ob er Angst gehabt hätte, dass es ihr nicht gefällt. Ich bin einfach dort auf dem Boden eingepennt. Als ich aufgewacht bin, lag ich auf dem Sofa. Jemand hatte mich zugedeckt. Und die beiden waren zum Schlafen in Antônios Zimmer gegangen.

Danach lief gar nichts mehr zwischen uns, aber dafür habe ich angefangen, ständig von ihm zu träumen. Was willst du da machen? Das sind Sachen, die kann man nicht einfach so unterdrücken. Ich habe ihm sogar meine Handynummer ge-geben, ganz spontan, aus irgendeinem ausgedachten Grund, aber das ist alles Quatsch – Crica ist meine Freundin, und ich würde nie was machen, was ihr weh tut. Sie hat zwar ir-gendwann mit ihm Schluss gemacht, schon vor einiger Zeit, aber ganz klar war die Sache da wohl trotzdem nicht. Irgend-wie hat sich keiner von den beiden richtig auf die Geschich-te eingelassen. Er war ja auch ihr Lehrer an der Uni, und so. Als hätten sie ein schlechtes Gewissen gehabt. Und sobald das Gewissen ins Spiel kommt, gibt's sowieso immer ein Durcheinander. Sie hat nie genauer davon erzählen wollen, aber er wollte wohl, dass sie mehr für ihn da ist. Im Grunde hatte er recht, finde ich. Crica fällt es schwer, sich wirklich auf etwas einzulassen. Dauernd macht sie Rückzieher. In der Liebe, bei der Arbeit, eigentlich bei allem. Ganz beson-ders bei den Männern. Ich glaube, das hat mit ihrem Vater zu tun, der hat sie früher ständig fertiggemacht. Aber das ist wieder was anderes. Wie auch immer, das war jedenfalls die

Geschichte meiner platonischen Liebe zu einem Mann. Ziemlich schwachsinnig, oder? Egal, jede Geschichte kann irgendwann weitergehen, Hauptsache, man lebt und lässt zu, dass die Dinge geschehen. Das habe ich mal in einem Buch gelesen und es hat mir gut gefallen.

Das bringt mich auf die Geschichte mit Dona Maria, das ist die Großmutter einer anderen Freundin von mir, von Solange. Das heißt, genaugenommen ist Solange gar nicht meine Freundin. Sie ist in mich verknallt. Aber ich finde sie unerträglich. Supernervig! Ich gehe immer ein oder zwei Mal im Monat zu ihr und helfe ihr Verpackungen basteln. Sie stellt selbst Schokoladentrüffel her, in kleinen Mengen, die sie an Konditoreien verkauft. Zuerst hat sie die Trüffel einzeln verkauft, in Zellophanpapier eingewickelt. Aber dann hat sie gemerkt, dass es mehr Geld bringt, wenn sie sie dutzendweise verkauft, in hübschen Schächtelchen. Und in Handarbeiten bin ich echt ziemlich begabt. Auch wenn es nicht so aussieht, weil ich sonst immer so hektisch bin, aber für solche Sachen habe ich eine Engelsgeduld. Solange nicht, die ist die reinste Dampfwalze. Na ja, irgendwann hat eine Freundin von mir zu Solange gesagt, wenn sie jemanden für die Schächtelchen sucht, soll sie mich fragen. Das war vor ungefähr zwei Jahren. Ich habe ein hübsches Schächtelchen gebastelt, aus Pappe. Und es ist echt gut geworden. Für hundert Schachteln zahlt sie mir hundert Reais. Dafür brauche ich ungefähr einen Tag. Wenn ihr Vorrat langsam zu Ende geht, ruft sie an, und ich gehe zu ihr. Und vor ungefähr sechs Monaten hat sie auf einmal versucht, mich abzuschleppen. Sie hat gesagt, sie ist in mich verliebt, und wollte mir gleich die Hand zwischen die Schenkel schieben. Aber hallo, hab ich mir gesagt, so einfach geht das nicht. Nur weil ich auf Frauen stehe, steig ich doch nicht mit der erstbesten fetten Truckerin ins Bett, schon gar nicht, wenn sie ständig stinkende Derbys raucht und Skol aus der Dose in sich reinkippt. Also wirklich! Außerdem ist Solange verheiratet: Sie lebt mit einer supernetten Frau zusammen, Sílvia heißt die, aber Solange behandelt sie wie den letzten Dreck. Keine Ahnung, wie Sílvia das aushält. Vielleicht ist Geld mit im Spiel. Oder es ist eben Liebe.

Mist, ich wollte aber gar nicht von Solange erzählen, sondern von ihrer Oma, Dona Maria. Sehen Sie, wie ich dauernd von einem Thema zum nächsten springe? Die andern sagen, das hat mit meinem Sternzeichen zu tun: Ich bin Zwilling, mit Aszendent Zwilling. Aber was wollte ich eigentlich von Dona Maria erzählen? Das habe ich glatt vergessen. Verdammt, so jung und schon so verkalkt. Manchmal macht mir das richtig Angst, nie kann ich bei einer Sache bleiben. Wenn ich so weitermache, kriege ich nie was zustande. Das ist genau, was meine Mutter immer sagt: Dass ich irgendwann ohne alles dastehe. Dieses verfluchte Lästermaul, ständig macht sie mich schlecht. Aber trotzdem, diese Aussetzer, da bekomme ich echt Angst. Neulich bin ich in der Nähe von der Avenida Brasil unter einer Brücke durchgelaufen, und da hatte jemand an die Wand gesprayt: »Nichts ist unmöglich, strengt euch an, ihr Memmen.« Da hab ich mich total wiedererkannt: Weil ich mich nicht richtig anstrenge, bringe ich nie was zustande. Weil ich nie was zustande bringe, traut mir niemand was zu. Und weil mir niemand was zutraut, brauche ich mich gar nicht erst anstrengen. Das ist ein echter Teufelskreis. Deshalb habe ich auch Antônio so gemocht: Er war der Erste, der mir gezeigt hat, dass er an mich glaubt, als ich gesagt habe, dass ich gerne Geschichte studieren würde. Also nicht der Erste – Crica hat mir immer zugeredet und gesagt, ich soll versuchen, die Aufnahmeprüfung zu machen. Aber im Grunde glaubt sie eben doch nicht, dass ich das schaffe. Sie sagt, ich bin sehr intelligent, aber Intelligenz allein reicht nicht, man muss auch lernen wollen. Okay, einverstanden. Aber wie soll ich denn lernen? Womit soll ich überhaupt anfangen? In der Schule war ich nicht besonders gut. Alle, die ich kenne und die so alt sind wie ich, gehen entweder schon zur Uni, oder sie haben keine Chance, jemals einen Studienplatz zu bekommen. Und von allen aus meinem Viertel, die mit mir zur Schule gegangen sind, ist kein Einziger an der Uni, nicht einer, null, niemand.

Das Schlimmste ist, dass es so viele Sachen gibt, die ich gerne lernen würde. Nachts liege ich oft wach und überlege, was ich alles nicht weiß. Ich habe zum Beispiel mal gelesen, wenn eine Ameise stirbt, verliert das Universum eine bestimmte Menge Energie. Aber wohin geht diese Energie? Wird sie von anderen Lebewesen aufgenommen, oder schwebt sie irgendwo herum? Es ist echt nervig, über solche Sachen nachzudenken. Aber vor allem – wo bekomme ich eine Antwort auf solche Fragen? Neulich war ich bei Crica, in ihrer Wohnung, und habe ihr diese Geschichte mit der Ameise erzählt. Eigentlich habe ich gehofft, dass Bárbara mit zuhört und mir vielleicht was dazu sagen kann. Bárbara ist zurzeit die Freundin von Crica. Sie ist eine Art Wissenschaftlerin oder so, glaube ich. Sie macht zumindest einen Master in Physik. Bei ihr ist allerdings immer alles furchtbar kompliziert! Ich kann solche Lesben nicht ausstehen, denen kann man es nie recht machen. Bárbara ist ständig depressiv und hyperempfindlich. Alles findet sie schlecht, und bei der kleinsten Kleinigkeit regt sie sich auf.

Wenn irgendwas nicht haargenau so läuft, wie sie es sich vorstellt, wird sie unerträglich und macht den anderen das Leben zur Hölle, tagelang. Crica behandelt sie wie ein rohes Ei, damit es ja keinen Streit gibt. Warum ist Bárbara so? Glauben Sie bloß nicht, dass die es irgendwann besonders schwer gehabt hat oder so. Von wegen! Sie ist ein verwöhntes kleines Mädchen, und wenn Papi mal nicht rechtzeitig das Geld überweist, macht sie einen Riesenaufstand. Ständig macht sie ein genervtes Gesicht, das finde ich unerträglich. Und dazu diese helle Haut voller Sommersprossen, und ewig der gleiche Pagenschnitt. So ein richtiges Puppengesicht, fehlen bloß noch die glitzernden Tränen – *ich Ärmste, keiner hat mich lieb.* Wenn ich so ein Engelsgesicht hätte, bräuchte ich niemanden, der mich unterstützt, denn wenn es jemand schwer hat, weil die anderen Vorurteile gegen ihn haben, dann ich: Glauben Sie, es ist einfach, lesbisch zu sein, wenn man ein dunkler Typ ist, strohiges Haar hat und aus der Vorstadt kommt? Wenn ich all das hätte, was Bárbara hat, würde ich es mindestens bis zur Senatorin bringen.

Ach ja, jetzt weiß ich wieder, was ich von Dona Maria erzählen wollte. Sie ist um die neunzig Jahre alt und geht so gut wie nie aus dem Haus, aber sie ist schon sechs Mal in ihrer Wohnung überfallen worden. Sechs Mal, unglaublich, was? Beim letzten Mal haben sie sogar die Eingangstür mitgehen lassen – da war sie gerade nicht zu Hause. Damit meine ich: Gegen Unglück ist kein Kraut gewachsen, manche können tun, was sie wollen, sie sind und bleiben Pechvögel. Da können sie sich noch so sehr in ihrer Wohnung verbarrikadieren. Und wenn sie die Tür dann doch mal einen winzigen Spalt offenstehen lassen, brauchen sie keine fünf Minuten zu warten, bis der Erste kommt und bei ihnen herumschnüffelt. Oder sind Sie imstande, an einer angelehnten Tür einfach so vorbeizugehen? Selbst wenn es die schmuddeligste Kneipe irgendwo hinter dem Hauptbahnhof ist oder eine stinklangweilige Drogerie an der Avenida Copacabana – sobald man irgendwo eine angelehnte Tür sieht, fängt die Phantasie an zu arbeiten, ist doch so. Dann sagt man sich: Wenn du da jetzt nicht reingehst, tust du es vielleicht nie wieder. Und jeder weiß schließlich, dass einem nachher nichts so leidtut, wie wenn man eine Gelegenheit nicht genutzt hat.

Deshalb reicht es den meisten Leuten, dass irgendwo eine Tür offensteht: Sie fühlen sich aufgefordert, einzutreten. Ganz egal, was wohl dahinter ist. Das heißt, es ist sogar besser, wenn man das nicht weiß. Schließlich ist nichts so reizvoll wie das Unbekannte. Lass deine Tür offen, mal sehen, wer reinkommt, und wenn er die Tür bloß zumachen will. Noch reizvoller ist natürlich eine angelehnte Tür … Das ist auch die wichtigste Regel, wenn du jemanden kennenlernen willst: Du musst dir was Geheimnisvolles geben, wie eine angelehnte Tür. Manche Leute ziehen abends los und suchen nach Liebe, sie klopfen an jede Tür, probieren es überall, aber es kommt nichts dabei heraus. Manchen Sachen kannst du nämlich noch so lange hinterherlaufen – besser ist es, du bleibst stehen und wartest ab, bis sie von selbst zu dir finden. Das lerne ich gerade, schließlich hab ich mir oft genug den Kopf an irgendwelchen Türen eingerannt: Es bringt nichts, der großen Liebe hinterherzulaufen. Entweder sie kommt von selbst zu dir, oder du kannst es vergessen. Das Wichtigste ist, dass du weißt, wo und wie du dich hinstellen musst. Natürlich ist es gut, wenn du dich öffnest, für so viel wie möglich. Wer sagt denn, dass deine große Liebe eine süße Blondine sein muss, oder ein Prinz, der auf einem Schimmel dahergeritten kommt? Vielleicht ist es ja ein Geschichtsprofessor oder deine beste Freundin oder ein Transvestit. Wer weiß – am besten, du versuchst herauszufinden, was du selbst am liebsten möchtest. Schließlich, das hab ich ja schon am Anfang gesagt, *ist niemand immer nur nichts*.

Maria, Riachuelo, 93

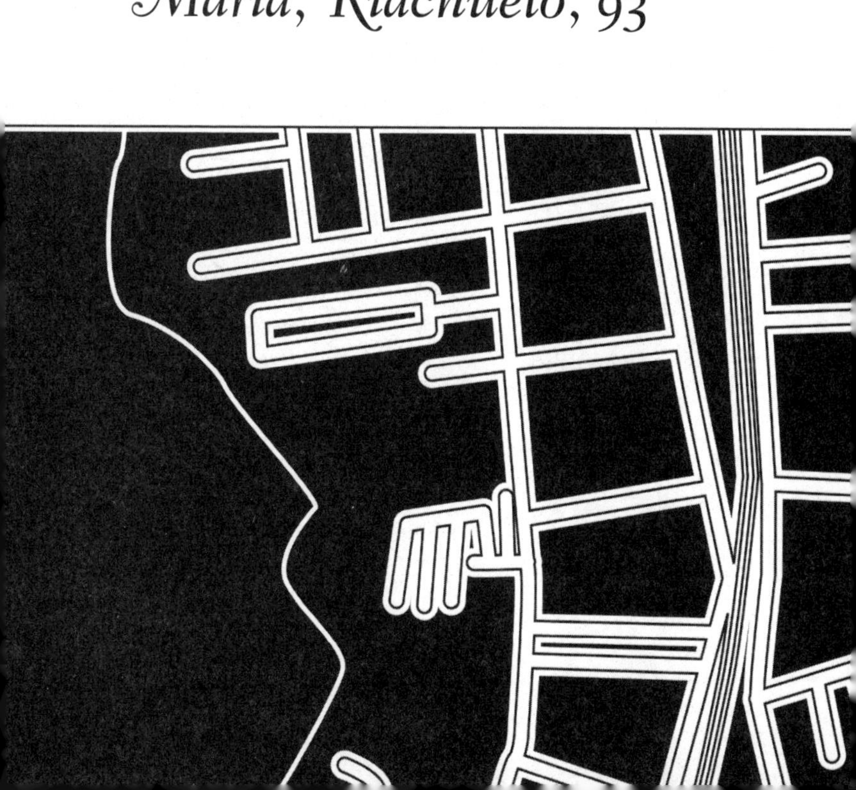

Manchmal wohnt in einem jungen Körper eine Seele, die schon ganz alt ist, oder umgekehrt, eine junge Seele in einem alten Körper. Bei Alzira, zum Beispiel. Die war 95, aber sie benahm sich wie ein Kind. Erst gestern beschwerte sie sich, sie wolle rosa Strümpfe zum Geburtstag, so wie die von Edite, und nicht die gelben, die sie bekommen hatte. So war es schon immer, seit sie klein war: Nie konnte man es ihr recht machen. Bei der kleinsten Kleinigkeit war sie beleidigt, fühlte sich übergangen. Es war irgendetwas Tiefsitzendes, was sie mit sich herumschleppte – weiß der Himmel, was der Auslöser war. Den ganzen Abend redete sie ausschließlich von den verfluchten Strümpfen. Erst nach den Nachrichten auf *Globo* kam Maria ein bisschen zur Ruhe, da streckte die alte Spinnerin endlich die Waffen und schlief in ihrem Sessel ein. So konnte Maria doch noch ungestört ihre Lieblingssendung genießen, *Supercine*. Sie waren dermaßen unterschiedlich, kaum zu glauben, dass sie Schwestern sein sollten, aber das waren sie.

Ganz anders ihre Urenkelin Alice: Obwohl ihr schmächtiger Körper erst elf Jahre alt war, hauste darin eine uralte Seele, das war völlig klar. Eine Seele, die schon viele Leben durchlebt hatte, oder anders gesagt, weit mehr als eine Generation. Die Kleine hatte dieses gewisse Etwas, eindeutig.

Schlimm war nur, dass ihre Eltern sich weigerten, das Offensichtliche anzuerkennen. Was Maria keineswegs wunderte – was war von einem Idioten wie dem Mann, den ihre Enkelin geheiratet hatte, anderes zu erwarten? Ein schmieriger Typ, der ständig den Intellektuellen spielte. Sich selbst bezeichnete er als Politikwissenschaftler, in Wirklichkeit war er nicht mehr als ein aufgeblasener Wichtigtuer. Bloß weil er zwei, drei Mal zu einer Diskussionsrunde auf *TV Educativa* eingeladen worden war, hielt er sich für etwas ganz Besonderes. Wie hieß der Moderator noch mal? So ein Typ, der immer nur über Politik redete … und dazu diese schleimige Assistentin, die sich bei allen einschmeicheln wollte. *TVE* – pah! Wenn es wenigstens *Globo TV* gewesen wäre. Von wegen. Dafür verkündete der hochmütige Idiot, der tolle Intellektuelle, der er angeblich war, dass es so was nicht gebe – Geister, spirituelle Führer, Leute, die mit anderen Welten kommunizieren können. An derlei glaubten nur Einfaltspinsel aus der Vorstadt. Da war sie vielleicht sauer geworden! Das Wort Vorstadt hatte er extra hervorgehoben, als bezeichnete es etwas besonders Verachtenswertes. Als ob man *seinen* Leuten den Verstand ausnahmslos schon in die Wiege gelegt hätte. Aber wozu sich aufregen? Es führte ja doch zu nichts, ihre Enkelin war eine schwache Person, nie hätte sie es gewagt, sich ihrem Mann zu widersetzen.

Sie waren mit der Kleinen also zum Psychiater gegangen. Ein gewisser Doktor Roberto, wenn sie sich recht erinnerte. Kein übler Typ, trotz seines Berufs. Wenigstens nahm er das Mädchen ernst, und er schwadronierte auch nicht über Sachen, von denen er nichts verstand, anders als ihr dämlicher Vater. Aber trotzdem – warum zum Psychiater, um Himmels willen? Es war doch offensichtlich, dass bei der Kleinen etwas anderes vorlag. Bei Maria selbst war es genauso gewesen, als sie ein Kind war: Sie sah Dinge, die andere nicht sahen. Jetzt war eben Alicia diejenige, die nachts ständig Leute sah, die in ihr Zimmer kamen und ihr Worte und ganze Sätze, Geschichten und Warnungen zuflüsterten. Von den vielen Stimmen war die Kleine ganz erschöpft. Sie kam kaum noch zum Schlafen, lag die ganze Nacht wach, damit beschäftigt, all das zu verarbeiten, was sie zu hören und zu sehen bekam. Maria wusste, dass es lange dauern würde, bis sie imstande wäre, den Sinn dahinter zu begreifen. Sie versuchte, das Mädchen zu beruhigen, bemühte sich, ihr zu helfen, so gut sie konnte, das wenige, was sie wusste, an sie weiterzugeben. Aber es half alles nichts, egal, was sie zu ihr sagte, die Eltern behaupteten sofort das Gegenteil. Der Kleinen erklärten sie, sie, Maria, sei alt und nicht mehr ganz richtig im Kopf. Je offensichtlicher es wurde, dass das, was das Mädchen erlebte, keineswegs Einbildung war, desto nervöser wurde ihr idiotischer Vater. Um sich von seiner Angst vor dem Unbekannten zu befreien, übte er immer mehr Druck und Gewalt gegen seine Tochter aus. Er bestand darauf, dass sie medikamentös behandelt werden solle, auch gegen ihren Willen. Das hatte Doktor Roberto allerdings Gott sei Dank abgelehnt, vorläufig zumindest.

Hieß er wirklich Roberto? Oder Alberto? Ihr Gedächtnis – oje, ständig vergaß sie etwas. Selbst die Namen der Medikamente, die sie einnehmen musste. Bloß einen nicht: »Capoten.« »Das ist doch kinderleicht«, sagte sie immer zum Spaß: »Capoten, um nicht kaputtzugehen.« Das fanden die anderen immer äußerst witzig, vor allem aber hatten sie dann jedes Mal den Eindruck, sie sei ja wirklich noch topfit und völlig klar im Kopf. Dabei stimmte das gar nicht, ständig musste Maria feststellen, dass die Dinge sich ihr immer mehr entzogen, wie kleine Schmetterlinge, die sich geräuschlos davonmachten, um im Dunkel des Waldes unterzutauchen. Zurück blieb nichts als ein Gefühl der Leere und ein leises Rascheln, wie wenn der Wind durchs trockene Laub bläst. Angefangen hatte es mit den Namen: Alberto, Roberto. Gabriel, Rafael. Mariana, Fabiana. Irgendwann war ihr der Name ihrer Zweitgeborenen nicht mehr eingefallen, die sie ihrerseits über fünf Minuten lang unbarmherzig schweigend angestarrt hatte, bis es Maria gelungen war, die zwei kurzen Silben auszusprechen: Gil-da, natürlich! Was für ein einfacher Name für einen dermaßen komplizierten Menschen … Andererseits musste sie wirklich nicht gerade wenige Namen im Gedächtnis behalten: Drei Töchter, acht Enkel und fünf Urenkel hatte sie inzwischen, und der oder die nächste war schon unterwegs. Und dazu noch all die Schwiegersöhne und Neffen und Nichten und deren Freunde und Freundinnen. Die einzigen Namen, die sie nie im Stich ließen, waren Ramiro – so hatte ihr verstorbener Mann geheißen – und Alzira.

Das Nächste war die zeitliche Zuordnung gewesen. Sie hatte begonnen, die Generationen durcheinanderzubringen. Von Sachen, die zehn Jahre oder noch länger zurücklagen, sprach sie nun, als wären sie erst vor kurzem geschehen. Ihre Urenkelin Alice bezeichnete sie als »meine Enkelin«, und im Gespräch mit ihren Enkeln sagte sie »euer Vater« und meinte damit Ramiro. Das hatte immer mehr zugenommen, was auch mit der Geringschätzung zu tun hatte, die sie für ihre Töchter empfand, die sie allesamt enttäuscht hatten. Da waren ihr die Enkel und Urenkel doch lieber, die erwiesen sich als würdige Träger der Traditionen ihrer Familie. Bloß Alicias Mutter nicht, weil die ja diesen Idioten geheiratet hatte. Wie hieß sie noch gleich? Susana? Eliana? Solange? Nein, Solange war die andere, dieses Mannsweib. Noch so eine Enttäuschung. Aber wie hieß sie denn nun? Sônia? Soraia? Ach, ist doch egal!

Stolz dachte sie daran, dass drei ihrer Enkel Musiker geworden waren. Sie kamen nach Ramiro, klar. Was war ihr Verstorbener doch für ein fröhlicher Mensch gewesen! Und ein begnadeter Pianist – einmal war er sogar mit Radamés Gnattali in Rádio Nacional zu hören gewesen. Solange er lebte, war jeden Sonntag bei ihnen zu Hause musiziert worden. Mit den Kollegen vom Orchester, deren Ehefrauen, jungen Talenten vom Konservatorium. Die Kinder aus der Nachbarschaft versammelten sich bei ihnen auf der Terrasse, um von draußen den zauberhaften Klängen aus dem Inneren des Hauses zu lauschen. Maria bereitete verschiedene Knabbereien, Häppchen, belegte Brote und ihre berühmte Suppe aus gekochten Rinderfüßen vor. Es war jedes Mal ein Fest! Als ihr Mann im Alter von gerade einmal 54 Jahren durch einen Herzinfarkt aus dem Leben gerissen wurde, war es mit alldem schlagartig vorbei. Am schwierigsten zu begreifen waren die Umstände seines Todes: Ramiro gehörte nicht zu den Leuten, die sich viel aus Samba machen, weshalb sie umso überraschter waren, als sie erfuhren, dass er ausgerechnet bei einer Samba-Session gestorben war. Verstehe das, wer will! Jedenfalls schien sich mit seinem Tod das ganze Viertel von der Welt verabschiedet zu haben – Riachuelo war nicht mehr so wie früher. Inzwischen gab es hier bloß noch Gewalt und Abgase und unangenehmes Gesindel, das sich auf der Straße herumtrieb. Mit dem beschaulichen Vorort aus der Zeit, als sie hierher gezogen waren, hatte das Riachuelo von heute nichts mehr zu tun.

Während Maria an diesem Sonntagabend draußen auf der Terrasse zusah, wie der Wind durch die Töpfe mit den Farnkräutern strich, träumte sie sich in die Zeit zurück, als das Haus fröhlich und voller Leben gewesen war. Zum Mittagessen hatte sie heute viele Gäste gehabt: ihre drei Töchter, vier Enkelkinder und alle Urenkel, samt den dazugehörigen Ehemännern und Freunden. Als sie gegangen waren, war es im Haus wieder still geworden. Maria hatte eine Zeitlang in Gedanken versunken auf ihrem Sessel gesessen. Mit dem schwächer werdenden Tageslicht war auch das Lächeln aus ihrem Gesicht verschwunden. Schließlich war sie aufgestanden und auf die Terrasse gegangen, an die frische Luft, bevor die quälenden Stunden anbrachen, während denen sie so gut es ging – sie hatte sich dafür längst ihre eigene Methode zurechtgelegt – dem Jammern und Wehklagen ihrer Schwester Alzira auszuweichen versuchte: Es seien aber gar nicht alle gekommen, der Pudding sei viel zu fest gewesen, die anderen hätten ihr nicht zum Hochzeitstag gratuliert. Alzira war seit fünfzehn Jahren verwitwet, bildete sich aber immer noch ein, alle Welt müsse dieses Datum im Kopf haben. Gott sei Dank gab es auf Globo TV sonntags immer die Show *Fantástico*. So war Alzira damit beschäftigt, darüber zu meckern, wie Glória Maria wieder daherkam, oder den Moderator Zeca Camargo anzuhimmeln, und Maria hatte ihre Ruhe. In Rosa- und Orangetöne zerfließend versank die glühende Herbstsonne schließlich hinter den gegenüberliegenden Gebäuden. Maria klappte den Liegestuhl zusammen, klemmte ihn sich unter den Arm und schickte sich an, wieder hineinzugehen. Es war Zeit, die Kerze für

Ramiro anzuzünden, für sein Seelenheil, Maria machte das jetzt seit fast vierzig Jahren, Tag für Tag, nie hatte sie es vergessen. Die Kerze durfte immer bis nach Mitternacht brennen, so verstrich kein Tag ohne die leuchtende Erinnerung an ihren verstorbenen Mann.

Als sie eben über die Schwelle treten wollte, traf sie ein Stoß im Rücken, und eine Stimme flüsterte ihr ins Ohr:

»Immer schön reingehen, Oma, und lass dir bloß nicht einfallen zu schreien.«

Die Art, wie der Mann sprach, und der drohende Tonfall schlossen jeden Zweifel aus: Schon wieder ein Überfall, zum dritten Mal in diesem Jahr, und das am Palmsonntag! Maria stolperte und stürzte vornüber. Sie kam zuerst mit dem einen Knie auf, dann mit dem anderen. Der Klappstuhl milderte den Aufprall ein wenig ab; außerdem konnte sie mit seiner Hilfe gleich wieder aufstehen. Sie hörte, wie sich hinter ihr der Schlüssel im Schloss der neuen Tür drehte. Diese war nach dem letzten Überfall eingesetzt worden, schließlich hatten die Räuber damals sogar die alte Tür aus Perobaholz mitgenommen. Ramiro hatte sie, als sie 1956 das Haus bauten, von einem portugiesischen Schreiner anfertigen lassen, mit dem er gut befreundet war. Maria war erschrocken, Angst empfand sie dagegen nicht, bloß ungeheure Müdigkeit. Langsam richtete sie sich auf, klopfte sich den Staub vom Saum ihres Kleides und sah zum ersten Mal dem Mann ins Gesicht, der bei ihr zu Hause aufgetaucht war, um sie zu überfallen. Er war fast noch ein Kind, vielleicht 18 oder 19 Jahre alt, ein dicklicher, pausbäckiger Mulatte, der sie aus seinen Glupschaugen geradezu ängstlich ansah. Er trug ein rot-blau gestreiftes Hemd, eine kurze schwarze Hose und weiße Turnschuhe. Sein kleiner Revolver, der etwas von einer Spielzeugwaffe hatte, wanderte unablässig von der einen Hand in die andere, als litte sein Besitzer unter einem nervösen Tick.

»Du steckst so'n Sturz ja ganz schön locker weg, Oma, was?«

»Ich bin nicht deine Großmutter. Ich heiße Maria, und ich möchte von dir gesiezt werden.«

Der Einbrecher lächelte verlegen und belustigt zugleich. Eine Weile sagte er nichts, offenbar überlegte er, was als Nächstes zu tun war. Er betrachtete Maria so versonnen wie ein moppeliger Schüler, der vor dem Karren des Eisverkäufers steht und nicht weiß, welches Eis er nehmen soll.

»Alles in Ordnung, Dona Maria? Es macht Ihnen doch nichts aus, dass ich Ihnen nicht sage, wie ich heiße, oder?«

Maria blieb stumm. Der Junge sprach jetzt mit tieferer Stimme, um älter und härter zu wirken.

»Wo is die Kohle? Und der Schmuck?«

»Schmuck habe ich schon lange keinen mehr. Den habe ich meinen Enkelinnen geschenkt. Und Geld habe ich auch nicht viel da. In meiner Frisierkommode habe ich vielleicht 150 Reais. Soll ich die aus dem Schlafzimmer holen?«

Als sie das gesagt hatte, rührte sie sich nicht – nicht bevor der Räuber ihr erlaubt hatte, den Raum zu verlassen. Mit Überfällen kannte sie sich aus, sie wusste genau, was man auf keinen Fall tun durfte.

»Hundertfünfzig?«

»Ja, damit muss ich morgen den Arzt bezahlen. Er behandelt nur gegen Bargeld.«

Sichtlich enttäuscht, runzelte der Einbrecher die Stirn. Er sah sich suchend im Raum um, irgendwo musste es doch etwas geben, was ein bisschen was wert war.

»Wo is'n Ihre Musikanlage?«

»Frag doch deine Kumpel, beim letzten Mal haben sie alles mitgenommen, vor zwei Monaten war das.«

»DVD-Player, Computer, Digitalkameras?«

»Schön wär's! Ich habe bloß den alten Fernseher dort. Den kannst du haben.«

Das Gerät war älter als er selbst, wie der Einbrecher schnell herausfand. Der beinahe höhnische Tonfall, in dem die Alte geredet hatte, sprach für sich. Er zweifelte nicht daran, dass sie die Wahrheit sagte. Zwei Fingerbreit über seinen Augenbrauen tat sich eine tiefe Furche auf. Er spitzte die dicken Lippen, wie überhaupt sein ganzes Gesicht geradezu schmal wurde, während er angestrengt darüber nachdachte, welche Möglichkeiten er noch hatte. Selbst der Revolver stellte sein unablässiges Wandern ein. Plötzlich wurde sein Gesicht wieder schön glatt und rund, und in seinen Augen blitzte es auf – offensichtlich war ihm etwas eingefallen.

»Dann geben Sie mir eben Ihre Kreditkarte und das Scheckheft«, befahl er.

»Gut. Ich hole nur schnell meine Handtasche, einverstanden? Ich muss aber dazu sagen, dass ich absolut nichts auf dem Konto habe. Jetzt ist Monatsende, die Rente wird immer erst am Fünften überwiesen.« Wieder zeigte sich Enttäuschung im Gesicht des jungen Mannes, nun mischte sich aber auch Verzweiflung darunter. Doch kaum hatte er die schlechte Nachricht verdaut, trat er entschlossen auf Dona Maria zu und hielt ihr die Waffe an den Kopf. Mit weinerlicher Stimme schrie er:

»Sie lügen!«

»Leider nein.«

Diese beiden Worte sprach Dona Maria so sanft und ergeben aus, dass der Einbrecher als Reaktion darauf den Arm schlaff hinabsinken ließ, als wäre die Waffe in seiner Hand von plötzlicher Impotenz befallen. Der Kopf folgte dem Beispiel, und die Augen hefteten den Blick starr auf den Parkettboden, der sich im nächsten Moment unter ihnen auftun zu wollen schien.

»Möchtest du ein Glas Wasser, mein Junge? Heute ist es ganz schön heiß.«

»Ich will kein Scheißwasser!«, brüllte der Typ wie ein beleidigtes Kind.

»Dann setz dich hier hin, und ich hole das Geld aus der Frisierkommode. Aber hör auf zu schreien, sonst weckst du meine Schwester.«

Zu ihrer Überraschung tat der Junge, was sie gesagt hatte. Er ließ sich auf einem der Stühle am Esstisch nieder und machte ein Gesicht, als wartete er darauf, dass ihm als Nächstes das Abendessen serviert würde.

Was soll nur aus der Welt werden?, fragte sich Maria, während sie sich auf den Weg in ihr Zimmer machte. Die Kerle wissen ja nicht mal, wie man jemanden überfällt. Heutzutage herrscht wirklich ein heilloses Durcheinander. Beim Mittagessen hatte jemand eine unglaubliche Geschichte erzählt, die in der Schule passiert war, die ihre Urenkelinnen besuchten. Die Schulleitung war einer Viererbande auf die Schliche gekommen, die einen schwunghaften Handel mit den gebrauchten Schlüpfern ihrer Mitschülerinnen aufgezogen hatte: Sie verkauften sie an irgendwelche Spinner in Japan! Die Jungs zahlten den Mädchen für jeden Schlüpfer fünf Reais und verkauften sie für über hundert weiter. Unfassbar! Schlimm genug, dass sich Leute fanden, die so etwas kauften, aber dass dann auch noch die Schüler selbst das Ganze organisierten und ein Geschäft daraus machten ... Und die Mädchen hatten offensichtlich nicht das Geringste einzuwenden. Im Gegenteil, sie spielten begeistert mit. Einer der vier Jungs brachte morgens frische Schlüpfer in die Schule mit und sammelte sie am Nachmittag, wenn sie schön schmutzig waren, wieder ein. Alles perfekt organisiert, wie in einer Fabrik. Fehlte bloß noch der Gewerbeschein. Und dieser Räuber in ihrem Wohnzimmer – mein Gott, er konnte einem fast leidtun. Er war nicht mal imstande, einer 93-Jährigen Geld abzuknöpfen. Andererseits gab es ihr einen Stich, wenn sie daran dachte, dass ihr jemand leidtun sollte, der sie zuerst zu Boden gestoßen hatte und ihr jetzt die 150 Reais für Doktor Carvalho abnehmen würde. Wobei der auch nicht viel besser war: 150 Reais dafür, dass er sie in seiner Praxis empfing – ein Quittung stellte er selbstverständlich nicht aus, nicht umsonst akzeptierte er ausschließlich Bargeld. Was für ein gottverdammtes Schlitzohr!

Maria trat an die Frisierkommode und nahm das Geld heraus. Für alle Fälle zählte sie noch einmal nach. Es waren genau 150. Sie überlegte, ob sie die Kreditkarte und das Scheckheft auch mitnehmen solle. Dann entschied sie sich dagegen. Er konnte ruhig selbst noch einmal danach fragen. Falls ja, würde sie einfach behaupten, sie habe es vergessen. Alte Menschen vergessen doch ständig etwas. Andererseits war es wirklich erstaunlich, sagte sie sich nun, dass sie keineswegs alles vergaß – an die Geschichte mit den Schlüpfern erinnerte sie sich ganz genau. Schon lange war sie nicht mehr so hellwach und klar bei Verstand gewesen, sie hätte nicht sagen können, wann sie zum letzten Mal so sicher über ihre Erinnerungen hatte verfügen können. Wahrscheinlich lag es an der Aufregung. Als sie wieder aus dem Zimmer trat, stieß sie auf Alzira, die ihr im Flur entgegenkam. Bevor Maria auch nur ein Wort hatte sagen können, überschüttete ihre Schwester sie mit lauter idiotischen Fragen:

»Was ist denn los? Was machst du mit dem ganzen Geld? Wohin willst du?«

»Das ist für den Einbrecher im Wohnzimmer.«

»Mach dich nicht über mich lustig. Ich habe bloß was gefragt. Und darauf kannst du ganz normal antworten. Warum bist du immer gegen mich? Was habe ich dir getan?«

Alziras immer gleiche Litanei reizte Maria bis aufs Blut. Sie brauchte bloß ihre träge und aufdringliche Stimme zu hören, und schon stellte sich ein stechender Schmerz hinter ihren Augen ein. Wie konnte man so laut und gleichzeitig ohne jeden Rhythmus sprechen?

»Ich mache mich nicht über dich lustig. Im Wohnzimmer ist ein Einbrecher. Wenn du's nicht glaubst, schau selber nach.«

Alzira sah sie einen Augenblick fassungslos an. Dann ging sie auf Zehenspitzen zur Wohnzimmertür. Sie beugte den dürren Körper vor und schob die Nasenspitze gerade so weit über die Schwelle, dass sie sich umsehen konnte. Kaum hatte sie den Jungen erspäht, fing sie an, in erstaunlicher Lautstärke loszuschreien:

»Hilfe! Hilfe! Ein Einbrecher! Zu Hilfe, oh mein Gott, so helfen Sie uns doch!«

Der Einbrecher wäre vor Schreck fast vom Stuhl gefallen. Er sprang auf wie eine Figur aus einem Zeichentrickfilm, richtete die Waffe auf Alzira und blaffte sie an:

»Hör auf zu kreischen, alte Spinnerin!«

»Nicht schießen, bitte nicht schießen …«, stammelte Alzira flehend.

»Halt's Maul, Alte!«, brüllte der Gangster verzweifelt.

Maria, die inzwischen auch im Wohnzimmer stand, beschloss, einzugreifen:

»Warum klebst du ihr nicht eine?«

»Was?«

»Damit sie Ruhe gibt.«

»Maria!«

»Halt den Mund, Alzira. Du brauchst nicht so herumzuschreien, du machst den Jungen bloß nervös.«

Einen Moment lang schien keiner zu wissen, wie es weitergehen sollte, doch dann übernahm Alzira die Regie, indem sie hemmungslos zu schluchzen begann. Maria führte sie zum Sofa und brachte sie dazu, sich zu setzen. Kaum geschehen, entwand Alzira den Arm mit einer heftigen Bewegung dem Griff ihrer Schwester und verbarg das Gesicht in einem der riesigen Kissen. Maria wusste schon zu diesem Moment, dass sie sich den Rest ihres Lebens tagaus, tagein die Vorwürfe ihrer Schwester würde anhören müssen, weil sie den Räuber aufgefordert hatte, sie zu schlagen. Ihr zu erklären, dass sie das absichtlich getan hatte, damit er sie nicht umbrachte, würde nichts nützen. Die Seele eines kleinen Kindes im Körper einer 95-Jährigen! Herr im Himmel, wie lange muss ich das noch ertragen?

Als sie sich wieder dem Einbrecher zuwandte, stellte sie erleichtert fest, dass er die Waffe erneut gesenkt hatte. Sie ging zu ihm und legte das kleine Bündel Geldscheine auf den Tisch.

»Hier, dein Geld.«

Der junge Mann verteilte die Scheine auf dem Tisch,

um nachzuzählen, ohne die Waffe ablegen zu müssen. Fünf Zwanziger und fünf Zehner, 150 Reais, nicht einer mehr. Beim Anblick der bescheidenen Summe schien sich erneut Enttäuschung in ihm breitzumachen.

»Sind Sie sicher, dass Sie nicht noch mehr haben?«

»Ja. Das ist alles, mehr ist nicht da.«

»Und die Verrückte dort«, sagte er und zeigte mit der Waffe auf Alzira, »hat die nicht noch was?«

»Nein. Oder glaubst du, ich würde ihr Geld anvertrauen?«

Ein Anflug von Lächeln zeichnete sich auf dem Gesicht des Mannes ab. Die Erklärung schien ihn zu belustigen. Trotzdem gab er sich nicht so schnell geschlagen.

»Soll ich selbst mal nachschauen, in Ihren Zimmern?«

»Ganz wie du willst.«

»Hören Sie, wenn ich noch irgendwas finde, werd ich stinksauer und bring Sie beide um!«

»Bitte schön!«, sagte Maria und deutete mit ausgebreiteten Händen in Richtung Flur; wie satt sie das Ganze hatte, war ihr deutlich anzusehen.

Frustriert verzichtete der Einbrecher darauf, die Schlafzimmer zu durchsuchen, und setzte sich wieder an den Tisch. Die Hand mit dem Revolver legte er in den Schoß, die Beine streckte er lang aus, den anderen Arm ließ er seitlich hinabhängen, so dass die Hand beinahe den Boden berührte. Bei seinem Anblick hätte man meinen können, er habe soeben drei Teller Bohneneintopf verzehrt. Offensichtlich dachte er nach.

Ziemlich lange verharrte er in dieser Haltung, reglos, den Blick auf Maria gerichtet, die sich zusehends unbehaglich fühlte. Unmöglich, zu sagen, was sein Gesicht ausdrückte. Hass lag darin, aber durchaus auch so etwas wie Bewunderung. Zum ersten Mal verspürte Maria Angst. Ob dieser Nichtsnutz am Ende nicht nur ein Einbrecher, sondern darüber hinaus einer von diesen Männern war, die scharf auf alte Frauen sind? Um sich ihre Unsicherheit nicht anmerken zu lassen, unterdrückte sie den Drang, zu schlucken. Wenn ein Bluthund erst mal die Fährte aufgenommen hat …

»Sie sind echt 'ne heiße Nummer, wussten Sie das?«

Maria zog es vor, auf jegliche Antwort zu verzichten. Andererseits hätte sie gar nicht gewusst, was sie auf einen derartigen Kommentar erwidern sollte.

»Wie alt sind Sie eigentlich?«

»93.«

»93! Ach du Scheiße – Sie sind ja total alt!«

»Jedenfalls alt genug, um mir keine solchen Ausdrücke anhören zu brauchen.«

Der Tadel war ihr wie von selbst über die Lippen geschlüpft, noch ehe sie überhaupt hatte nachdenken können. Bei dem harschen Klang ihrer Stimme bereute sie die Worte sofort. Der Einbrecher kniff leicht die Glupschaugen zusammen, und seine Hand schloss sich unmerklich fester um den Revolvergriff. Davon abgesehen fläzte er weiterhin unbeweglich im Stuhl. Mehrere qualvolle Sekunden blieb es vollkommen still.

»Entschuldigen Sie. Das war nicht gerade höflich von mir.«

Seine Worte klangen ungewöhnlich ernst. Zum ersten Mal ließ er eine gewisse Einsicht erkennen. Da gab Maria dem Bedürfnis zu schlucken nach, sie konnte nicht anders. Es entging ihm nicht, und er lächelte genüsslich.

»Wissen Sie was, Dona Maria? 150 Reais ist einfach zu

wenig. Wenn ich von hier verschwinde, muss ich schon ein bisschen mehr in der Hand haben.«

»Mehr habe ich nicht. Da hättest du dir ein anderes Haus aussuchen müssen.«

»Das hier ist das beste im ganzen Viertel. Ich hab gedacht, wer in so 'nem Palast wohnt, muss auch Kohle haben, verstehen Sie?«

»Ja, das glauben die anderen auch. Vielleicht bin ich deshalb schon so oft überfallen worden.«

»Wie oft denn?«

»Sechs Mal.«

»Scheiße …«

In seiner Stimme mischten sich ehrliches Staunen und verzückte Bewunderung.

»Warum ziehen Sie nicht um?«

»Meinen Töchtern würde das so passen. Aber ich will nicht. Dieses Haus habe ich zusammen mit meinem Mann gebaut, fünfzig Jahre ist das jetzt her. Und wir waren hier immer sehr glücklich.«

»Fünfzig Jahre! Wow, da war das Viertel bestimmt noch ganz anders, stimmt's?«

»Es war wunderschön. Das kannst du dir gar nicht vorstellen.«

Beide versenkten sich träumerisch in die Betrachtung der Vergangenheit. Sie bildeten ein seltsames Paar: Er auf dem Stuhl sitzend, sie neben ihm stehend; er jung, sie alt; er dunkelhäutig und dick, sie fast durchsichtig und zerbrechlich. Und zwischen ihnen die Waffe, die sie miteinander verband. In der Stille war jetzt nur Alziras leises Wimmern zu hören, sie lag immer noch auf dem Sofa, das Gesicht im Kissen verborgen, und betete schluchzend.

Irgendwann richtete der Einbrecher sich auf – offensichtlich hatte er eine Entscheidung getroffen, wofür er ebenso offensichtlich eine gehörige Portion Mut hatte aufbringen müssen.

»Irgendwas müssen Sie mir noch geben. Dann verschwinde ich.«

»Aber was? Ich hab dir schon gesagt, dass ich nichts mehr habe. Nimm doch den Fernseher …«

»Was soll ich mit dem Schrott?«, höhnte er. »Wie ist es denn mit Besteck, oder Geschirr, irgendwas aus Silber?«

»Haben sie mir alles längst geklaut, das hab ich doch schon gesagt.«

»Scheiße.«

Der Einbrecher fing an, langsam im Raum umherzugehen. Dabei sah er in sämtliche Ecken, tastete die Wände ab, zog die Schubladen auf – man hätte meinen können, er sei gekommen, um das Haus womöglich zu kaufen, und nehme deshalb alles so gründlich in Augenschein. Als er am Sofa vorbeikam, wurde Alziras Litanei lauter. Für alle Fälle warf er einen Blick unters Sofa. Aber auch dort war nichts. Dann ging er hinüber ins Esszimmer und baute sich vor der Vitrine auf, in der mehrere billige Gläser und Kannen standen, nebst einer kleinen Sammlung von Nippesfiguren, die im Lauf der Jahre zusammengekommen war. Ohne um Erlaubnis zu fragen drehte er den alten Schlüssel im Schloss und öffnete die Vitrinentür. Triumphierend entnahm er ihm einen kleinen weißen Porzellanvogel, der an Augen, Schnabel, Schopf, Schwanz und Flügeln mit Gold verziert war. Er gehörte zu einer Gruppe von sechs bis auf die Farbe identischen Vögeln – die übrigen waren blau beziehungsweise gelb, rosa, rot und grün bemalt. Wie ein Detektiv aus einem

Film, der das entscheidende Beweisstück gefunden hat, um den Mörder zu überführen, hielt er den Vogel in die Höhe und rief:

»Und was ist das?«

Dona Maria blieb in ihrer Verwirrung nichts anderes übrig, als der Wahrheit entsprechend zu antworten:

»Der ist nichts wert, das ist bloß billiges Porzellan. Mein Mann hat ihn mir mal zum Geburtstag geschenkt. Er hat gewusst, dass ich die kleinen Figürchen sehr gern habe.«

»Den haben Sie von Ihrem Mann?«

»Genau.«

»Dann ist er für Sie also was wert …«

»Ja, doch, mir bedeutet er was …«

»Und tschüs!«

Mit diesen Worten schob der Einbrecher sich den kleinen weißen Vogel in die Hosentasche. Den übrigen fünf erging es nicht besser, einer nach dem anderen verschwand in seiner kurzen Hose, bis auf den letzten, für ihn war in der Tasche nicht genug Platz, weshalb er zu Boden fiel. Dabei zersprang der eine Flügel, und der zarte Schwanz brach ab. Der Einbrecher und Dona Maria betrachteten schweigend das kleine gelbe zerschmetterte Wesen, das unbeirrt sein fröhliches Gesichtchen zeigte, als machte es ihm nichts aus, dass man es auf einmal so schlecht behandelte, obwohl es all die Jahre so sorgfältig behütet worden war. Armes Vögelchen, gleich mit dem ersten Flugversuch hatte sein Leben ein tragisches Ende genommen. Der Einbrecher hob den Blick vom Boden und sah Dona Maria ins Gesicht. Ein dreistes Lächeln blitzte in seinen Augen auf.

»Den da mag ich nicht, der ist kaputt.«

Maria beschloss, ihren Töchtern nichts von dem Vorfall zu erzählen. Sie würden sie daraufhin ja doch bloß zwingen, aus dem Haus auszuziehen. Nach dem letzten Überfall hatte sie hoch und heilig versichern müssen, dass beim nächsten Mal endgültig Schluss wäre. Alzira brachte sie mit einer Mischung aus Drohungen und Versprechungen dazu, gute Miene zum bösen Spiel zu machen – vor allem, nachdem sie ihr klargemacht hatte, dass sie andernfalls unweigerlich im Altenheim landen würde. Vorsichtshalber erzählte Maria überhaupt niemandem etwas, nicht einmal der Polizei, geschweige denn den Nachbarn. Trotzdem, oder gerade deshalb, kam sie seither nie mehr ganz zur Ruhe. Nicht aus Angst vor einem erneuten Überfall oder etwa davor, dass der seltsame Porzellanvogeldieb ihr noch einmal seine Aufwartung machen könnte. Das würde nicht geschehen, da war sie sich ganz sicher – er hatte alles von ihr bekommen, was er wollte. Um ein richtiger Verbrecher zu werden, würde er sich künftig höhere Ziele stecken und bloß noch Dinge in Angriff nehmen, bei denen es tatsächlich etwas zu verdienen gab, obwohl er sicher nichts dagegen hätte, wenn sich dabei die Möglichkeit ergab, andere Menschen zu demütigen. Angst hatte sie also keine, eher empfand sie ein nicht genauer bestimmbares Unbehagen. Woher es rührte, hätte sie nicht sagen können. Vielleicht sorgte sie sich einfach um die gesamte Menschheit, irgendwie schien ihren Zeitgenossen die Orientierung abhanden gekommen zu sein. Alles hatte sich so sehr verändert, die heutige Welt hatte mit der, in der Maria geboren und aufgewachsen war, nichts mehr zu tun – als hätte sie früher auf einem anderen Planeten gelebt. Außerdem waren alle, die zusammen mit ihr groß geworden waren, inzwischen gestorben, bis auf Alzira, ausgerechnet, dabei hatte sie die immer schon unausstehlich gefunden. Alles, was ihr etwas bedeutet hatte, war verschwunden. Na gut, fast alles ... Ihre Urenkelin war noch da. Als Maria eines Abends wieder einmal auf die Kleine aufpasste, bis deren Eltern nach Hause zurückkehrten, kam Alice plötzlich mit einem Blatt Papier zu ihr und überreichte es ihr als Geschenk: Sie hatte sorgfältig sechs kleine Vögel darauf gemalt, jeden in einer anderen Farbe, genau wie die, die man ihr gestohlen hatte, nur dass sie hier hoch oben zwischen den Sternen umherflogen.

»Damit sie dir nicht so fehlen, Oma Maria. Sie brauchen nicht mehr im Käfig zu sitzen.«

Die Kleine hatte tatsächlich dieses gewisse Etwas.

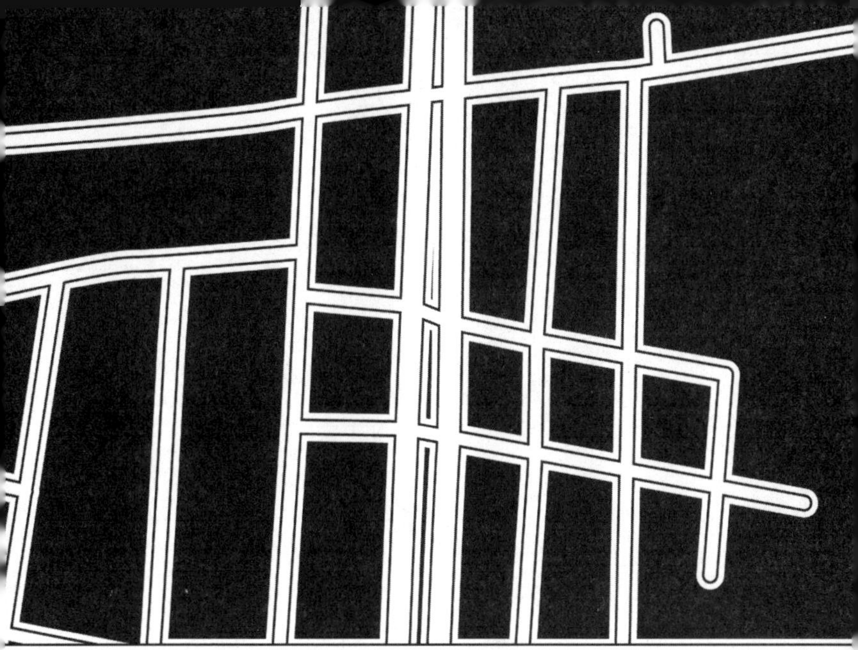

Jade, Bonsucesso, 6

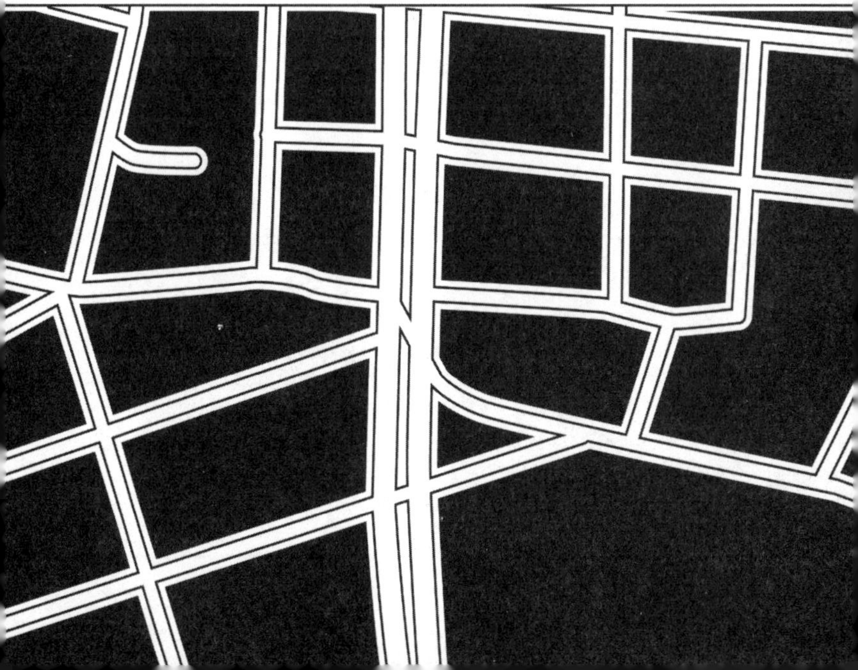

Haaaaaaaaaaaaaaaaaaaaaaaalooooooooooooooooo!!!!!!!!!!!!!!!!!!
Bist du wach? Los, wach auf, Schlafmütze, auf geht's! Meine Mama hat gesagt, ich soll dich nicht wecken. Aber du bist ja schon wach, oder? Toll, dann können wir uns viel besser unterhalten. Ich heiße Jade und ich bin sechs Jahre alt. Und du? Meine Mama hat gesagt, du spielst nachher mit mir. Sie ist zur Arbeit. Bei Dona Yvete zu Hause. In Barra. Da arbeitet sie nämlich. Das ist weit weg von hier. Bist du ein Freund von meiner Mama? Du musst aber sehr gut befreundet mit ihr sein, weil – sie lässt dich ja in ihrem Bett schlafen. Eine Freundin von mir schläft auch manchmal bei mir im Bett. Sie heißt Kelly. Sie ist meine Kusine, nicht nur meine Freundin. Sie wohnt bei meiner Tante, in der anderen Straße da. Nachher können wir sie fragen, ob sie mitspielen will. Sie ist sieben und sehr, sehr hübsch.

Weißt du, was mein Lieblingsspiel ist? Am liebsten spiele ich Schule. Weißt du, wie das geht? Ich zeig's dir. Du bist der Schüler und ich die Lehrerin. Dafür musst du aber am Tisch sitzen. Also, steh auf, los, mach schon! Komm jetzt, looos! Du willst ins Bad? Na gut. Kannst gehen. Ich warte solange. Du gehst ins Bad, und ich hol schon mal alle Sachen zum Spielen. Hier ist das Klassenzimmer. Und da die Tafel. Das ist Jessica, meine Lieblingspuppe. Und das ist Samanta, aber die mag ich nicht so gern, weil die ist blond, und ich bin nicht blond. Außerdem brauchst du ein Buch, damit du sehen kannst, was heute dran ist. Wo ist denn das Buch? Ach so, hier. Jessica und Samanta setzen sich hierhin. Und Mamas Freund da. Wo ist denn Mamas Freund? He, bist du immer noch nicht fertig im Bad? Komm jetzt! Also, du sitzt hier, ja? Jetzt fängt die Klasse an. Wann meine Mama wiederkommt? Keine Ahnung. Nachher irgendwann. Wenn Tante Selma kommt und das Mittagessen bringt, kannst du sie fragen. Tante Selma ist nicht meine richtige Tante. Sie ist unsere Nachbarin. Aber Mama sagt, das macht man so: Eine Hand wäscht die andere.

Nein, natürlich bin ich sonst nicht allein zu Haus. Ich bin ja noch ein Kind! Sonst ist Tante Carminha immer bei mir, aber die ist jetzt im Krankenhaus. Vorgestern hat sie sich untersuchen lassen, obwohl Feiertag war, und sie ist noch nicht zurück. Die feiern ja ganz schön lange! Tante Carminha ist Mamas Tante, verstehst du? Sie ist meine Großtante, aber sie ist auch meine Oma, weil – ich hab keine richtige Oma. Das sagt sie immer. Eigentlich erzieht sie mich. Sie sagt, eine Mama erzieht die Kinder, und die Oma verzieht sie, aber sie muss beides machen, meine Oma ist nämlich gestorben und meine Mama arbeitet. Ist doch ganz einfach, oder fehlt dir was? Das sagt sie auch immer. Ich möchte sooo gern, dass sie wiederkommt! Tanta Carminha habe ich ganz doll lieb. Meine Mama hat gesagt, sie kommt erst am Samstag aus dem Krankenhaus, wenn Gott will. Aber dann muss ich noch mal allein sein. Ich hab auch nicht ganz verstanden, wieso. Mama hat gesagt, das ist der Tag vom heiligen Georg, und da muss sie Tante Carminha in die Rua da Alfândega bringen, damit sie beim heiligen Georg

Buße zahlen kann, damit sie wieder aus dem Krankenhaus kommt.

Ich war auch schon mal in der Rua da Alfândega. Das war toll!!! Da gibt's ganz viele Läden mit Spielzeug und Festsachen und lauter verschiedenen Kleidern. Das ist so schön! Ich wollte auch mitgehen, am Samstag, aber meine Mama will nicht. Sie hat gesagt, da sind viel zu viele Leute, wegen dem heiligen Herrn Georg, und dass das kein Platz für Kinder ist. Das finde ich total doof! Ich war nämlich schon im Laden von Herrn Georg, zum Süßigkeiten Kaufen, und da waren überhaupt nicht so viele Leute. Und wieso braucht der eigentlich einen ganzen Tag nur für sich, dieser heilige Herr Georg, ist der so wichtig? Außerdem verstehe ich nicht, warum Tante Carminha extra in die Rua da Alfândega gehen muss, nur um da diese Buße zu zahlen. Warum geht sie nicht zur Bank und zahlt wie alle anderen auch? Oder warum geht sie nicht direkt zu Herrn Georg und gibt ihm das Geld? Tia Carminha ist manchmal ganz schön umständlich. Wahrscheinlich weil sie so alt ist. Mama hat gesagt, sie ist fast siebzig. Kannst du dir das vorstellen? Das ist wirklich sehr alt!

Wie alt bist du eigentlich? He? He, wach auf! Schlafmütze! Bist du müde? Trink doch einen Kaffee. In der Thermoskanne natürlich, wo denn sonst. Hier. Eine Tasse? Was? Ach so, dann nimm den Becher hier. Na klar ist schon Zucker drin. Tanta Carminha sagt immer, das Leben ist bitter genug. Wenn du noch mehr willst, da in dem Glas ist noch welcher, ja? Aber nicht zu viel, das ist schlecht für die Zähne, weißt du? Kann ich dich was fragen? Gehört dir das Motorrad da unten? Kann ich mich nachher mal draufsetzen? Ehrlich? Au jaaaaaaaaaaaaaaa! Es sieht soooo toll aus, echt!

Wie das Fahrrad von meinem Papa, bloß viel größer. Das Rad von meinem Papa musst du unbedingt mal sehen. Der braucht keine Stützräder! Nein, mein Papa wohnt nicht hier. Das würde Tante Carminha nie erlauben. Sie sagt, mein Papa ist ein Penner. Er ist total sauer geworden, als ich ihm das erzählt habe. »So eine Scheiße«, hat er gesagt. Oh, jetzt hab ich Scheiße gesagt. Tante Carminha schimpft immer mit mir, wenn ich unanständige Wörter sage, warum, weiß ich auch nicht. Sie und meine Mama sagen dauernd selber welche. Nein, mein Papa kommt nur manchmal, aber er bringt mir immer ein Überraschungsei mit … oder Gummibonbons oder Schokoerdnüsse. Das heißt, letztes Mal hat er nichts mitgebracht, nicht mal Geleebananen. Also eigentlich ist er schon ein bisschen ein Penner. Er hat eine total doofe Freundin, Charlene. Meine Mama sagt, sie ist doof. Aber mein Papa hat mal zu ihr gesagt, sie ist vielleicht doof, aber sie ist auch total scharf. Da ist Mama stinksauer geworden. Das war an meinem Geburtstag. Mein Onkel wollte meinen Papa schlagen. Es hätte fast eine Riesenprügelei gegeben, aber Tante Carminha hat gesagt, nicht vor der Kleinen, und die Kleine bin ja ich. Kelly hat gesagt, schade, weil sie hätte gern gesehen, wie mein Onkel meinen Papa verhaut.

An meinem Geburtstag gab's Schokokugeln und Guaraná. Schwarze Schokokugeln und weiße Schokokugeln. Magst du lieber die schwarzen oder die weißen? Ist dir egal? Wieso? Ich mag die weißen lieber. Du glaubst, das ist, weil du weiß bist und ich dunkel? Tanta Carminha sagt, die Leute mögen immer lieber das, was anders ist als sie. Das stimmt aber nicht, ich mag nämlich am liebsten Milchkaramell, und der hat fast die gleiche Farbe wie meine Haut. Milchkaramell esse ich am liebsten von allem, noch lieber als Eis. Nur wenn so kleine Steinchen drin sind, wenn er schon ein bisschen alt ist – »kristrallisiert«, genau –, dann mag ich ihn nicht so gern. In Milchkaramell darf nichts Hartes drin sein. Bloß der Löffel. Der Löffel ist wie der Knochen vom Milchkaramell! Aber an meinem Geburtstag gab's ganz viele Schokokugeln. Wir haben sooo viele gegessen, bis wir gesagt haben: Es reicht, ich und Kelly. Nur Fabiano, der hat nicht so viele gegessen. Fabiano ist echt doof! Wie er zu meinem Geburtstag gekommen ist, hat sich er gleich lauter Schokokugeln genommen, obwohl wir noch gar nicht Zum Geburtstag viel Glück gesungen hatten. Er ist die ganze Zeit zu dem Tablett mit den Kugeln und hat sich heimlich eine genommen. Aber gegessen hat er die nicht, nee! Er hat sie alle unter den kleinen Tisch mit den Geschenken gelegt, weil, er wollte sie später essen. Er hat geglaubt, die nimmt keiner, er hat nämlich vorher an allen geleckt. Mitten in der Feier hat er dann auf einmal ganz laut zu plärren angefangen. Als wir gefragt haben, was ist, war es so: Einer hatte alle seine Schokokugeln aufgegessen. Meine Mama hat gesagt, so ist das Leben. Weil, man konnte die Kugeln ja sehen, und da hat ein anderes Kind sie halt genommen. Nachher heulen nützt nichts.

Heeeeeeeeeeey! Jetzt fällt's mir wieder ein: Meine Mama hat einen Zettel für dich dagelassen. Auf dem Küchentisch. Sie hat gesagt, du sollst den lesen. Da drüben liegt er. Ich kann schon lesen, aber ich habe ihn nicht gelesen, weil Tante Carminha sagt, die Sachen von anderen Leuten lesen, das tut man nicht. Was steht denn da, he? Warum guckst du so? Hast du Bauchschmerzen? Sag mal. Los, sag doch. Deine Schuhe? Da, unterm Bett. Gehst du jetzt? Weil ich so viel rede, oder? Ich nerv dich, stimmt's? Mein Papa sagt auch immer, ich nerve ihn. Na gut. Aber geh jetzt nicht. Ich bin auch ganz leise. (Jessica, Samanta, pst, ihr müsst jetzt ganz leise sein, ja? Ihr dürft nur flüstern, wie ich, ja? Sonst ärgert sich der Mann. Und dann geht er weg und wir müssen allein sein. Wir schauen jetzt mal: Wer kann am leisesten sein? Eins, zwei, drei, psssst!)

Ich soll mir die Schuhe anziehen? Warum denn? Gehen wir raus? Echt? Wir fahren mit dem Motorrad? Au jaaaa- aaaaaaaaaaaaaaaa!!!!!!!!!!!! Und wohin? Was schreibst du da? Einen Zettel für meine Mama? Sie kommt erst ganz spät, wenn sie mit der Arbeit fertig ist. Kann ich meiner Tante sagen, dass wir rausgehen? Doch, wir haben Zeit genug, das ist gleich nebenan. Na gut, aber dann musst du Tante Selma auch einen Zettel dalassen, ja? Die wird bestimmt stinksau- er, wenn keiner zum Essen da ist. Die schimpft bestimmt total laut rum. Echt? Woher weißt du das? Stand das auf dem Zettel? Boah, was man mit so einem Zettel alles ma- chen kann!

(…)

Du, kann ich dich was fragen? Wie heißt du? Wirklich? Rafael! Ein Freund von mir heißt auch Rafael. Die anderen sagen Rafa zu ihm. Kann ich Onkel Rafa zu dir sagen? Nur Rafa? Also gut.

Ganz schön hoch, dein Motorrad, oder? Hopp! Bin schon oben, jippie! Los geht's! Ja, ich halt mich fest, keine Angst. Boah, ist das laut! Hörst du mich, Rafa? Rafa! Rafa! He! Der hört nichts. Ich fahr auf 'nem Riesenmotooooorrad, ich fahr, ich fahr, ich fahr, la la la. Wenn ich das Kelly erzähle! Hey, Rafa! Hey! Rafa! Hey! Wohin fahren wir? Ja, ich beruhige mich. Versprochen. Und ich halt mich fest. Los, fahren wir!

Boah, ist das schnell! So schnell bin ich ja noch nie gefahren. Ich hab Angst! Rafa, ich hab Angst! Gut, ich halt mich ganz gut fest bei dir.

(…)

Schau mal, da ist Nelsinho! He, Nelsinho! He, hallo, hallo! Nelsinho hat mich gesehen, auf dem Motorrad. Gleich wissen alle, dass ich Motorrad gefahren bin. Super! Und da ist der Laden von Herrn Georg. Schon wieder weg. Und da die Bäckerei! Und da Herr Oliveira. Hallo! Hallo! Schau doch mal her, Herr Oliveira! Ich bin's, hier auf dem Motorrad. Schon wieder weg. Der hat mich nicht gesehen. Und da ist das Haus von Shayane. Und das von Fabiano. Und das von Dona Marli. Und alles schon wieder weg. Boah, jetzt sind wir schon an der Apotheke vorbei und an der Bushaltestelle. Wir fahren aus unserem Viertel raus. Boah, wir fahren raus aus Vila do João. Super! Ich muss mal Pipi machen. Rafa, hey, Rafa, ich muss Pipi machen. Hörst du? Ich muss Pipi machen! Ich muss Piiipi machen!! Ich muss Piiipi macheeen!!! Ja. Ja, genau. Doch, kann ich. Ein bisschen noch, bestimmt.

Wo sind wir denn hier? Ist das eine Bar? Ist wie die Bäckerei, bloß größer. Ach so, damit ich Pipi machen kann. Wo denn? Da drüben? Kommst du mit? Natürlich kann ich allein Pipi machen, ich bin doch schon groß. Also gut, ich geh allein, und du wartest hier auf mich. Boah, ist das eine große Toilette. Aber es stinkt total. Ich glaub, da hat wer auf den Boden gepinkelt und nachher nicht saubergemacht. Wisiwisiwisi. Und jetzt schön die Hände waschen, sonst schimpft Tante Carminha. Mist, ich komm nicht ans Waschbecken, das ist so hoch. Egal, dann rufe ich eben Rafa. Rafa! Rafa! Raaafffaaaaaaaaaaa!!! Komm doch mal!!

(…)

Kannst du mich hochheben, zum Händewaschen? Danke, Rafa. Du bist echt nett. Fertig. Genug, ist gut. Geh'n wir. Kennst du den Jungen da an der Theke, Rafa? Wieso hast du ›Alter‹ zu ihm gesagt, der ist doch jung. Ach so, das sagst du bloß so. Mein Papa macht das auch. Das heißt, er nennt immer alle ›Bruder‹, auch Leute, die er gar nicht kennt. Ich glaube, das ist, weil er gar keinen richtigen Bruder hat. Und auch keine Schwester, genau wie ich. Ich würde so gerne ein Brüderchen oder ein Schwesterchen haben. Wenn es ein Junge wäre, würde ich ihn Tiago nennen. Oder Beto. Nee, lieber Tiago.

Hopp! Dein Motorrad ist wirklich ganz schön hoch. Wohin fahren wir jetzt, Rafa? Benfica? Was ist das denn? Ist das in Rio? Ich kenne bloß Vila do João, und das ist in Bonsucesso, und das ist in Rio de Janeiro, und das ist in Brasilien. Nein, ich komme fast nie aus unserem Viertel raus. Ist das weit? Und was machen wir da? Druckerei? Was ist das denn? Nein, hab ich noch nie gehört. Und was ist das? Drucken? Was? Wie? Echt? Wie in Comicheftchen. Suuuper! Ja, ich möchte gerne sehen, wie die so Heftchen machen. Wieso nicht? Aber das geht, oder? Jippie! Lass, lass, ich halt mich fest. Ja, ich versprech's dir. Warum brauche ich denn den Helm? Darum ist keine Antwort. Meine Mama sagt immer … Okee, okee, ich setze ihn auf. Du brauchst nicht böse werden. Aber der ist viel zu groß. Ich seh ja gar nichts. Nimm ihn ab, Rafa, nimm ihn ab, ich krieg keine Luft. Was soll ich machen? Ach so. Gute Idee. So? Ja, ich glaube, so passt er. Ja, geht, aber nur wenn ich den Kopf so halte. Wenn ich nach unten gucke, sehe ich nichts. Wow, geht das schnell! Da dreht's mir ja den Magen um. Ich muss mich bei Rafa festhalten, sonst falle ich runter. Hi hi. Mit dem Helm ist es viel leiser. Rafa ist echt nett. Ich mag ihn total gern.

Sind wir da? Ist es hier, Rafa? Machen die hier die Heftchen? Boah, ist das groß! Was machst du? Wieso klingelst du nicht? Okee, okee, ich bin still. Ich versprech's dir. Nein, wenn wir drinnen sind, sag ich kein Wort. Ich schwöre, hier, ich küss meine Finger!

(...)

(...)

(...)

(Ich darf zu Ihnen nicht guten Tag sagen, weil ich Rafa versprochen hab, dass ich nichts sage, wenn ich hier drin bin. Ja. Ich heiße Jade. Sechs. Danke. Ja, gern! Das rote da, mit was ist das? Und das gelbe? Huch, Rafa kommt zurück. Pssssst!)

(...)

(...)

(...)

(...)

(...)

Darf ich jetzt sprechen? Puh! Endlich! Ein Glück! Beinah hätte ich mich an meinen eigenen Wörtern verschluckt! Siehst du, dass ich still sein kann? Du kannst mich mitnehmen, wohin du willst, Rafa, ich bin immer ganz brav. Tante Carminha sagt, nur weil man in einer Favela wohnt, braucht man noch lange nicht ungezogen sein. Genau, Tante Carminha weiß Bescheid. Sie kennt sich aus. Und wohin gehen wir jetzt? Ich? Was weiß ich? Ich bin noch ein Kind, ich kenne ja nichts. Irgendwohin, aber mit dem Motorrad, ja? Ja, ich hab Hunger. Gehen wir was essen? Eis auch? Echt? Jippiiiiiiiie!!!!! Du bist supernett. Oh, nee. Muss ich wirklich den Helm wieder aufsetzen? Okee, okee, ich setz ihn auf. Hopp! Ich bin oben! Ich kann schon gut Motorrad fahren, ne, Rafa? Wenn ich groß bin, will ich auch ein Motorrad haben, genauso eins wie du. Ich weiß, dass das viel Geld kostet, aber das macht nichts, wenn ich groß bin, werde ich nämlich ganz reich. Ich werde Fernsehmoderatorin, wie Ana Paula Padrão. Tia Carminha sagt, sie ist so schön, weil sie auch so klug ist. Tia Carminha sagt, eine Frau muss unabhängig sein, sie darf kein Spielzeug von den Männern sein. Das finde ich nicht. Ich glaube, das sagt sie bloß, weil sie nicht gern mit Spielzeug spielt. Aber ich schon. Meine Mama sagt, Tanta Carminha ist aus einer anderen Zeit.

Dein Motorrad ist echt ganz schön laut, stimmt's, Rafa? Du kannst mich gar nicht hören, oder? Dann red ich eben mit mir selber, dann red ich eben mit mir selber … Huhuuuh, huhuuuh, huhuuuh!!! Rafa ist soooo nett! Mein Papa soll auch so nett sein wie Rafa. Boah, ist das schnell! Ich hätte nie geglaubt, dass man so schnell fahren kann. Toll ist das!

(…)

Manno, wieso dauert das so lange? Wohin bringt mich Rafa denn? Das muss aber weit weg sein. Irgendwo in Barra, wo meine Mama arbeitet. Ob Tante Carminha mich vermisst? Und ob Kelly schon aus der Schule zurück ist? Wenn ich ihr das alles erzähle …!

(…)

Huch, wir haben angehalten. Und das da, Rafa, was ist das jetzt? Ein Imbiss? Der ist aber schön! Die Stühle sind ja grün. In so einem schönen Imbiss war ich noch nie. Essen wir ein Eis? Okee, okee, zuerst ein Sandwich. Mit Käse, ja? Käsesandwich mag ich am liebsten. Getoastet, klar. Mit Banane? Käse mit Banane? Hab ich noch nie probiert. Ist das gut? Schmeckt dir das? Gut, dann will ich auch so eins. Und Pommes, ja? Jaaaaaa! Ja, Orange ist gut. Kann ich auch was anderes bestellen? Kann ich auch Erdbeere nehmen? Erdbeere mag ich am liebsten! Meine Mama kauft fast nie Erdbeeren, weil, sie sagt, die sind so teuer. Erdbeere und Orange? Ist das gut? Nimmst du das auch? Gut, dann nehme ich das auch. Ist das nicht teuer, Rafa? Bist du sicher, dass du das bezahlen kannst? Ich habe nämlich kein Geld, überhaupt nichts.

(...)

Was ist deine Lieblingsfarbe, Rafa? Echt? Meine ist Rot. Früher war es Gelb, aber jetzt ist es Rot. Manchmal ist es auch Grün. Grün ist schön, aber Rot ist noch schöner. Wo sind wir hier, Rafa? Das klingt ja lustig! Ist das in Rio? Wohnst du hier? Ach so. Ist dein Haus weit von hier? Können wir nachher dahin? Warum nicht? Aber du hast gesagt, es ist nicht so weit. Ach so. Nicht so weit, aber auch nicht so nah. Ich verstehe. Nimmst du mich beim nächsten Mal mit? Versprochen?

(...)

Kann ich dich noch was fragen, Rafa? Ist das hier der Südteil von Rio? Nee? Aber es ist so schön! Ach so, ich kenne den Südteil nicht. Natürlich will ich! Meine Mama sagt, die Leute dort haben alles, und wo wir wohnen, haben die Leute nichts. Sie hat gesagt, im Südteil haben sie den Strand und das Meer und viele Geschäfte und Shopping Center und Spielplätze und schicke Häuser und lauter tolle Sachen. Sie hat gesagt, irgendwann nimmt sie mich mal mit, damit ich sehen kann, was ein richtiges Shopping Center ist. Aber Tante Carminha sagt, sie soll der Kleinen nicht so einen Quatsch erzählen – die Kleine, das bin ja ich. Nein, am Strand war ich noch nie. Nur an dem in Ramos, in dem Riesenschwimmbad, aber Kellys Bruder hat gesagt, das ist gar kein richtiger Strand. Er hat gesagt, den haben sie nur gemacht, um die Leute reinzulegen, weil sie die Wahlen gewinnen wollen. Ich möchte gern mal zu einem richtigen Strand. Das muss sehr schön sein. Nimmst du mich mit? Das braucht nicht jetzt gleich sein, es geht auch wann anders. Schwörst du's mir? Jipppie!!! Weißt du, wohin ich am liebsten mit dir hin will? In den Zoo! Ich will die Äffchen sehen. Ja, genau. Mein Papa hat versprochen, dass er mit mir hingeht, aber er muss immer arbeiten. Tante Carminha sagt, er arbeitet bloß an dem Tag, an dem er mich besuchen kommt. Sie sagt, sie weiß nicht, warum alle Penner am Sonntag immer so viel arbeiten müssen.

Ich bin fertig, ich hab alles aufgegessen. Kann ich jetzt Eis? Jiiipppppiiiieee!!! Kann ich Schokoladeneis? Ja, nur Schokolade, das ist super. Ach so. Echt? Wie viele kann ich nehmen? Zwei? Wirklich? Und was nimmst du? Dann will ich Schokolade und Schokoflocken. Sirup? Was ist das? Echt? Dann will ich das auch! Welchen magst du am liebsten? Gut, dann Karamellsirup. Jippie!!

(…)

Das ist soooo lecker, dieses Eis, Rafa! Ich glaub, ich hab noch nie so gutes Eis gegessen. Du bist sooo nett zu mir!

(…)

Rafa, kann ich dich noch was fragen? Aber ich schäme mich. Ich trau mich nicht. Doch, ich trau mich. Also gut, ich frag dich. Bist du in meine Mama verliebt? Tante Carminha hat nämlich gesagt, wenn ein Mann mit einer Frau schläft, sind sie verliebt, und du hast ja im Bett von meiner

Mama geschlafen, und deshalb glaube ich, ihr seid vielleicht verliebt. Ich fände es schön, wenn du in meine Mama verliebt wärst, weißt du, Rafa? Sie sollte nämlich mit jemand Nettem zusammen sein, jemand wie du. Und wenn ihr lange genug zusammen wärt, könntest du mein zweiter Papa sein. Das wäre toll, oder? Ich fände es schön. Du bist echt nett, weißt du? Was ist denn, Rafa? Jetzt schämst du dich ja! Nicht so gucken!

(...)

Kann ich dich in den Arm nehmen, Rafa? Darf ich? Also gut. Ja, so, ganz fest. Und jetzt gebe ich dir einen ganz besonderen Kuss, einen richtigen Schmatz. Und jetzt du. Und jetzt auf die andere Backe. Du bist echt der netteste Typ, den ich je kennengelernt habe, Rafa!

Schon? Nee! Müssen wir schon zurück? Die Zeit ist aber schnell vergangen, ne? Also gut, fahren wir. Lass, lass, ich setz ihn selber auf. Ich weiß schon, wie das geht. Und, hopp. Ich bin oben. Ja, ich halt mich fest. Auf geht's!

(...)

Sind wir schon da? Jetzt bin ich ja ganz schön lang Motorrad gefahren! Kommst du nicht mit rein, Rafa? Nur kurz, komm. Bis meine Mama wieder da ist. Oh, nur ein bisschen ... nur bis sie zurück ist. Danach gehst du dann arbeiten. Sie freut sich bestimmt, wenn du noch hier bist. Vielleicht liebt ihr euch dann ja ein bisschen? Ich bin auch ganz leise, ich spiele einfach mit Jessica und Samanta. Tante Selma? In dem Haus gleich da drüben. Ja, sie muss schon da sein. Warte, ich schau mal nach. Tante Selmaaaaaa!!! Bist du daaaaa? Ja, ich hör schon auf zu schreien. (Die ist vielleicht doof!)

(...)

Ja, sie ist da.

Oh, Rafa, geh noch nicht, komm. Ich möchte so gern, dass du dableibst. Du gehst, weil ich so viel rede, oder? Ich nerve dich, ne? Wie bei meinem Papa. Ich weine nicht. Nein, ich weine nicht.

(…)

Schwörst du, dass du mir nicht böse bist? Schwörst du's? Wirklich? Echt? Das netteste Mädchen, das du je kennengelernt hast? Boah, Rafa, aber du kennst bestimmt ganz viele schöne reiche Mädchen. Du bist echt sooo nett! Ich hab dich auch ganz fest lieb. Ja, ist gut, ich verstehe. Du musst zur Arbeit. Ich weiß. Das ist doch normal. Aber du schwörst, dass du wiederkommst, ja? Und wann? Morgen? Jippiiiiieeee!!! Komm, wenn meine Mama von der Arbeit zurück ist. Ich sag ihr, sie soll ein ganz besonderes Essen für dich machen … Mit Hackfleisch und Kartoffelbrei und Bohnen, aber ohne Okraschoten und Chuchu-Kürbis. Tschüs, Rafa. Nimm mich noch mal ganz fest in den Arm. Ja! Tschüs, Rafa, tschüs!!!

(…)

(…)

(…)

Glaubst du wirklich, dass er wiederkommt, Jessica? Ich auch. Er hat uns alle ganz doll lieb.

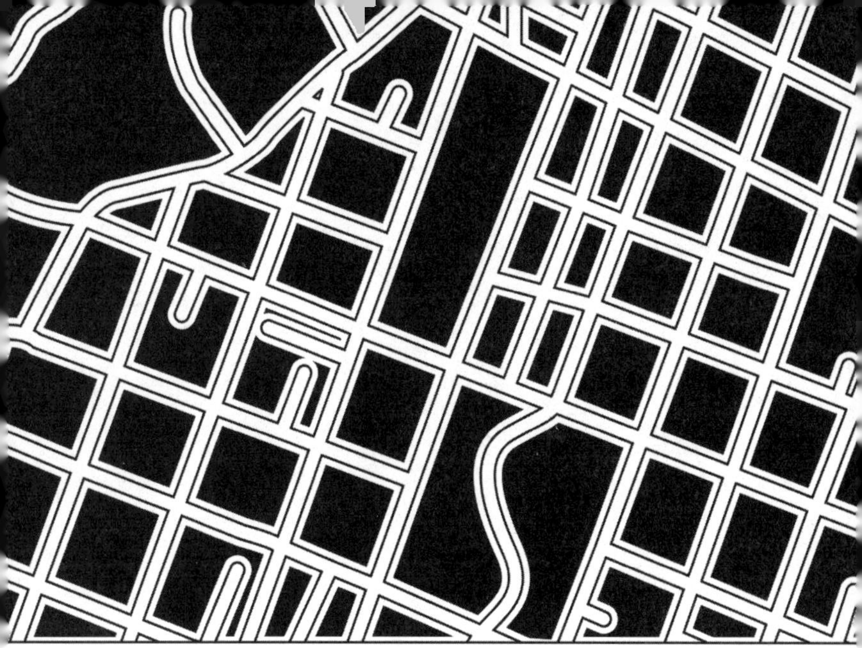

Milene (Ana),
Niterói (Icaraí), 28 (30)

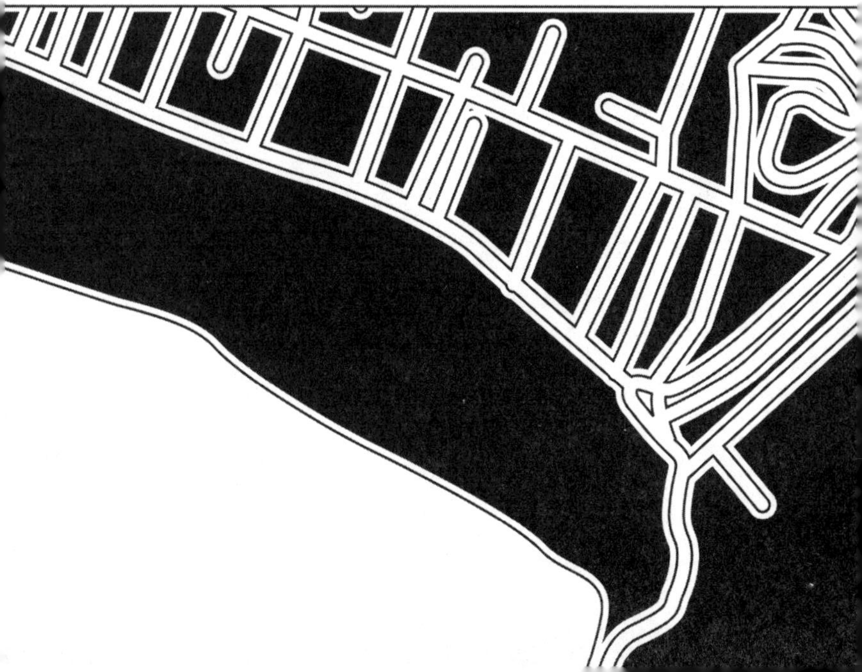

Füllung: Schokoladengeschmack, künstlicher Aromastoff (Anteil: 20 %; enthält Zucker, Glukosesirup, Wasser, Milch, modifizierte Stärke, Kakaopulver, Salz, Stabilisator: Xanthan (E 415), Säuerungsmittel: Phosphorsäure (E 338), Konservierungsmittel: Kaliumsorbat (E 202); Farbstoff: Einfaches Zuckerkulör (Karamell, E 150 a) und Titandioxid (E 171) und Aromastoffe); Zucker, Weizenmehl, angereichert mit Eisen und Folsäure, Volleipulver, Pflanzliches Speisefett, Stärke, Glukose, Eiweiß, Sojamehl, Salz, Stabilisator: Monoglycerid (E 471), Feuchthaltemittel: Sorbit (E 420), Emulgator: Mono- und Diglyceride von Speisefettsäuren (E 471), Polyglycerinester von Speisefettsäuren (E 475) und Kaliumsalz (E 470), Triebmittel: Natriumbikarbonat (E 500), Natriumdiphosphat (E 455), Aromastoffe, Stabilisator: Sojalecithin (E 322), Konservierungsmittel: Calciumpropionat (E 282) und Sorbinsäure (E 200), Enzym: a-Amylase (E 1100) und Säuerungsmittel: Citronensäure (E 330). Glutenhaltig.

So lautet das Rezept für meine Giftmischung. Auch bekannt unter dem Decknamen »Vanilletörtchen mit Schokoladenfüllung«, von Bauducco. Auf jedem Flug verteile ich an die hundert Stück davon. Vierzig Gramm reiner Genuss. Genau die richtige Menge, um selbst hypergestresste Managerinnen und ultraaggressive Vertriebschefs zu besänftigen,

Leute, die einem beim Einsteigen ins Flugzeug kampflustig ihr Mich-bringt-keiner-dazu-mein-Handy-auszuschalten-Gesicht entgegenhalten, den Gurt nur dann anlegen, wenn sie extra dazu aufgefordert werden, während der Durchsage der Sicherheitsvorkehrungen entnervt schnaufen und davon träumen, eines Tages, wie auch immer, in der Lage zu sein, gleichzeitig den Fensterplatz und den am Gang zu besetzen und den mittleren Platz als Ablage für ihre Aktentaschen und Notebooks in Anspruch zu nehmen. Aber sie können noch so harte Typen sein, kaum entdecken sie beim Öffnen ihrer Lunch-Box das wie ein kleiner Panettone verpackte süße Stück, schmelzen sie augenblicklich dahin, gerade so wie der dicke Tropfen Schokoladenfüllung, der bald darauf im Inneren ihrer gierigen Münder explodieren wird. Einen kurzen Augenblick zögern sie noch und denken bedrückt an ihre Diätvorschriften und dass es besser wäre, das leckere Teil für die lieben Kleinen nach Hause mitzunehmen. Dann aber sehen sie sich um und sagen sich: Was soll's, vielleicht ist das hier meine letzte Reise, *Carpe diem*. Und schon reißen sie die Verpackung auf, leise knistert die Kunststoffhülle, und als wäre nichts dabei, verschwindet die Kugel in ihrem Mund. Dann heißt es bloß noch abwarten, bis die Wirkung des chemischen Cocktails die Nervenzentren in ihren Hirnen erreicht hat … eins … zwei … drei: Aaaaaaaaaaahhhhhhh! Und schon ist da wieder dieses Gefühl wie damals in der Schulpause, als der warme flüssige Milchkaramell sich aus dem Inneren des Churro in den Mund ergoss und von da die Kehle hinabfloss, während er auf den Lippen eine Mischung aus flüssigem Fett und Zimt hinterließ, die einem von dort fast unbemerkt übers Kinn rann. Es leben die Endorphine!

Ich weiß, wovon ich spreche. Schließlich ist wohl niemand so versessen auf die Bauducco-Törtchen wie ich. Zurzeit habe ich mich einigermaßen im Griff. Vier Stück pro Tag, nicht einer mehr. Das finden Sie viel? Mein Rekord sind 23. Einmal hab ich acht Stück hintereinander weg gegessen. Was soll ich sagen? Das ist das Einzige, was mir hilft. Seit einiger Zeit habe ich Angst vor dem Fliegen, ein bisschen zumindest. Wer ist schon überzeugter Atheist in dem Moment, in dem das Flugzeug abhebt? Von Panik würde ich nicht sprechen, ich brauche auch kein Alprazolam oder etwas in der Art zu nehmen, so ist es nicht. Ich muss nur irgendwie meine Angst loswerden. An Bord rauchen geht natürlich nicht. Ich habe es mit Kaugummis und Bonbons versucht, aber das hat nicht funktioniert. Irgendwann bin ich auf die Vanilletörtchen gestoßen. Komisch, bis dahin hatte ich noch nie eins gegessen. Ich fand sie immer ein bisschen eklig. Einmal bin ich jedenfalls mitten auf einem Flug furchtbar nervös geworden. Mir stand der kalte Schweiß auf der Stirn und meine Hände haben gezittert. Ich habe sogar einem Fluggast Traubensaft über die Hose gekippt. Ana Cláudia hat gemerkt, dass es mir nicht gutging. Sie hat gedacht, es hat mit meinem Blutdruck zu tun, und meinte, ich soll unbedingt eins von diesen Törtchen essen, damit mein Glukosespiegel steigt. Das habe ich auch getan, und gleich danach habe ich noch eins gegessen. Als sie gesehen hat, dass es mir besserging, hat sie mich wieder allein gelassen. Da habe ich heimlich noch drei gegessen. Es war fast wie ein Zwang, jedenfalls total trashig.

Natürlich bin ich allmählich dick geworden. Niemand isst ungestraft zehn, zwölf Stück von den Dingern pro Tag. Bald habe ich gemerkt, dass mir der Kabinenchef auf den

Hintern starrt. Nichts ist so schlimm wie diese topfitten Schwulen. Bei Stewardessen, die zu dick sind, kennen die kein Pardon. So schlimm ist es bei mir aber auch noch nicht. Andererseits weiß ich, dass ich in diesem Beruf nicht mehr allzu viel Zukunft habe – bald bin ich zu alt dafür. Das klingt wahrscheinlich komisch, schließlich bin ich gerade erst 30 geworden. Aber wenn Gilmar das erfahren würde, bekäme er einen Herzinfarkt. Die anderen glauben, ich bin 28. Um den Job zu bekommen, hab ich seinerzeit ein falsches Alter angegeben. Ana Cláudia ist die Einzige, die das weiß. Aber was ist schon dabei? Hier wird schließlich ständig gelogen, nicht mal mein Name stimmt. Milene … Alle hier nennen mich Milene. Das steht auch auf meinem Namensschild. Und Sie glauben, ich heiße Milene? Von wegen! Ich heiße Ana. Es war nur so, dass schon fünf Anas auf dieser Linie arbeiteten, zwei von ihnen in dem Team, in dem ich anfing. Also haben sie sich für mich einfach einen anderen Namen ausgedacht. Milene – sozusagen als Hommage an Ronaldos Ex-Frau, die, die so gut mit dem Ball jonglieren konnte. Damals waren die beiden, glaube ich, noch nicht verheiratet.

Wenn rauskommt, dass ich in Bezug auf mein Alter geschummelt habe, kann ich ganz schön Ärger bekommen, das ist klar. Aber wissen Sie was? Ich habe die Schnauze voll von diesem Leben. Sollen sie mich ruhig entlassen, das wäre mir fast das Liebste. Damit würden sie mir geradezu einen Gefallen tun, selbst zu kündigen, dazu habe ich nämlich doch nicht den Mut. Außerdem bekäme ich so wenigstens eine Abfindung. Alle meinen, eine Stewardess muss immer elegant und bester Laune sein. So ein Quatsch! Was glauben Sie denn? Fluggastbetreuerin – pardon, *Stewardess* – ist eine tolle Sache? Bei der Air France vielleicht, oder bei KLM. Ich arbeite viel, verdiene wenig, habe einen Chef, der mir ständig das Leben schwermacht, und neben alldem muss ich mich auch noch von 90 Prozent der Männer, die ich bediene, mit den Blicken ausziehen lassen – die restlichen zehn Prozent machen das nur deswegen nicht, weil sie nicht an Frauen interessiert sind. Ist doch wahr: Alle Männer haben sexuelle Phantasien, in denen Stewardessen vorkommen. Tja, was soll man da machen? Was eigentlich so attraktiv an dieser Vorstellung sein soll, weiß ich selbst nicht. Ich glaube aber nicht, dass das bloß ein Klischee aus irgendwelchen Filmen ist. Es muss etwas tiefer Gehendes dahinterstecken, ein Psychoanalytiker könnte es erklären. Ich habe mir selbst eine Theorie zurechtgelegt. Wollen Sie sie hören?

Ich glaube, es hat zum Teil mit den Umständen zu tun, unter denen die Leute einer Stewardess begegnen: Sie selbst sind eher gestresst, die Stewardess dagegen steht perfekt geschminkt und überhaupt in jeder Hinsicht vollkommen vor ihnen und kümmert sich darum, dass alle Regeln eingehalten werden: Bitte den Gurt anlegen und den Sitz in aufrechte Position stellen … Wir sind darauf trainiert, wie Wesen aus einer anderen, höheren Dimension zu erscheinen, die von dem Chaos auf dieser Erde nicht berührt werden. So gesehen, gibt es kaum einen Unterschied zwischen uns und den Krankenschwestern, die ja auch so eine Lieblingsfigur männlicher Phantasien sind: Krankenschwestern sind ebenfalls dafür da, dass alles klappt und die Leute sich wohl fühlen, und sie tragen auch Uniform. In den Augen eines Fetischisten verkörpern beide gewissermaßen eine geglückte Mischung aus Militär und Grundschullehrerin. Unterwerfung spielt dabei sicher eine große Rolle. Trotzdem ist die

Stewardess eine viel größere Projektionsfigur als die Krankenschwester. Warum? Meiner Ansicht nach besitzt eine Stewardess ein ganz besonderes Geheimnis, das nur mit ihr zu tun hat, mit der Tatsache, dass sie aus jedem geographischen Zusammenhang gelöst ist. Wann immer Sie einer Stewardess begegnen, ist diese sozusagen auf Durchreise. Sie wissen weder, wo sie wohnt, noch ob sie gerade von dort kommt oder aber dorthin unterwegs ist. Ebenso wenig wissen Sie, ob sie einen festen Freund hat, wie ihr Hund heißt oder ob sie überhaupt einen Hund hat.

Was mit zu diesem Geheimnis beiträgt, ist sicher auch die standardisierte Erscheinung: Alle Stewardessen wirken mehr oder weniger gleich, aber nicht nur wegen der Uniform. Auch weil sie stets sorgfältig und korrekt geschminkt sind, wenn auch für die Umstände vielleicht ein bisschen übertrieben. Und dazu ihr ständiges Lächeln und die freundlichen Umgangsformen, die echte Zuneigung vortäuschen und zugleich von der Müdigkeit ablenken sollen, die von den vielen zum Tag gemachten Nächten herrührt. Und das hochgesteckte Haar natürlich! *La pièce de résistance*, ihr Meisterstück. Schon mal eine Stewardess mit strubbeligem Haar gesehen, meine lieben Fluggäste? Natürlich nicht. Die Haare einer Stewardess werden stets hochgesteckt, mit Gel zusammengepappt, zum Dutt geknotet, mit Netzen, Gummis und Klammern zusammengehalten. Wozu? Damit sie sich nicht selbständig machen, ist doch klar. Genau hierin liegt ja das pervers Fetischhafte ihrer Erscheinung: Die Stewardess soll ein Bild vollständiger Kontrolle vermitteln. Sollte man nicht annehmen, dass das Haar junger Frauen, zu deren Beruf es gehört, dass sie ständig durch die Welt fliegen, selbst auch ein wenig in der Gegend umherflattert? Aber genau das kommt nie vor! Wie bei einer Balletttänzerin oder einer klassischen Statue ist ihr Haar stets streng zurückgekämmt und liegt dicht an der Kopfhaut an. Alles zusammengenommen – die standardisierte Erscheinung, das Geheimnis, die Autorität, die eine Stewardess ausstrahlt, ihr gebändigtes Haar – eine ziemlich explosive Mischung. Junge Frauen ohne festen Wohnsitz, ohne Vergangenheit, eine der anderen zum Verwechseln ähnlich, ganz egal in welchem Flugzeug oder auf welchem Flughafen sie Ihnen über den Weg laufen, aber jederzeit bereit, Ihnen zu sagen, wo es lang geht. Wie die Helferinnenschar einer allmächtigen Domina – wie in der schönsten Bondage-Phantasie ... Und genau das wollen die Männer im Grunde doch: unterworfen werden. Eben darin muss auch der Grund für unsere Anziehungskraft liegen. Spielen Sie hier nicht den großen Macker, mein Herr! Gehen Sie an Ihren Platz zurück und schnallen Sie sich schön brav an! Und glauben Sie ja nicht, Sie machen mir Eindruck mit Ihrer tollen kabellosen Maus – zu Ihrer eigenen Sicherheit und zu der der übrigen Passagiere sind unsere Toiletten mit Fetisch-Meldern ausgestattet ...

Und jetzt sagen Sie selbst: Dafür soll ich mein Leben aufs Spiel setzen? Nur damit die Männer ihre krankhaften Veranlagungen befriedigen können? *Je ne crois pas.* Ach so, Sie wundern sich über die französischen Ausdrücke, mal abgesehen von den ganzen psychosexuellen Überlegungen, die ich im Vorausgegangenen angestellt habe. Stimmt schon, das ist auch eins der Dinge, die zu diesem Beruf gehören: Alle Welt ist der festen Überzeugung, eine Stewardess müsse zwangsläufig ziemlich beschränkt sein. Ich bin zwar keine intellektuelle Leuchte, aber ich lese gern. Alles Mögliche: Literatur, Philosophie, Psychoanalyse, sogar Bücher über

Quantenphysik. Meine große Leidenschaft ist allerdings die Geschichte von Rio de Janeiro. Ich bin ganz verliebt in das alte Rio. Joaquim Manoel de Macedo, Moreira de Azevedo, Mello Moraes Filho, Noronha Santos, Luiz Edmundo, Vieira Fazenda, Gastão Cruls, Vivaldo Coaracy. Die habe ich alle. Wenn ich frei habe, durchstöbere ich jedes Mal die Antiquariate nach solchen Sachen. Neulich habe ich einen köstlichen Fund gemacht: *Noturno da Lapa* von Luís Martins, aus dem Jahr 1964. Mit Widmung des Autors und allem Drum und Dran. Das habe ich für zwölf Reais bei einem Bücherstand in der Rua do Catete bekommen. Ich hab es noch nicht ganz durchgelesen, aber sobald ich wieder bei mir zu Hause auf dem Bett liege, im Jogginganzug, lese ich es an einem Abend zu Ende. Ich kann es kaum erwarten. Viel brauche ich nicht, um glücklich zu sein: ein Buch, ein gemütliches Bett, ein Dach überm Kopf und meine Ruhe. Eigentlich hätte ich gern eine Katze, aber es täte mir leid, sie allein lassen zu müssen, wenn ich auf Reisen gehe, und das mache ich ja ständig. Ich glaube, was mich vor allem daran hindert, glücklich zu sein, ist dieser verfluchte Job als Stewardess. Ich habe es ja schon gesagt: Ich habe die Schnauze voll von diesem Leben.

Leider weiß ich nicht, was ich stattdessen machen könnte. Dummerweise bin ich nicht als Kind reicher Eltern geboren worden, und an jedem Zehnten im Monat ist nun mal die Miete fällig. Ich habe schon überlegt, ob ich nicht Geschichte studieren soll. An der UFF gibt es da angeblich einen ziemlich guten Studiengang. (Für Fluggäste, die nicht aus Rio sind: UFF steht für »Universidade Federal Fluminense«.) Dann könnte ich den ganzen Tag zu Hause bleiben und lesen, sonst hätte ich nichts zu tun. Das wäre vielleicht schön! Aber es ist wohl ziemlich schwierig, einen Platz zu bekommen. Ob ich die Aufnahmeprüfung schaffen würde, weiß ich nicht. Ich habe schon seit Jahren nicht mehr richtig gelernt ... Ich habe mal Psychologie studiert, an einer Privatuni, aber einer ziemlich schlechten. (Den Namen sage ich lieber nicht, nicht nur, weil es mir peinlich wäre, ich will hier auch keine Schleichwerbung betreiben.) Aber eigentlich weiß ich nicht, ob ich tatsächlich Lust hätte, Historikerin zu sein. Wirklich berufen dazu fühle ich mich nicht. Ehrlich gesagt, würde ich am liebsten schreiben. Worüber? Über die Stadt und die Menschen. Das fasziniert mich am allermeisten. Rio kommt mir wie ein riesiger Teilchenbeschleuniger vor. Die Teilchen werden durcheinandergewirbelt, sie prallen aufeinander, stoßen sich ab, verbinden sich, und das alles in einer scheinbar chaotischen Umgebung, in der trotzdem eine verborgene Ordnung herrscht, die aber nur Leute erkennen können, die in der Lage sind, die Augen offen zu halten. Ich bin so jemand.

Für mich gibt es nichts Schöneres, als das Schauspiel des täglichen Lebens zu betrachten. Gerne hätte ich eine Kolumne in einer Tageszeitung, um dort über all das schreiben zu können, was ich sehe. Einen Namen für die Kolumne habe ich schon: »Schauspiel des täglichen Lebens« (oder, als Kürzel für Eingeweihte: »STL«). Nirgendwo lässt sich das STL besser verfolgen als auf einem Flughafen. Der Ankunftsbereich bietet Emotion pur: Ein Vater voller Schuldgefühle, der mit Geschenken beladen von einer Geschäftsreise kommt; ein verlorener Sohn, der mit einem Berg schmutziger Wäsche im Gepäck in die Heimat zurückkehrt; großes Familientreffen zum Jahreswechsel, und jeder bringt seine streng gehüteten Geheimnisse mit; manchmal wird auch eine ganze Fußballmannschaft empfangen, begeistert gefeiert von einer Unmenge Fahnen schwingender Fans. Der Abflugbereich ist auch nicht schlecht: Nichts berührt mich so sehr wie der Anblick eines Ehepaars, das in der Schlange vor dem Durchlass Abschied nimmt. Eine Trennung für unbestimmte Zeit steht bevor, lange, tränenreiche Küsse, Hände, die sich ineinander verschränken, auch wenn dabei die zum Vorzeigen gezückte Bordkarte zerknickt. Einmal noch winken, bevor es durch die Passkontrolle geht – ich könnte heulen, es zerreißt mir jedes Mal das Herz.

Aber meine Vorstellungskraft lebt nicht vom STL allein. Manchmal schreibe ich auch einfach so drauflos, und was dabei rauskommt, sind leicht verrückte Sachen, weder Literatur noch Reportagen. Zum Beispiel als ich das letzte Mal nach Rio zurückkehrte, ich hatte frei, saß in einem Flugzeug, das mich von São Paulo nach Hause bringen sollte. Es waren nur wenige Passagiere an Bord, also konnte ich mir einen Fensterplatz aussuchen. Schon lange hatte ich das Schauspiel einer Landung in Rio nicht mehr aufmerksam mitverfolgt. Es ist wirklich überwältigend. Phantastisch, das ist keine Übertreibung. Es gibt kaum eine stärker beeindruckende Landung auf der Welt. Soll ich Ihnen zeigen, was ich damals geschrieben habe? Ein bisschen geniere ich mich ja, es ist noch nicht ganz fertig, ich muss es noch überarbeiten.

Ich wollte jedenfalls aufschreiben, was ich empfinde, wenn ich nach Rio komme. Das Gefühl, dass ich nach Hause zurückkehre, zu meinen Ursprüngen, die aber weit über mich hinausreichen. Ich liebe es, in Galeão aus dem Flugzeug zu steigen. Wenn ich gleich nach Verlassen der Maschine – noch im »Finger« (für nicht Eingeweihte: so nennt man die beweglichen Laufbrücken, die ein Flugzeug mit dem Terminal verbinden) – die feuchtwarme Luft an der Haut spüre, erfüllt mich ein ungeheures Lustgefühl. Der samtig-sinnliche Begrüßungskuss der Heimat der Cariocas, unter dessen sanfter Berührung die in der Kälte der anderen Länder steif gewordenen Muskeln wieder weich und beweglich werden und die von den rauen Winden der Ferne ausgedörrte Haut glatt und geschmeidig. Die warme Umarmung der Stadt, die ihre Heimkehrer empfängt. Wer nicht von hier ist, findet es schrecklich: Was für eine schwüle Hitze! Ich dagegen blühe in diesem Klima auf. Ich bin eben ein echtes Treibhausgewächs. Länger als eine Woche halte ich es in trockenen Gegenden nicht aus. Brasilia zum Beispiel ist der reine Horror für mich. Wenn ich dort bin, wird meine Haut in kürzester Zeit rissig und ich sehe aus wie eine alte Frau. Ich bin für die schlüpfrig-lüsterne Feuchtigkeit der Tropen geboren.

Aber Schluss jetzt mit dieser Geographie und Klimatologie der Gefühle. Schließlich sitzen wir hier nicht, um uns über das Wetter zu unterhalten. Es sollte um die Frauen gehen, oder? Um die Frauen und das Schauspiel ihres täglichen Lebens. Um das STL und das Schreiben. Um das Leben der Frauen. Und auch um einen gewissen Rafael natürlich. Ihnen ist sicherlich längst aufgefallen, dass es nahezu unvermeidlich scheint, diesen Herrn immer wieder zu erwähnen. Stimmt, in der Hinsicht werde ich Sie nicht enttäuschen: Ich kann bezeugen, dass es den Typen tatsächlich gibt. Auf einem Flug von Porto Alegre nach Rio habe ich ihn kennengelernt. An Selbstbewusstsein mangelt es ihm wirklich nicht! Jedes Mal, wenn ich bei ihm vorbeigekommen bin, hat er versucht, mich anzumachen. Und das ständig mit diesem »Schau mir in die Augen, Kleines!«-Blick. Na ja, so weit ist das ja ganz normal. Wie bei 90 Prozent der Männer eben. Das Schlimmste kam erst noch. Ob Sie's glauben oder nicht, der Typ hat tatsächlich gewartet, bis alle ausgestiegen waren, und ist dann zu mir gekommen, um sich mit mir zu unterhalten. Er hat sich aus seinem Sitz erhoben und erst mal die Arme möglichst lang ausgestreckt – vor allem, um seinen Bizeps und seine lächerlichen Tom-und-Jerry-Tattoos (kindischer geht's nicht!) zur Geltung zu bringen. Dann ist er breit grinsend auf mich zugekommen, mit staksigen Schritten wie ein Gangster aus einem brasilianischen Siebziger Jahre-Film. Er hat mir tief in die Augen gesehen. Dafür hat er sogar extra seine coole Sonnenbrille abgenommen – natürlich auch, um mir zu zeigen, was für tolle grüne Augen er hat. Als ob mich das beeindrucken könnte … Meine eigenen Augen sind hell genug, mehr brauche ich in dieser Hinsicht nicht. Mir ist dabei nur eingefallen: Welcher Schwachkopf setzt eigentlich im Flugzeug eine Sonnenbrille auf?

Dann hat er angefangen, über meinen Namen zu schwafeln. Er konnte gar nicht mehr aufhören mit dem Thema. Ganz einfallslos war er nicht, das muss ich zugeben. Er hat erzählt, er sei DJ und er arbeite gerade an einem Mix mit dem Titel »Milene« und deshalb sei ihm mein Namensschild aufgefallen und jetzt wolle er mehr über die echten Milenes dieser Welt wissen – ob ich ihm nicht meine E-Mail-Adresse geben könne? Oder, noch besser, meine Telefonnummer. Wir könnten uns ja mal treffen, was trinken gehen oder so. Irgendwann hat er dann einen Flyer rausgezogen, von einer Party, bei der er auflegen würde, gleich am nächsten Tag. Er hat gefragt, ob ich Electro mag. Dazu ein breites Colgate-

Grinsen. Alles genau getimt und perfekt einstudiert, auch wenn es natürlich total spontan wirken sollte. Sie hätten sein Gesicht sehen sollen, als ich gesagt habe, dass ich gar nicht Milene heiße, sondern Ana. Mehr war nicht nötig, ich habe ihn dabei entnervt angesehen und mir einen Müllsack voll gebrauchter Plastikbecher, Vanilletörtchen- und Erdnussverpackungen geschnappt. Und bevor ich ihn zugebunden habe, habe ich noch schnell seinen Flyer reingeschmissen. Er hätte mir fast leidtun können, so bedröppelt wie er mich daraufhin angesehen hat … Als hätte er zum ersten Mal im Leben einen Korb bekommen.

Ich bin keine wildgewordene Superfeministin. Von wegen. Ich mag Männer, und ich finde auch, dass eine Annäherung vom Mann ausgehen muss. Das gehört zum Spiel. Trotzdem muss ein Mann wissen, wie man das macht, und dass eine Frau zuallererst eine eigenständige, unverwechselbare Persönlichkeit ist. Das Geschlecht spielt natürlich eine wichtige Rolle, aber was einen Menschen ausmacht, ist seine Individualität. Ich bin Frau, Tochter, Schwester, Brasilianerin, Stewardess, ledig – vor allem aber bin ich Ana. Freut mich. Das ist das Wichtigste, was ich in meinem Psychologiestudium gelernt habe. (Ach so, und dass alle Familien mehr oder weniger verrückt sind.) Wissen, wie man sich dem anderen nähert, heißt, imstande sein, den anderen wahrzunehmen. Heißt, ihn sehen, ihm zuhören, sich in seine Haut versetzen können. Versuchen, ihn kennenzulernen, und nicht bloß sich selbst zur Schau stellen. Rafaels Problem ist, dass er viel zu viel Text produziert. Er redet zu viel. Er spielt zu viel. Er zieht dauernd eine Show ab. Und immer mit viel zu großer Eitelkeit, Tiefgang ist da unmöglich.

Vielleicht sollten wir jetzt einfach mal festhalten, dass Männer ganz schön primitive Wesen sind. Die meisten wissen ja nicht mal, was ein richtiger Orgasmus ist! Damit meine ich nicht unseren Orgasmus, nein, ihren, den von den Männern. Ich war mal mit einem Mann zusammen, der auf Tantra-Sex schwörte. Den ganzen Tag beschäftigte er sich mit nichts anderem als Meditation und Beckenbodenübungen. Furchtbar. Na ja, irgendwann erklärte er mir, wozu das alles gut sein sollte: Die Lust dauere dadurch ewig lange, sagte er, und sie erfasse seinen gesamten Körper, in unglaublich intensiven Wellen. Die Beschreibung erschien mir durchaus nachvollziehbar – was er schilderte, war ein guter tiefer Orgasmus, wie ihn jede Frau kennt (oder kennen sollte). Aber die Sache gab mir doch zu denken. Wenn er es nur zu einem solchen Orgasmus bringen konnte, indem er sich mit östlicher Philosophie beschäftigte, hieß das im Umkehrschluss, dass normale Männer nichts dergleichen empfinden! Schrecklich. Beziehungsweise, für die meisten Männer löst sich bei einem Orgasmus eine punktuelle Anspannung, und das war's. Oh Gott, so weit zurückgeblieben sind die Männer also – als hätte es die sexuelle Revolution oder den Hite-Report nie gegeben. Nicht zu fassen! Aus historischer Perspektive allerdings durchaus interessant: Vielleicht waren die Frauen durch die Jahrtausende während Unterdrückung und die dauernden Kämpfe für ihre Befreiung ja gezwungen, sich ein besseres Verständnis der Gegenseite anzueignen und sich menschlich weiterzuentwickeln. Und vielleicht sind Frauen eben deshalb meistens interessanter als Männer. Oder auch nicht. So ganz ohne weiteres lässt sich das nicht verallgemeinern, stimmt's? Wer schon mal beim Ausverkauf in einem großen Kleiderladen war, weiß, dass auch der weibliche Teil der Menschheit seine Schattenseiten hat – man denke nur an die Unmengen von Frauen, die dann wie rasend zwischen überquellenden Grabbeltischen hin und her laufen, Kleiderständer abräumen oder sich auf neu angelieferte Ware stürzen, als ginge es um ihr Leben. Ich habe mit eigenen Augen gesehen, wie es bei solchen Gelegenheiten zu richtigen Handgreiflichkeiten gekommen ist. Na ja, ohne Yang gibt es eben kein Yin.

Wie auch immer, Frauen sind jedenfalls wesentlich vielschichtiger als Männer – das sagen die Männer ja selbst. Ich glaube, jeder Mann hat irgendwann schon einmal gesagt: »Ich verstehe die Frauen nicht.« Und sei es aus Eifersucht. Männer verstehen Frauen nicht, weil sie unfähig dazu sind. Oder auch nicht. Was weiß ich. Offenbar will jedermann unbedingt die Frauen verstehen, auch wir Frauen selbst. Oder warum gibt es wohl so viele Frauenzeitschriften? Egal an welchem Kiosk dieser Welt Sie sich umsehen, immer und überall werden Sie mehr Frauen- als Männerzeitschriften entdecken. (Was auch daran liegt, dass »Männerzeitschrift« normalerweise nur ein beschönigendes Wort für »Sexmagazin« ist.) Andere Zeitschriften, die sich vor allem mit Politik, Sport, Autos, Kultur oder Essen und Trinken beschäftigen, sind in geschlechtlicher Hinsicht nicht so festgelegt. Frauen sind für Verlage eben buchstäblich ein lohnendes Thema, genau wie Wein oder Wirtschaft oder ähnlich komplizierte Dinge. Keine Sorge, ich will hier nicht irgendwelche geheimen Machenschaften der Medien aufdecken. Ist doch so: Uns allen gefällt so was, welche Frau liebt es nicht, die Frauenseiten in der Zeitung zu lesen, und sei es heimlich? Schließlich wollen alle begreifen, was das ist, »die Frauen« – die Frauen selbst, die ihr ganzes Leben dieser Schimäre hinterherlaufen, und die Männer, die immer behaupten, sie verstünden uns nicht.

Die Antwort auf dieses große Geheimnis ist ganz einfach (Trommelwirbel): Es gibt kein Geheimnis. Die Frauen sind keine Einheit. Jede von uns ist eine eigene Person. Oder vielmehr, jede ist mehr als bloß eine. Jede Frau ist zwei, drei, vier, zehn Frauen. Wir sind menschliche Individuen, eines so vielschichtig wie das andere, und müssen uns den Archetypen und Klischees, Normen und Mustern, Vorschriften und Strafmechanismen stellen, die festgelegt werden, damit die Gesellschaft funktioniert. Das eigentliche Geheimnis ist die Gesellschaft, nicht die Frauen. Sie möchten uns verstehen? Dann müssen Sie sich jede von uns einzeln vornehmen. Niemand kann behaupten, ich hätte keine Spuren ausgelegt: Fünfzehn Geschichten sind schon mal ein Anfang. Fehlen bloß noch etwa dreieinhalb Milliarden. Immer mit der Ruhe, Sie schaffen das, liebe Passagiere. Was mich angeht, beende ich meine Arbeit an dieser Stelle. Das viele Reden über Frauen ermüdet mich, und meiner Schönheit tut es auch nicht gut. Und Schönheit ist …, na, Sie wissen schon.

Dank

Dank an Luciana Villas-Boas, Michi Strausfeld
und Hans Jürgen Balmes, die dieses Buch mit mir
auf den Weg gebracht haben.